# Partir pour oublier
## ...un SALAUD

**Catalogage avant publication de Bibliothèque et Archives nationales du Québec et Bibliothèque et Archives Canada**

Lane, Sandra, 1968-
Partir pour oublier-- un salaud
ISBN 978-2-89585-268-1
I. Titre.
PS8623.A522P37 2012  C843'.6  C2012-941196-5
PS9623.A522P37 2012

Les Éditeurs réunis bénéficient du soutien financier de la SODEC
et du Programme de crédits d'impôt du gouvernement du Québec.

Nous remercions le Conseil des Arts du Canada
de l'aide accordée à notre programme de publication.

Nous reconnaissons l'aide financière du gouvernement du Canada
par l'entremise du Fonds du livre du Canada pour nos activités d'édition.

*Édition :*
LES ÉDITEURS RÉUNIS
www.lesediteursreunis.com

*Distribution au Canada :*
PROLOGUE
www.prologue.ca

*Distribution en Europe :*
DNM
www.librairieduquebec.fr

 *Suivez Les Éditeurs réunis sur Facebook.*

Imprimé au Canada

Dépôt légal : 2012
Bibliothèque et Archives nationales du Québec
Bibliothèque nationale du Canada
Bibliothèque nationale de France

SANDRA LANE

# Partir pour oublier

## ... un SALAUD

LES ÉDITEURS RÉUNIS

*À Nancy…*
*Parce que nous croyons en nous-mêmes.*

*Je retournerai à ma fontaine*
*Et je jaillirai hors de ma peine*
*Je me dévêtirai de ma gêne*
*Je plongerai pour que l'amour me prenne*

*Souveraine*, Amélie Veille

# 1

Le nuage rose à travers lequel je voyais la réalité s'était lentement dissipé. J'ai tenu le coup, j'ai tenu jusqu'au départ de Félix. Après que la porte se fut refermée sur lui, à ce moment-là seulement, j'ai laissé le verre voler en éclats. Le bruit a tonné comme une fusillade à mes oreilles. C'était ma coupe de vin qui éclatait contre la porte d'entrée. Puis mes larmes refoulées se sont mises à couler. On aurait dit la chute Montmorency qui me sortait par les yeux. Au bout d'un moment, j'étais si rouge et si bouffie que j'aurais fait peur à la fée Carabosse.

Chamaille, ma jeune écaille de tortue au pelage noir tacheté de roux, s'est approchée en miaulant. Elle s'est arrêtée devant moi, bien campée sur ses quatre pattes, et m'a fixée de son profond regard félin. Je l'ai rapidement prise dans mes bras et je l'ai enfermée dans ma chambre à coucher avant qu'elle ne se mette à parler. Tout est possible avec cette chatte. J'ai aussi enfermé les autres chats, avant qu'un d'entre eux ne se blesse en marchant sur les débris de verre. J'ai tout nettoyé et je me suis retrouvée face à moi-même. J'ai saisi la bouteille de vin à peine entamée. Ma coupe étant en morceaux au fond de la poubelle, j'ai pris celle de Félix, encore pleine. La scène de tout à l'heure m'est revenue en mémoire comme un mauvais rêve remontant furtivement jusqu'à la conscience.

Félix était arrivé avec près d'une heure de retard. Je ne m'en étais pas formalisée. Lorsqu'on partage l'homme de sa vie avec une autre femme, sa légitime épouse, on prend l'habitude des retards ou des rendez-vous manqués. Lorsqu'il est entré, j'ai immédiatement constaté que quelque chose n'allait pas. Au lieu d'être enjoué et fébrile comme à son habitude, il était nerveux et distant. Il n'a même pas bu une seule gorgée du vin que je lui avais servi ; il a déposé son verre sur la table basse en me disant qu'il n'avait pas le temps, que quelqu'un l'attendait en bas.

— Quelqu'un t'attend en bas !

J'étais très étonnée, jamais quelqu'un n'attendait Félix lorsqu'il passait chez moi. Seule sa sœur était au courant de notre relation et elle était trop intelligente pour venir faire le pied de grue devant mon appartement lorsque son frère venait me voir.

— Oui ! Écoute, Tara, ce n'est pas facile à dire… Mais voilà, nous sommes rendus là où nous devions inévitablement arriver.

— Euh… je ne suis pas sûre de comprendre. Où devait-on arriver exactement ?

— Écoute, Tara, là, je n'ai pas le temps. Si je prends plus de dix minutes, elle va monter et ce ne sera pas très joli à voir ni à entendre.

— Qui va monter ? C'est Élena, dis-je la gorge nouée.

J'avais toujours de la difficulté à prononcer son prénom.

— Pas tout à fait…

— Elle sait pour nous ?

— Oui… Puis non, ou oui… Oh ! fais donc un petit effort, ça m'aiderait certainement.

— Félix, je ne te comprends pas du tout. Tu essaies de me dire quelque chose, je crois que c'est à toi de faire un effort. Élena a appris qu'on se fréquentait, elle est en bas et elle va monter.

Je me suis dirigée vers la fenêtre et j'ai ouvert le rideau. J'ai vu la Boxster stationnée en double file devant mon immeuble, mais il m'était impossible de voir qui était assis sur le siège du passager. Félix m'a tirée par le bras pour ne pas qu'on me voit d'en bas.

— Tara, je t'en prie.

Il était tout pâle. Je ne l'avais jamais vu ainsi, même lorsque nous avions été surpris dans un chic resto du centre-ville, un certain vendredi soir. Il avait raconté à son frère et à sa belle-sœur que j'étais une de ses anciennes étudiantes qu'il avait rencontrée par hasard une heure plus tôt et que nous avions décidé de souper ensemble. Après qu'ils se furent éloignés, Félix avait rigolé en disant qu'ils allaient s'imaginer des choses et qu'ils n'auraient pas tort de le faire. D'ordinaire, c'est ainsi qu'il était, rien ne l'inquiétait, Félix était un homme plein d'assurance et avait réponse à tout. Pourtant, en cet instant, il ressemblait à une boule de nerfs.

— Bon, je me lance, dit-il en inspirant profondément. J'ai quitté Élena !

Ma mâchoire inférieure, en se disloquant, a atterri sur mon parquet de bois tout reluisant. En huit ans de relation illicite, les rares fois où j'ai abordé la possibilité que Félix quitte sa femme, il s'était mis en colère. Aujourd'hui, il m'annonce enfin cette nouvelle tant attendue comme s'il était en train de m'apprendre la mort d'un être cher.

— C'est… c'est… c'est…, mais je ne sais pas quoi dire.

J'ai voulu me jeter dans ses bras, mais ils n'étaient pas ouverts pour me recevoir.

— Tara, je n'ai pas terminé. Comme je le disais à l'instant, nous sommes rendus là où toute relation légère arrive à un certain

11

moment. Entre nous, cela aura duré un peu plus longtemps que la moyenne, mais voilà, ça se termine ici.

Une relation légère ? Mais cette relation n'a jamais été légère pour moi.

— Qu'est-ce qui se termine ici ? Félix, explique-moi !

— Merde ! Tara, a-t-il crié. Elle va monter…

— Qui ? Qui va monter ?

J'avais déjà la voix tremblante, j'avais dû faire un effort pour ravaler le sanglot qui me montait à la gorge.

— Marie-Ange, m'a-t-il lancé, impatient d'en finir avec moi. Elle s'appelle Marie-Ange. Tu es contente, maintenant ?

J'étais incapable de parler. J'ai seulement pointé la porte et Félix m'a jeté un regard interrogateur.

— C'est tout ? a-t-il demandé.

Au moment où j'acquiesçais d'un signe de tête, ses traits se sont radoucis. En un quart de seconde, il avait retrouvé son charme naturel qui le rendait si irrésistible. Alors qu'il se dirigeait vers la sortie, j'ai jeté un coup d'œil vers la fenêtre. Elle était là, debout, devant la voiture. Marie-Ange, brune, élancée, jeune, une de ses étudiantes probablement. Elle n'avait même pas vingt ans, seulement dix-neuf ans, j'aurais pu le jurer. Dix-neuf ans, l'âge que j'avais moi-même, huit ans plus tôt, lorsque cette aventure avait débuté. Moi qui avais mis tant d'espoir dans cette relation. Voilà qu'une autre réussissait ce que je n'avais pas pu faire en huit ans. Félix avait quitté sa femme et tout l'argent qu'elle possédait pour elle. C'est qu'elle avait bien du fric, la belle Élena. Elle n'est pas facile à quitter. Il faut dire que je ne pensais pas avoir ce qu'il fallait pour faire concurrence à un gros compte en banque comme le sien.

J'avais toujours cru que Félix aimait mieux ma compagnie à celle d'Élena, cette femme absente, amoureuse de sa carrière. Les hommes ne préfèrent-ils pas leur maîtresse ? Sinon, à quoi bon tromper leur femme ? À moins que la maîtresse ne soit rien de plus qu'une partie de plaisir. Pourtant, moi, je ne pouvais être qu'un jouet, je n'avais certainement pas investi toute ma jeunesse dans une histoire d'amour sans lendemain. Et si je m'étais trompée ? Mais oui, tête de linotte, c'est clair maintenant : je me suis trompée. Je voyais Félix me déposer sur la tablette du haut et fermer la porte sur moi. Le joujou avait fait son temps, l'amant passait au suivant maintenant.

Je me suis vue, recroquevillée, sur cette tablette. L'image m'a fait rire, j'ai éclaté d'un rire nerveux. J'avais si mal que j'avais presque envie de prier Dieu. Mais juste avant de m'agenouiller, je me suis rappelé le pot de tartinade au chocolat qui gisait dans mon garde-manger depuis deux semaines. Du coup, je me suis dirigée vers la cuisine en vidant d'un trait le verre de Félix que je tenais toujours à la main. Puis, avec une certaine hargne, j'ai fixé le pot de tartinade qui trônait au centre de l'étagère.

— Ton heure est arrivée ! Rends-toi utile et remplis ce vide qui se creuse en moi avant qu'il ne m'envahisse complètement.

Je sais, c'est plutôt pathétique de s'adresser ainsi à sa nourriture. J'aurais mieux fait de m'agenouiller et de prier, mais ce pot me narguait depuis trop longtemps. Comme Dieu est du genre à ne pas embêter les gens qui ne s'occupent pas de lui, j'ai donc choisi d'en finir avec cette tartinade. Pour se moquer davantage, ce sale contenant avait décidé de ne pas s'ouvrir. Mais puisque j'ai besoin de son contenu immédiatement, je n'ai pas tergiversé et je lui ai asséné de sérieux coups de planche à découper. Le bouchon a cédé. Trop pressée pour prendre une cuillère dans le tiroir, j'ai plongé mon index. J'ai pris ainsi trois ou quatre léchées avant de remarquer que mon voisin (un policier assez charmant qui avait toujours besoin de sucre ou de lait aux heures où j'entrais dans le lit ou en sortais, c'est-à-dire lorsque j'avais une tenue quelque peu indécente) me regardait tout sourire par la fenêtre de sa cuisine, qui faisait face à la mienne. Je lui ai fait une moue sceptique et je me suis dirigée vers ma chambre à coucher, la bouteille de vin et le pot de tartinade bien serrés contre moi.

Lorsque j'ai poussé la porte de ma chambre, les chats sont sortis. Sauf Champagne, le matou, qui est resté couché sur l'oreiller de Félix. Je l'ai laissé sur ce coussin soyeux, incapable d'affronter seule ce lit presque glacial en cette soirée d'été humide. En défaisant les draps, je savais que je m'apprêtais à passer une longue nuit d'ivresse et d'insomnie. J'ai pensé aller sonner chez mon voisin en nuisette pour lui demander du sucre ou du lait, mais dès que mon chat s'est roulé en boule tout près de moi cette idée s'est dissipée. Il faut réellement être au fond du puits pour préférer un matou poilu à un agent de police viril.

## 2

Comme tous les matins, le réveil a sonné à sept heures cinq. Je me suis levée à sept heures quarante la tête encore lourde d'alcool. J'ai failli trébucher sur la bouteille vide qui a roulé sur les lattes de bois franc. Après que j'ai passé cinq minutes sous la douche, le sommeil n'avait pas quitté mon corps ni mon esprit. J'avais très peu et très mal dormi. Même si j'avais la nausée, j'ai avalé un yogourt nature pour ne pas avoir l'estomac vide. Je prendrais le café au bureau, car j'étais déjà en retard. Je suis sortie de l'appartement et j'ai traversé la rue en courant. Il pleuvait à torrents, l'air se déchargeait de toute l'humidité des derniers jours. Avec toute cette pluie, j'avais peine à voir où je marchais. Un peu plus et j'étais happée par une camionnette. J'ai entendu un coup de klaxon, puis un bruit de freinage brusque sur la chaussée mouillée. Mais je me suis tout de même retrouvée en un seul morceau de l'autre côté de la rue. Arrivée près de ma vieille Corolla, je me suis empressée de m'y réfugier. Depuis des années, elle m'emmenait docilement au boulot. Les transports en commun n'étaient pas pour moi. Étouffer dans un wagon humide et suffocant était trop pénible, surtout l'hiver, quand on est harnaché pour la saison froide. C'est pourquoi je m'entêtais à prendre ma voiture et à payer des frais de stationnement exorbitants au lieu d'opter pour le métro qui, en quelques stations, m'aurait amenée au travail.

J'avais commencé à travailler chez Télécommunication Express en tant qu'agente au service à la clientèle à peu près au même moment où j'étais entrée à l'université. Après un an, j'avais accepté un emploi permanent et mis de côté mes études littéraires. Je n'avais rien d'une intellectuelle. J'avais choisi cette discipline parce que j'avais toujours aimé les mots et la lecture. J'avais tout de même continué mon baccalauréat à mi-temps, en traduction, pour poursuivre en communication, pour finalement ne jamais le terminer. J'occupais maintenant un poste d'adjointe administrative au service de la paie. Pour la forme, j'avais entrepris des études en comptabilité.

La vérité est que je m'intéresse à beaucoup de choses, mais qu'aucune ne me passionne vraiment. Seul Félix accapare toute ma pensée. Depuis l'instant où je l'ai connu lors de mon premier jour au collège, plus rien ne me captive. Mon tout premier cours était donné par lui, Félix Beauregard. Il portait si bien son nom, lequel avait mis beaucoup d'imaginaire dans ma tête. En moins de trois heures, j'étais tombée follement amoureuse de mon professeur de littérature, même s'il avait le double de mon âge. Évidemment, j'avais gardé cet amour secret durant toute la durée de mes études collégiales, c'est-à-dire durant près de deux ans. Malgré ma nature fermée et effacée, Félix avait réussi à percer mon secret. Il avait attendu patiemment, jusqu'à mon dernier jour de classe. Il avait trouvé une excuse bidon pour me faire venir à son bureau. En entrant dans la pièce sombre et exiguë, j'avais lancé mon sac sur une chaise comme je l'avais fait les quelques fois où j'avais eu suffisamment de courage pour venir le questionner à propos de ses cours. Cependant, cette fois-là, j'avais ressenti une sensation que je qualifierais d'étrangement agréable. Premièrement, il n'y avait pas toute cette cohorte de filles qui faisaient la file à sa porte. J'étais seule avec Félix. Il était là, silencieux, appuyé sur son bureau au vernis défraîchi. Il me fixait. Du coin de l'œil, je l'avais vu fermer la porte. Pour la première fois, je me trouvais à l'intérieur de cette pièce, la porte close. J'avoue que j'en avais souvent rêvé, tout comme, je présume, la moitié des filles du cégep. Félix… séduisant, mystérieux, charmeur par-dessus tout. On savait par contre quel était son genre de femmes : voluptueuses et sensuelles. Tout le contraire de moi, qui suis plutôt mince et un peu timide. À part mon intérêt pour la littérature, je ne voyais pas comment attirer son attention. À l'époque, il était nouvellement marié à une Italienne exceptionnellement belle. Avec mes cheveux châtain terne et mon teint quasi transparent, je ne faisais pas le poids. Mais sa pupille noire s'enfonçait dans mes yeux clairs et je me suis instantanément sentie belle. À le voir fouiller l'abysse de mon regard, j'avais l'impression qu'il cherchait à s'approprier chaque parcelle de mon corps, de mon être. Il avait réussi en posant ses mains sur ma taille. À ce contact, je me suis sentie comme une boule de neige sous un soleil flamboyant. J'aurais dû me sauver en courant, mais j'ai préféré rester. Malgré Élena, malgré les autres femmes qu'il avait connues et qu'il connaîtrait encore.

Je n'avais jamais parlé de Félix à qui que ce soit dans mon entourage. Seule Ève, ma meilleure amie depuis des lustres, savait. En fait, elle avait fini par deviner. Si elle avait eu des doutes au début, elle avait eu par la suite la certitude que j'entretenais une relation avec un homme marié et qu'il s'agissait de Félix Beauregard, notre ancien professeur de littérature. Et depuis qu'elle savait, elle n'avait qu'une idée en tête : me présenter des hommes célibataires. Je crois que les trois quarts des célibataires de Montréal (fréquentables ou non) ont mes coordonnées enregistrées dans le répertoire de leur téléphone intelligent. À voir la quantité de demandes d'amitié et de demandes à me joindre à de nouveaux réseaux sociaux que je reçois chaque semaine, on pourrait croire que j'ai la vie sociale de Paris Hilton, alors que je suis une fille très rangée et plutôt casanière. Tout cela est l'œuvre d'Ève, qui ne veut que mon bien. Mais depuis six mois, elle exagère, car elle essaie de m'organiser un souper romantique avec le nouveau vice-président du service des finances. C'est vrai que Charles Hanks possède un charme fou qui fait tourner l'œil aux femmes du bureau. J'en fais partie, je l'avoue. Ces derniers temps, durant mes longues nuits en solitaire, j'ai souvent rêvé de lui. Mais cet Adonis, en plus d'être père de quatre filles, dont trois adolescentes, est veuf depuis quelques années. Qu'est-ce que ces jeunes orphelines de mère pourraient manigancer contre la nouvelle blonde de leur père ? On craque toutes pour le beau Charles, mais on en reste loin. D'ailleurs, avec son allure stricte et son air de tragédien grec, il ne semble pas pressé de remplir le vide laissé par la disparition de sa tendre moitié.

Prise dans le tourbillon de mes pensées, je ne fais pas du tout attention à la circulation automobile. Résultat : je n'ai pas vu le feu passer au rouge. Le choc, sur l'aile arrière droite, a fait faire un angle de quatre-vingt-dix degrés à mon véhicule, me secouant au point d'ennuager davantage mon esprit. Je me suis retrouvée au milieu de l'intersection.

À travers l'averse qui tombait et la brume qui se levait dans mon cerveau, je voyais la scène indistinctement ; j'entendais les sons comme en écho, sauf celui de la pluie qui tambourinait sur la tôle de ma voiture et cela m'était infernal. Soudainement, j'ai entrevu deux phares qui s'approchaient lentement ou rapidement, je n'aurais su le dire. Mon cœur s'est mis à battre si fort que j'ai craint qu'il ne s'arrête brutalement. J'ai entendu au loin des cris, des exclamations, un bruit de freins. Les deux phares avançaient dangereusement, droit sur moi. L'asphalte était trempé et la collision fut inévitable. Un face-à-face en angle. L'impact a précipité violemment ma tête sur le côté gauche, la vitre a volé en éclats. Je n'ai vu qu'un flash de lumière blanche. Le coussin gonflable s'est ouvert. J'étouffais. J'ai poussé la portière et suis sortie du véhicule. J'avais les jambes flageolantes. La pluie voilait ma vision, un voile rougeâtre m'encerclait. Il y avait des voitures, des débris, des gens immobiles, d'autres qui couraient. Tout devenait rouge. Pourquoi rouge ? Je voyais double. Un jeune homme s'est approché précipitamment de moi. J'entendais mon nom. Qui m'appelait ? Ma tête souffrait terriblement. J'ai porté ma main à ma tempe. C'était tiède, visqueux. J'avais les doigts dégoulinants de sang, je devais être profondément coupée. À cette seule idée, je me suis sentie défaillir. Tout s'est mis à tourner, je ne pouvais faire un pas. Je devais m'accrocher à quelque chose, sinon j'allais tomber. Le jeune homme était maintenant à mes côtés. « Tara, Tara Vallières, c'est toi ? » Je n'ai vu que son regard bleu, habité de tristesse ; j'ai senti ses bras me retenir, alors que je sombrais dans l'inconscience, cet état bienfaisant qui m'a fait oublier le temps présent pour me transporter en arrière.

Une lueur de tristesse dans un œil bleu, je me souviens. C'était lors des funérailles ensoleillées du père de Mathieu, le fils de la secrétaire du cabinet juridique où travaillait ma mère. Cette femme avait quitté son mari, un joueur compulsif ; il avait joué et perdu leur maison. Sans logis ni argent, elle n'avait pas d'endroit où aller. Ma mère lui avait offert de la loger avec son fils dans le petit trois et demi de notre sous-sol. On percevait chez ce préadolescent une attirance irrépressible pour la morphologie féminine. Il avait passé l'été à m'espionner, à m'observer du coin de l'œil, me déshabillant des yeux. Il était dissipé et à la fois discret, si bien qu'il me faisait sursauter à tout moment. Il m'énervait. C'était juste avant que j'entre au collège, juste avant Félix. Durant presque trois mois, je faisais tout pour éviter ce jeune obsédé, lui décochant une raillerie chaque fois qu'il faisait éclater ma bulle. Je lui avais même asséné quelques claques derrière la tête tout en le qualifiant de mots parfois blessants. Il était finalement parti à la fin d'août, car sa mère avait obtenu un emploi en Gaspésie, là où vivait sa famille. Quatre ans plus tard, je l'avais revu aux funérailles de son père. Ce dernier ne s'était jamais libéré de sa dépendance au jeu. Criblé de dettes, accablé par les menaces et souffrant de dépression, il s'était pendu dans la cave d'un vieil immeuble délabré, là où il louait une chambre. Mathieu avait prononcé quelques mots à la mémoire de cet homme qu'il n'avait pas vu depuis des années. Ces mots, chargés d'amour et d'émotion, m'avaient beaucoup touchée. Après le service, j'étais allée le voir pour lui offrir mes condoléances. Quand ses yeux avaient croisé les miens, il avait souri. Son sourire était insaisissable : un peu amical, ou légèrement narquois ? Il m'avait été difficile d'associer ce grand adolescent au polisson dévergondé qui avait envahi mon intimité quelques années auparavant. À peine reconnaissable, il avait énormément changé et semblait avoir considérablement gagné en assurance. Une lueur de tristesse voilait désormais son regard bleu toutefois un brin outrecuidant. Il regardait de haut, maintenant qu'il était si grand.

Revenant à moi, j'ai remarqué que la pluie avait presque cessé. Je sentais une pression sur ma tempe gauche. Mathieu avait mis un pansement de fortune sur ma blessure pour contenir le sang.

— Ça va, Tara ?

— Oui, oui.

J'entendais à peine ce qu'il me disait, je pensais seulement au café que je n'avais pas encore bu ce matin.

— J'ai envie d'un café.

Mathieu m'a regardée d'un air ahuri.

— Tu veux un café alors que c'est d'un médecin que tu as besoin ? Tu en boiras plus tard. De toute façon, il n'y a pas de café par ici.

En observant les alentours, je n'ai vu que de la désolation. C'est à ce moment-là que j'ai pris conscience de l'importance des dégâts. Cinq voitures avaient été endommagées à cause de ma négligence. Il y avait des blessés, mais ceux-ci se tenaient debout. Comme j'ai été doublement frappée, j'étais la plus mal en point parmi eux. J'ai senti les larmes me monter aux yeux et je me suis mise à pleurer. Mathieu a mis son bras autour de mes épaules.

— Ne t'en fais pas, Tara, ça va aller.

— Mais non, ça n'ira pas, ai-je répondu en sanglotant. Hier soir, mon amant me quitte pour une jeune fille et, ce matin, je me retrouve au milieu de la rue, ma voiture emboutie et le crâne ensanglanté. Mais le pire…

Je hoquetais tant que j'ai dû reprendre mon souffle. Après quelques bonnes respirations, j'ai réussi à me calmer un peu. Sérieuse, j'ai poursuivi mon histoire.

— Tu veux savoir c'est quoi le pire, Mathieu O'Neil ? Le pire, c'est que je n'ai pas encore bu mon café ce matin. Je veux juste un café, ce n'est pas sorcier après tout.

J'ai terminé ma phrase en sanglotant de plus belle, tellement mon désir me semblait irréalisable. Mathieu m'a tapoté gentiment le dos.

— Écoute, Tara, je te promets que tu auras ton café rapidement. Mais avant, il faudra parler avec les policiers qui arrivent. Il faudra aussi faire remorquer ta voiture.

— Les policiers ! Remorquer ma voiture !

C'était au-dessus de mes forces. J'étais incapable d'agir. Heureusement, Mathieu s'est occupé de tout. J'ai pu m'éloigner du lieu de l'accident pour téléphoner à Ève, car j'avais vraiment besoin de parler à une amie.

— Quoi ! a-t-elle crié.

Par chance, j'ai eu le réflexe de distancer mon cellulaire de mon oreille. Pour préserver mon tympan.

— Est-ce que j'ai bien compris ? Ce salaud t'a enfin quittée ?

— Ève ! Je t'en prie, je suis dévastée !

— Je n'en doute pas un instant, mais tu vas oublier tout cela en quelques jours. Écoute, j'ai un aspirant presque parfait pour toi.

— Pas maintenant, ai-je répliqué d'un ton las, je n'ai pas le cœur à ça.

— Ta, ta, ta, je ne veux pas entendre de chichi lala. Comme je viens de te le dire, j'ai un aspirant presque parfait pour toi. Malheureusement, ce n'est pas l'homme parfait et idéal incarné par notre cher patron…

— Euh ! C'est parce que ce n'est pas notre patron, c'est le patron du patron de notre patronne.

— Je sais ça, c'est juste un détail, a ajouté Ève d'un ton agacé. Arrête de m'interrompre. Donc, même si notre cher BIG patron est aveugle pour l'instant, ce n'est pas grave. Tout en continuant de travailler de son côté, je me permets de regarder à droite et à gauche à la recherche d'une sorte d'homme pour passer le temps en attendant que l'homme parfait et idéal se secoue un peu et se rende compte que la femme parfaite et idéale pour lui travaille sous son nez…

— Je ne travaille même pas au même étage que lui. Puis tu m'énerves, je n'ai pas le temps pour ces niaiseries. Je ne t'appelais pas pour te parler de Félix ou de M. Hanks ou de n'importe quel épais qui pourrait se trouver entre les deux, je t'appelais pour te dire que je ne serai pas au bureau aujourd'hui. J'ai eu un très gros accident et ma voiture, qu'on est en train de remorquer, est certainement une perte totale.

— Pourquoi ne m'as-tu pas dit ça avant ? Au moins, es-tu correcte ?

— Non, ai-je répondu en recommençant à sangloter. Non, je ne suis pas correcte, j'ai plein de sang qui me sort par le crâne et…

— Ah oui ! Par le crâne ! On peut saigner du crâne ?

— Ça en a bien l'air, lui ai-je répondu en pleurant de plus belle.

— Oh ! Ma pauvre… Oh non ! Oh oui !

— … quoi, qu'est-ce…

— Tu ne vas pas me croire ! L'homme parfait et idéal s'en vient vers moi. Oh ! Il faut que je te laisse.

Elle a raccroché sans se préoccuper de mon état. Elle me laisse en sang au beau milieu de la rue parce que MON homme parfait et idéal vient l'aborder. Vous parlez d'une amie ! Voudrait-elle le garder pour elle, le beau Charles Hanks ? Je suppose que c'est pour cela qu'elle essaie de me trouver un aspirant presque parfait. Ève m'énervait tant à propos de tous ces hommes parfaits ou presque qu'elle voulait me présenter que j'en avais des élancements dans la tête. Ce qui m'a rappelé l'état de mon crâne. À peine mon cellulaire rangé dans mon sac, il se met à sonner.

— Tara, j'ai absolument besoin de toi, me crie ma tante Michèle. J'ai retrouvé Damien, il est à Amsterdam. Tu vas partir le plus vite possible, j'organise tout. Il y a un avion qui décolle cet après-midi, je vais te réserver un siège…

— Michèle, arrête…

— Damien va aller te prendre à l'aéroport, il te fera visiter la ville. Tu te souviens, il t'avait promis à l'époque qu'il t'emmènerait en Europe.

— Michèle, je ne peux pas partir aujourd'hui, je dois aller à…

— Tara, tu me l'as promis ! Tu sais bien que je dois régler ce divorce une fois pour toutes. Passer par les ambassades ou les consulats est extrêmement compliqué, ça fait trop de paperasse, puis Damien ne coopère pas. Alors qu'avec toi, l'affaire est dans le sac. Nous savons toutes les deux à quel point il t'aime bien, je suis certaine qu'il signera tout ce que tu lui demanderas. Mais il ne faut pas attendre, je ne veux pas qu'il file comme la dernière fois. Les escrocs, ça change de pays comme ça change de chemise ou de caleçon.

— Damien un escroc ! Voyons !

Michèle dit vraiment n'importe quoi. Je me souviens très bien de Damien, un Français que ma tante avait ramené d'un voyage en Europe une douzaine d'années auparavant. Il parlait avec ce charmant accent français ; il me traitait comme une adulte, même si j'étais bien jeune à l'époque. J'en étais tombée un peu amoureuse. Il était si gentil et si séduisant, il ne pouvait certainement pas être un escroc.

— Oui, un escroc. Moi, je l'ai connu, ma chérie, et je sais des choses que je préférerais ne pas savoir. Je ne serais pas étonnée que Damien ait mal tourné et qu'il soit en fuite. Il ne faut donc pas le perdre de vue, tu dois partir immédiatement avant qu'il ne disparaisse de nouveau.

Comme à son habitude, Michèle parlait si vite que je n'arrivais pas à l'interrompre, et même si je réussissais à lui couper la parole, elle ne s'en apercevrait pas du tout, trop occupée qu'elle est à s'écouter parler. Je tenais mon téléphone au bout de la main en affichant un air découragé.

— Je ne veux pas aller à Amsterdam, ai-je dit avec désespoir à Mathieu qui approchait de moi. Pourquoi ai-je fait cette stupide promesse à ma tante ?

— Amsterdam… super ! m'a-t-il répondu tout souriant. J'ai un ami qui est là-bas depuis un an, je pars le rejoindre dans quelques semaines. On peut y aller ensemble, si tu veux.

# 3

Deux jours plus tard, je suis dans un avion en direction d'Amsterdam en compagnie de Mathieu. Tout s'est mis en place pour que j'accepte de partir. Après l'accident, j'ai vu un médecin qui m'a signé un congé de quelques jours. J'avais profité de ce billet et du bandage sur ma tête pour faire devancer mes vacances. C'était un peu grâce à Mathieu si j'avais accepté de faire ce voyage pour ma tante Michèle. Durant les longues heures au cours desquelles nous avons dû patienter dans la salle d'attente de l'hôpital, Mathieu, qui avait insisté pour rester avec moi, n'avait pas cessé de me décrire la ville d'Amsterdam. Il m'avait expliqué combien ce serait agréable d'aller y rejoindre son ami Émilien, saxophoniste, qui vit là-bas depuis un an. Il travaille dans un cabaret en vogue où il a rencontré une Indonésienne, danseuse exotique. À voir Mathieu me décocher ses coups d'œil et ses sourires malicieux, je crois qu'il s'intéresse bien plus à la danseuse exotique qu'à Amsterdam même. Au fond, j'ai un peu pitié de lui, car ce n'est pas avec son vieux jean défraîchi et sa chemise de mauvais goût qu'il aura du succès auprès des jolies danseuses de ce cabaret populaire. Toutefois, ses propos étaient intéressants. Il me parlait de cette ville avec tant d'engouement qu'il m'a donné envie de la voir. L'idée a finalement fait son chemin.

Puis, en toute fin d'après-midi, en rentrant de l'hôpital en compagnie de Mathieu, j'ai compris que partir n'était plus seulement une éventuelle possibilité, mais que c'était devenu une nécessité. Je devais partir très loin pour tenter d'oublier ce que je voyais sous mes yeux. C'était la Boxster de Félix d'un côté de la rue et, de l'autre, une camionnette, garée à reculons, devant l'entrée de mon immeuble. Avec ses portes grandes ouvertes, je devinais qu'elle s'apprêtait à avaler tout un chargement. J'ai monté l'escalier au pas de course, même si ma tête élançait terriblement.

J'avais vu juste. Félix vidait mon appartement pour meubler celui de sa nouvelle favorite. Elle était là, la garce, en train de choisir son ameublement parmi mon mobilier personnel.

— Je ne veux surtout pas de ce lit, l'ai-je entendue dire, je ne vais quand même pas aller m'amuser sur son terrain de jeux, lança-t-elle avant d'éclater de rire.

J'étais si anéantie que j'en étais chancelante. Je me suis retenue à Mathieu, car plus rien dans mon salon n'aurait pu amortir ma chute si je m'étais laissée tomber. La pièce était complètement vide. Ils avaient pris mon magnifique canapé blanc, mon très large et confortable fauteuil fuchsia, ma télévision et tout mon équipement de cinéma maison.

Félix est sorti de ma chambre en tenant ma lampe art déco, celle avec un abat-jour de style Charleston.

— Tara, te voilà, dit-il sans même sembler mal à l'aise de me voir là, j'ai tenté de te joindre presque toute la journée. J'avais les déménageurs en fin d'après-midi. Je ne pouvais plus attendre, je devais venir maintenant.

— C'est ma lampe, ai-je murmuré lentement.

— C'est moi qui l'ai achetée, Tara, elle est plus à moi qu'à toi.

— Mais je l'aime, cette lampe. Puis c'était un cadeau.

— Je croyais que tu comprendrais, je ne peux pas tout te laisser, ce sont des présents très dispendieux.

— Oui, je comprends, ai-je renchéri sarcastiquement. C'est très simple, tu n'as plus l'argent de ta femme pour combler ta maîtresse.

Félix a ouvert la bouche, mais il n'a rien dit. Il a haussé les épaules avant de jeter un coup d'œil en direction de Marie-Ange.

— Rends-moi mes clés, Félix, et pars.

— Mais on n'a pas encore vérifié la cuisine, a fait remarquer Marie-Ange.

— Félix, ai-je répliqué d'une voix sèche. Rends-moi mes clés et quitte mon appartement immédiatement. C'est moi qui paie le loyer, je suis chez moi.

Félix et sa Marie-Démone sont partis sans insister davantage. Quant à moi, je ne pouvais rester un instant de plus dans cet endroit sinistre. Je suis partie chez Michèle. Puisque rester dans la même ville que Félix m'était apparu subitement insupportable, j'ai accepté d'aller à Amsterdam pour rencontrer Damien et finaliser le divorce de ma tante. Michèle refusait d'y aller elle-même, elle en voulait toujours à Damien de l'avoir quittée, même si cette séparation datait de sept ou huit ans. Elle préférait me déléguer cette tâche, car j'étais, selon elle, la seule personne en qui elle avait confiance pour mener cette affaire à terme. Michèle et moi avons toujours été très proches l'une de l'autre. Elle est la sœur cadette de ma mère. Plus âgée que moi d'à peine onze ans, je la considère plus comme une grande sœur que comme une tante. Après tout, lui rendre un tel service pouvait être agréable et j'y avais mis mes conditions. Elle payait mon billet d'avion et celui de la personne qui m'accompagnerait. Je n'avais vraiment pas envie de partir seule. Elle organisait tout et elle s'assurait que Damien allait me loger gratuitement, dans un endroit propre, sécuritaire et très convenable.

Avec de telles conditions, je n'ai même pas eu besoin de convaincre Mathieu de quoi que ce soit. Il a donné sa démission à son employeur à la minute même où je lui ai proposé de venir avec moi. Puisqu'il étudiait la musique à temps plein, il ne travaillait que durant les mois d'été ; quitter son emploi de serveur n'a pas été très déchirant pour lui. Il trouverait bien un moyen de gagner un peu d'argent avant de reprendre ses cours en septembre.

Pourtant, en montant dans l'avion, je n'étais plus sûre de rien. J'ai connu Mathieu il y a longtemps et je l'ai revu par hasard après plusieurs années. Il semble bien sympathique et altruiste, du moins c'est l'impression qu'il m'a faite le jour de mon accident. Mais là, je vais passer plusieurs semaines avec lui, dans un pays étranger. J'aurais vraiment eu intérêt à réfléchir avant de lui proposer de m'accompagner. J'espère qu'il n'a pas trop d'attentes parce qu'il risque de trouver le temps long.

— Alors, ton ex, il n'est pas très sympa, hein ?

— Hum… si tu veux…

— J'espère que tu n'es pas sortie avec lui trop longtemps.

— Quelque temps…

— En tout cas, chose certaine, il est vraiment trop vieux pour toi.

Je lui ai lancé un regard réprobateur tout en lui répondant, laconique :

— J'ai toujours préféré les hommes matures.

Ma remarque ne lui a pas plu, car une expression étrange s'est dessinée sur son visage. Je sens qu'on va drôlement s'amuser durant ce voyage, puisqu'il semble toujours prêt à faire des critiques cinglantes.

— Ce n'est pas seulement l'âge qui détermine la maturité, il y a les épreuves qui comptent aussi. Ah ! Je n'ai pas envie qu'on se fasse la gueule. C'est juste qu'on va passer trois semaines ensemble, j'ai bien le droit de savoir à quoi m'en tenir. Peine d'amour larmoyante ou vengeance aveugle ?

Il avait prononcé ces derniers mots sur un ton assez roucoulant. Il allait être désenchanté, car je n'avais pas de plan pour lui. En vérité, je ne comprenais même plus pourquoi j'avais décidé de partir avec lui. Je n'ai pas répondu à sa question, je me suis contentée de soupirer en sortant de mon sac un magazine acheté dans un kiosque à l'aéroport. En le feuilletant, je suis tombée sur un article signé Isabelle Beauregard. Curieusement, je n'arrivais pas à le lire, car Mathieu posait sur moi un regard scrutateur. J'avoue que cela ne m'exaspérait pas autant que je l'aurais pensé. Je me suis sentie légèrement intimidée, mais aussi flattée. En effet, deux jeunes filles, assises de biais, regardaient furtivement dans notre direction en gloussant. Je me doutais bien que cet intérêt ne m'était pas destiné. Mon compagnon de voyage semblait créer des remous dans ces jeunes cœurs et cela stimulait quelque peu mes sens. Mais ça, je n'allais surtout pas le lui montrer. Mathieu était trop jeune pour que je puisse m'intéresser à lui, il était mon cadet de cinq ans. J'ai tourné la tête de côté, j'avais la désagréable impression qu'il arrivait à lire en moi. Il m'observait toujours de ses yeux espiègles. Il m'a même envoyé un clin d'œil, le macho. Ce qui m'a complètement décontenancée. Je lui ai répondu par un haussement d'épaules. Je me sentais si ridicule, j'avais presque envie d'aller me cacher dans les toilettes. J'ai préféré garder les yeux sur mon magazine pour ne plus croiser son regard désinvolte. Pourtant, j'avais beau fixer les mots, je n'arrivais pas à lire quoi que ce soit. Pour me distraire, j'ai laissé mon esprit vagabonder.

Je marche doucement, au bras de Félix, au bord de la mer Méditerranée, là où Isabelle Beauregard a une maison d'été. À Montréal, Félix et moi devons nous faire discrets, mais à l'étranger, tout nous est permis. On peut se balader main dans la main, on peut s'embrasser dans la rue, personne ne nous connaît, sauf Isabelle, seule personne liée à Félix qui est au courant de mon existence.

Aussi rousse que ses trois frères pouvaient être noirs, Isabelle était le mouton noir de la famille Beauregard. Son père lançait souvent, à la blague, qu'elle était née d'une mère certaine et d'un *pèreplexe*. Toutefois, elle avait respecté la filiation maternelle et paternelle en choisissant d'étudier en lettres. Laissant de côté l'enseignement et les recherches littéraires, créneaux que son père et ses frères avaient choisis, puis reniant le métier que pratiquait sa mère, soit l'écriture poétique, Isabelle s'était éprise de journalisme et d'esthétisme. Elle travaillait pour un grand magazine français spécialisé en beauté féminine. Elle habitait le sud de la France depuis plusieurs années, mais de nombreux voyages lui permettaient de passer régulièrement par Montréal. C'est lors d'un de ses séjours que j'avais fait sa connaissance.

Environ un an après les débuts de notre folle aventure, Félix était arrivé chez moi accompagné d'une grande rousse d'une trentaine d'années, aux traits ni fins ni gracieux, mais à l'allure tellement incendiaire qu'un nombre considérable d'hommes, peut-être même de femmes, avaient dû s'y brûler. Félix m'avait présenté sa sœur comme étant une délinquante malicieuse sans aucune malignité. Ce soir-là, nous avions soupé dehors en compagnie d'Isabelle, qui fut toutefois assez perspicace pour nous laisser terminer la soirée en tête-à-tête. Isabelle aimait tout ce qui sortait des rangs bien droits de la morale et des convenances ; elle était donc ravie de savoir que son frère avait une vie clandestine, mais elle n'en aurait pas pour autant dévoilé le secret à qui que ce soit. Félix lui avait tout raconté parce qu'il ne pouvait rien cacher à sa sœur, mais aussi parce qu'il envisageait de s'en faire une alliée. Elle était donc devenue notre bouclier. Si nous étions aperçus par une connaissance de Félix, j'étais tout simplement présentée comme une amie d'Isabelle. Ce qui s'avéra être vrai, après tout, puisque quand Isabelle venait à

Montréal elle débarquait bien plus souvent chez moi que chez Félix. L'espace y était plus restreint, mais elle n'avait pas à y supporter Élena et ses airs d'aristocrate, jouant, par déformation professionnelle, la vice-présidente jusque dans sa maison. Elle n'appréciait guère sa belle-sœur. Je suppose que ce sentiment devait être réciproque. Isabelle avait une attitude quelque peu cavalière qui déplaisait à beaucoup de gens, même aux membres de sa famille. D'ailleurs, elle les qualifiait de pédants, sauf Félix, qui jouait, disait-elle, le bourgeois intello mais qui, au fond, était un homme d'une grande accessibilité et empreint de beaucoup de folie. Elle m'avait appris beaucoup sur l'homme que j'aimais, plus qu'il n'aurait pu le faire lui-même. Elle trouvait dommage qu'il se soit résigné, que la famille déteigne sur lui, et, surtout, que sa femme dirige son existence, décide de ses passe-temps et de ses goûts. Selon elle, il avait épousé Élena pour rentrer dans les bonnes grâces de ses propres parents, qui lui avaient difficilement pardonné un premier mariage qui s'était abruptement terminé. Pour eux, un divorce était pire qu'un échec, c'était un scandale. Félix avait terni l'image des Beauregard. Pour eux, les apparences comptaient beaucoup plus que l'amour et le bonheur. En se mariant avec Élena, non seulement il augmentait son propre niveau de vie et s'offrait une femme d'une beauté quasi parfaite, mais il permettait surtout aux siens de monter de quelques échelons dans la société. Il redevenait ainsi un membre à part entière de la famille, et non qu'un individu toléré à cause des liens du sang, statut qu'Isabelle occupait avec beaucoup d'orgueil. Son propre bien-être lui importait plus que les convictions familiales. Même complètement rejetée et déshéritée, elle aurait poursuivi sa conquête du bonheur par le truchement de la passion et de l'amour, sensations dignes d'être expérimentées à même la peau nue, et non à travers un épais tissu de normes, de valeurs et d'apparences cousues serré. Hélas, Félix s'était trop habitué au confort matériel pour être lui-même. Avec Élena, il était un Beauregard ; en ma compagnie, il redevenait ce qu'il avait déjà été : simplement Félix. Celui qu'Isabelle connaissait, celui qu'elle aimait, celui qu'il devait également être au cégep, loin des influences familiales. Mais son travail ne devait plus être une bouée suffisante pour le garder à flot, il avait eu besoin d'un bateau plus solide pour lui permettre de s'éloigner du tumulte des vagues que causent les agitations du paraître. Au dire d'Isabelle, avec moi, Félix voguait sur une mer calme, empreinte de simplicité et de petits bonheurs pêchés dans la vie ordinaire. Je lui permettais d'être vrai. J'avais dû échouer à la tâche. Désormais, l'embarcation que je représente ne garde plus personne à flot, elle est partie à la dérive. Je dévie en plein vol, désirant m'entourer d'un décor différent, de gens appartenant à une autre époque, à un passé avant Félix, passé qui me donnera peut-être la possibilité d'entrevoir un avenir sans lui.

On me secouait le bras. Le repas ! Déjà ! Je m'étais endormie, j'avais les muscles engourdis. Mathieu et moi avons mangé, sans appétit, le poulet insipide, les légumes ramollis, le petit pain sec, le gâteau imprégné d'humidité. J'ai bu seulement trois gorgées de café qui ressemblait à un bouillon laiteux réchauffé à température ambiante. Évidemment, nos plats étaient si généreux que, sans nous presser, nous avions tout mastiqué, avalé et digéré en moins de trois minutes. Puis il a fallu attendre une demi-heure pour qu'un agent de bord nous débarrasse des cabarets encombrants. Enfin, nous pouvions aller aux toilettes.

De retour à mon siège, je me suis penchée pour reprendre mon magazine qui était tombé lorsque j'avais quitté ma place. En relevant la tête, j'ai vu Mathieu s'arrêtant, tout sourire, auprès des jeunes filles au babillage incessant. Il s'est accroupi dans l'allée étroite, en posant sa main sur l'avant-bras de la brunette. Selon moi, elle était beaucoup moins jolie que la blonde. Il est vrai toutefois qu'elle avait des attributs féminins fort généreux. Critère de beauté essentiel, d'un point de vue masculin, il va sans dire. Mathieu a dû sentir que je l'observais, car il a légèrement tourné la tête dans ma direction. Discrètement, j'ai eu droit à un deuxième clin d'œil. Décidément… Dans les minutes qui ont suivi, on nous a demandé de nous préparer à l'atterrissage. Mathieu est revenu à sa place. J'ai été assez idiote pour lui mentionner qu'il avait un tic nerveux à l'œil droit. Il s'est approché doucement de moi, en collant presque sa bouche contre mon oreille. Puis il m'a chuchoté, avec délicatesse, des mots qui m'ont laissée quelque peu soucieuse :

— Pas du tout, je cherche seulement à te faire chavirer.

Instinctivement, je me suis éloignée pour créer un espace respectable entre nous.

— Quoi ?

— Tu as compris.

Effectivement, j'avais compris. Sa contenance assurée me faisait perdre mes moyens. C'est pourquoi j'ai voulu ne rien ajouter, en me promettant bien de lui montrer que, si j'avais à chavirer au cours de ce voyage, il n'en serait pas la cause.

# 4

Nous avons atterri à Schiphol sans retard. Le jour s'était à peine levé. Moi qui aimais dormir, j'avais perdu une nuit de sommeil. Le décalage horaire allait me perturber durant au moins trois jours. Je traînais, épuisée, une valise pleine de vêtements et un sac de voyage qui débordait ; pour tout bagage, Mathieu n'avait qu'un maigre sac à dos et sa trompette classique. Nous avons passé les portes vitrées servant de cloison entre les voyageurs et la foule compacte venue les accueillir. Je regardais cette masse, essayant de trouver la figure familière de Damien. Introuvable. M'avait-il oubliée ? Détachant mes yeux de la foule, je l'ai vu enfin apparaître à l'autre bout de l'aéroport. Je le suivais du regard, il approchait, semblant chercher quelqu'un ; moi, évidemment. Je ne savais pas comment l'aborder, je préférais le laisser me reconnaître. Je le trouvais plus petit que dans mon souvenir, différent, ses traits avaient durci, il n'était pas vraiment lui-même. Rendu à quelques pas de moi, il ne me voyait toujours pas. J'ai posé mon regard sur lui. Qu'est-ce que j'allais lui dire ? Se sentant observé, il s'est avancé, incertain qu'il s'agissait de moi.

— Tara ?

— J'ai tant changé ?

— Non, non… Tu sembles seulement… je ne sais pas… plus… plus… adulte…

J'ai souri en fronçant les sourcils. Je lui ai tendu la main. Je n'avais pas envie d'une accolade, encore moins des trois baisers d'usage que les Européens s'échangent, même sans se connaître. Je préfère une bonne poignée de main. Je lui ai présenté Mathieu. Nous l'avons remercié d'accepter de nous héberger à seulement quelques heures d'avis.

— Non ! C'est un plaisir d'avoir des invités, s'est-il hâté de dire d'un ton bourru.

J'avoue qu'à cet instant je n'étais plus sûre de rien. Damien me faisait une drôle d'impression, comme si je ne l'avais jamais connu. J'avais presque envie de sauter dans un taxi et d'aller à l'hôtel. Pourtant, sans rien dire, je l'ai suivi jusqu'à l'extérieur, où nous attendait son chauffeur. C'était un colosse, qui avait l'allure d'un garde du corps, appuyé contre une Mercedes noire. Michèle a peut-être raison, après tout, de croire que Damien a mal tourné. Le chauffeur s'est empressé de nous ouvrir la portière arrière et de prendre nos bagages.

Nous avons roulé durant presque une demi-heure, passant par l'autoroute, puis par plusieurs municipalités qui se suivent les unes les autres. Nous logerons loin de la métropole. Je suis déçue.

Nous ne parlions pas. Damien était assis à l'avant, il semblait peu intéressé à savoir ce que j'étais devenue depuis toutes ces années. Il m'ignorait presque. Je regardais défiler le paysage. Mathieu faisait de même, et le silence pesait. Le temps était à la grisaille, mais quelques rayons de soleil perçaient ici et là. C'était comme de petites caresses sur mon âme perplexe.

Enfin, la voiture s'est arrêtée devant une haute barrière métallique. Le chauffeur a baissé sa vitre pour taper un code sur le clavier encastré dans la pierre, car un muret entourait toute la propriété. De grands arbres en suivaient la courbe, dissimulant la maison grâce à leur feuillage. La voiture s'est avancée sur une allée de gravier, où trois véhicules étaient garés presque collés les uns sur les autres. L'espace à l'intérieur de la cour était plutôt restreint.

Au milieu de cette surprenante exiguïté se dressait une maison étroite, haute de quatre étages. Elle ressemblait à ces maisons qu'on voit souvent sur les photos et dont la façade est chargée d'histoire. Toutefois, le terrain était dénudé ; aucune fleur, aucun arbuste, que de grands arbres qui l'encerclaient et qui lui conféraient un air d'isolement. Cet endroit était silencieux, trop calme. Derrière nous, la grille se refermait d'elle-même, lentement. Avais-je fait tout ce trajet pour m'isoler davantage ?

Tony, le chauffeur, s'est occupé de nos bagages alors que Damien nous faisait entrer dans un vestibule au plancher de marbre et à la décoration somptueuse. Les meubles et les murs de couleur claire donnaient une impression de froideur. L'intérieur de la maison était trop sombre, il aurait été impensable d'y mettre des teintes foncées. Sur la gauche, un salon fermé par des portes vitrées. Un homme, bien assis dans un fauteuil de cuir blanc, a voulu se lever à notre arrivée, mais un signe de Damien a freiné son élan.

— Je suis désolé, je dois vous quitter déjà, nous a dit Damien. Un client m'attend, j'ai une affaire urgente à terminer. Tony vous conduira à votre chambre.

Tony nous a fait monter par un escalier d'une étroitesse incroyable. Il nous a installés dans une pièce spacieuse qui occupait tout le quatrième étage. Son ameublement était moins somptueux qu'au rez-de-chaussée, mais tout de même de bon goût et d'apparence confortable. Mathieu a ouvert la grande porte-fenêtre. Nous sommes sortis un instant sur le balcon. J'étais heureuse de voir que les nuages s'étiolaient. Tout en bâillant, je lui ai marmonné que je prenais le lit et que je lui laissais le sofa. J'ai dormi d'un sommeil de plomb jusqu'au beau milieu de l'après-midi.

Au réveil, j'étais seule. Il y avait des draps froissés, une couverture et un oreiller sur le canapé encore ouvert. J'ai frappé à la porte de la salle de bains contiguë à notre chambre. Aucune réponse.

37

J'en ai profité pour prendre une longue douche. Une fois habillée, j'ai entrepris la descente de l'escalier escarpé, où j'allais sûrement me casser la gueule avant la fin de mon séjour. À l'étage au-dessous, j'ai constaté qu'il y avait une autre chambre à coucher, moins grande, mais semblable à celle que j'occupais avec Mathieu, ainsi qu'un petit salon, simplement décoré. Au deuxième étage, la décoration impressionnait davantage. La grande salle de bains était toute de dalles gris clair et bleu roi, d'émail scintillant. La chambre à coucher exhibait un mobilier de pin, des étoffes blanches, satinées, veloutées. Sur ce palier, il y avait une troisième pièce, mais la porte était fermée, et je n'ai pas osé l'ouvrir ni y frapper. Je me trouvais tout juste au rez-de-chaussée au moment même où Damien entrait. Il retrouvait de plus en plus sa bonne humeur et commençait à ressembler à celui que j'avais déjà connu. Même si quelque chose manquait, il s'efforçait de redevenir lui-même. Il m'a demandé de lui accorder une quinzaine de minutes pour lui permettre de se changer.

— Ensuite, nous irons prendre l'apéritif.

— Je veux bien, mais je ne sais pas où est Mathieu.

— Il ne doit pas être loin. Ne t'en fais pas, nous l'attendrons.

Damien a disparu dans l'escalier. J'ai fait le tour du salon, de la salle à manger et de la cuisinette qui occupaient tout le rez-de-chaussée. Petit, mais princier. Au milieu de tant de luxe, je me demandais si la maison de Félix était aussi richement décorée. Cette maison que Félix quittait si souvent pour passer quelques heures, quelques jours dans mon sobre appartement. Il arrivait à l'improviste, pour rester trois ou quatre heures ou toute une nuit. Il venait pour me courtiser, me pousser la romance, m'aimer ou me faire oublier qu'il y avait une vie à l'extérieur de notre retraite pauvre de luxe, mais riche de lui, de ses caresses, de ses baisers. Je l'aimais tant, cet homme qui m'a tout pris. Aujourd'hui, je crains d'être dépouillée au point de ne plus pouvoir en aimer un autre. Le bruit de la porte d'entrée m'a fait sursauter. Mathieu entrait.

— Où étais-tu passé ? ai-je demandé brusquement.

— J'étais juste allé me promener. J'avais pensé te réveiller avant de partir, mais… tu semblais si bien dormir…

Des éclats moqueurs scintillaient dans ses yeux azur. Ça lui plaisait, me regarder dormir. Qu'avait-il bien pu voir au-delà de mes paupières closes ? C'était vraiment ennuyeux d'avoir à partager une chambre.

Damien s'est pointé au rez-de-chaussée avant que j'aie pu répliquer à la remarque de Mathieu. Resplendissant, souriant, il avait troqué son complet noir contre une tenue plus décontractée, je le reconnaissais de plus en plus. Peut-être allait-il réussir à être lui-même avant mon départ.

Alors que Mathieu montait se changer à son tour, Damien m'a offert un verre que j'ai refusé. Il s'en est versé un. Il prend l'apéritif avant d'aller prendre l'apéritif. Décidément !

— Michèle va bien, ai-je lancé instinctivement pour meubler le silence.

— Hum ! Très bien !

— Elle est fiancée depuis quelques mois, c'est pour ça qu'elle veut finaliser votre divorce le plus vite possible, elle aimerait se remarier bientôt.

— Bien sûr. Mais on peut s'occuper de tout ça un autre jour. Ce soir, allons faire la fête, nous amuser un peu, a-t-il dit avant de porter son verre à ses lèvres.

Il eut le temps de prendre que quelques gorgées avant que Mathieu nous ait rejoints. Ce dernier était vêtu de son sempiternel jean délavé et d'une chemise au goût suspect.

— Vous êtes prêts ! Alors on y va, a déclaré notre hôte sur un ton qui se voulait enjoué.

J'avais le sentiment qu'il avait hâte de partir pour rentrer au plus vite. Partons, si on veut revenir. Damien s'est installé au volant de la Mercedes. Pas de chauffeur ce soir. Je me suis assise à l'avant. J'avais cru que Damien aurait été un peu plus bavard, mais je m'étais trompée. Il conduisait en silence. Nous nous sommes arrêtés dans un petit resto-bar pas très loin de la maison, donnant sur une minuscule plage grisâtre. L'endroit était plutôt désert, dépouillé. Mon hôte ne parlait pas beaucoup, il ne faisait que répondre aux questions de Mathieu sur la ville et les habitudes des Amstellodamois. Je me taisais aussi, j'observais Damien, je tentais de le retrouver après tout ce temps qui s'était écoulé. J'ai rapidement cessé mon observation, ses coups d'œil lourds et chargés d'acrimonie m'en ont dissuadée. Damien n'aimait pas être regardé. Heureusement, Mathieu était loquace, sans quoi nous aurions eu droit à un silence insupportable.

Après l'apéro, nous avons enfin filé vers la métropole tant espérée. Damien nous a initiés à la cuisine indonésienne, très en vue en Hollande, certainement en raison du nombre important d'Indonésiens qui habitent les Pays-Bas. La cuisine locale n'étant pas très raffinée, les Indonésiens en ont profité pour dévoiler leurs prouesses culinaires. Une cuisine riche en légumineuses, noix et arachides ainsi qu'en sauces à la fois piquantes et sucrées. Le tout apprêté de multiples manières, rarement égalées. Durant le repas, Mathieu a parlé du cabaret où son ami Émilien joue du saxophone. À ces propos, Damien a repris cet air dur et sévère qui ne lui seyait pas du tout, lui donnant l'apparence d'un autre lui-même.

— Je ne savais pas que vous connaissiez des gens ici ! a-t-il dit en me regardant singulièrement.

— C'est un ami de Mathieu, moi je ne le connais pas.

Le téléphone de Damien a sonné et il s'est empressé de prendre l'appel, qui fut très bref. Il a raccroché en nous disant qu'il avait un important rendez-vous dans une heure.

— Tu apprends à la dernière minute que tu as un rendez-vous à vingt-deux heures ! Mais quel genre d'affaires brasses-tu ?

— Je… j'importe des objets d'art, j'agis surtout à titre d'intermédiaire entre les vendeurs étrangers et les commerçants hollandais. Je devais rencontrer un client indonésien ce matin, mais il n'a pas pu venir au rendez-vous ; alors il désire me voir maintenant, car il doit prendre l'avion demain à la première heure, a-t-il expliqué sur un ton impatient.

— C'est fou comme le temps transforme les gens. Lorsque tu habitais à Montréal, jamais tu n'aurais fait passer le travail avant le plaisir.

C'est en riant que je lui ai rappelé qu'il ne faisait pas grand-chose à l'époque.

— Tu te souviens ! Heureusement que Michèle était là pour faire un peu d'argent, car tu étais plutôt du genre oisif.

Damien n'a pas trouvé ma remarque amusante. Sa figure s'est durcie aussitôt.

— Non, mais se faire vivre… Bon, on arrête ça ici, je suis un autre homme maintenant. Allez, je vous amène à votre cabaret et j'irai vous prendre plus tard.

Son ton était devenu hargneux et cinglant. Un froid s'est installé entre nous. Damien nous a conduits jusqu'au cabaret en empruntant les rues minuscules et serrées d'Amsterdam. La proximité créée par cette étroitesse rendait l'absence de parole carrément dérangeante. Heureusement, nous n'avions pas une longue route à faire. Si j'avais su, j'aurais suggéré de nous y rendre à pied.

En descendant de voiture, l'âme transie par notre silence de glace, j'ai été envahie par une chaleur. J'ai croisé un regard ardent, vif, luminescent. Un homme. Séduisant. J'en ai oublié le malaise des dernières minutes. Durant quelques secondes, mes yeux sont restés accrochés aux siens. D'un vert émeraude, ces yeux-là étaient pénétrants. L'homme sortait du cabaret alors que j'y entrais. De mon épaule, j'ai frôlé son bras. Une puissante flambée de sensations a traversé mes vêtements pour s'infiltrer dans ma peau et s'emparer de tout mon corps. Le bel inconnu a disparu dans la fraîche obscurité du soir ; j'ai pénétré dans la pénombre étouffante du cabaret.

À l'intérieur, c'était petit, mais bondé de monde ; la salle était sombre, mais la scène, bien éclairée. J'y voyais des musiciens, dont un saxophoniste, Émilien probablement, et des danseuses, jeunes femmes à moitié nues pour la plupart. Certaines avaient la poitrine recouverte de plumes pastel, d'autres avaient les seins entièrement dénudés. J'étais mal à l'aise. Mathieu m'a entraînée vers la scène en me disant que les premières tables étaient réservées aux invités. Un homme en smoking nous a demandé de nous identifier. Mathieu lui a glissé quelques mots en montrant Émilien du doigt ; une table nous fut assignée d'emblée. D'après l'apparence des gens assis autour de nous, j'en ai déduit que cet endroit huppé était surtout fréquenté par une clientèle bien cossue. Mon compagnon faisait un peu hors décor. Toutefois, il s'harmonisait convenablement aux musiciens habillés de jeans élimés et de chemises défraîchies.

Une fille chaussée de longues bottes de cuir, portant une jupe courte et un bustier à paillettes, est venue nous offrir à boire. Nous avons siroté nos boissons en regardant la fin de ce premier spectacle. Les danseuses ont rapidement disparu pour laisser place à une chanteuse à la voix juste et au corps remarquable. Elle n'était vêtue que de brillantes écailles dorées qu'on eût dit peintes à même sa peau.

Après ce récital qui a duré une vingtaine de minutes, Émilien est descendu de scène et s'est joint à nous. Petit, trapu, il devait se sentir lilliputien au milieu de tous ces Hollandais. Ses lunettes noires trop épaisses qui ornaient ses joues le vieillissaient certainement, car il paraissait dans la mi-trentaine, alors qu'il devait avoir environ vingt-deux ans, comme Mathieu. Les deux amis discutaient entre eux sans se soucier de moi. Négligée, j'aurais peut-être mieux fait de rentrer. Mathieu oubliait ma présence. Lorsqu'une des effeuilleuses nous a retrouvés à notre table, j'ai été définitivement mise au rancart. Je dois avouer que cette fille ne passait pas inaperçue. C'est avec enchantement qu'Émilien nous a présenté sa copine, Danti. Il en était fier, et je le comprends bien : elle était aussi éblouissante que lui pouvait être disgracieux. Mathieu arrivait difficilement à détacher son regard de cette peau dorée et luisante, de ce corsage de lycra invitant l'œil à plonger dans les profondeurs du décolleté de Danti, de cette fleur d'hibiscus tatouée à la naissance de son sein gauche, de cet anneau d'argent lui ornant le nombril. Cette Indonésienne avait de quoi rendre toute femme jalouse. Et j'étais jalouse. Elle aurait pu posséder toutes les qualités véhiculées par tous les peuples de la terre, elle était trop belle pour être appréciée à sa juste valeur. Je me suis surprise à sourire en pensant qu'elle n'était qu'une vulgaire danseuse. J'en étais là dans mes réflexions d'envieuse lorsque j'ai aperçu, accoudé au bar, l'homme qui m'avait tant troublée un peu plus tôt. Il était revenu. Il balayait la salle de son regard de feu, qu'il a arrêté sur moi, faisant accélérer mon rythme cardiaque. Il me fixait sans gêne. Je me complaisais à sentir ses yeux infiltrer toutes les particules de mon corps. Il me scrutait comme on inspecte un arrivage de nouvelles marchandises. Peu m'importait, je n'avais plus de cœur pour aimer. Mais en me faisant détailler de la sorte, j'ai compris que j'avais tout mon corps pour m'ébattre et me libérer, le temps d'une passion. M'examinant toujours, cet inconnu m'incendiait à distance. Il a détaché son regard pour dire quelques mots à l'oreille du barman et est allé rejoindre des gens à une table pas très loin de la nôtre. Il a serré des mains, embrassé des joues. Il discutait sans s'asseoir, puis il a recommencé son manège à une autre table, encore plus près de la nôtre. Sentait-il mon regard brûlant peser sur lui ? Si tel était le cas, il ne le montrait pas. Soudain, mon attention a été détournée par notre serveuse. Elle se dirigeait vers nous avec une bouteille plongée dans un seau de glace. Rendue à notre table, elle l'a ouverte. S'en est échappé un tourbillon de mousse et de bulles après que le bouchon eut percé l'air dans un fracas sourd.

— Le patron vous offre le champagne, a-t-elle annoncé dans un anglais qui sonnait étrangement à mes oreilles.

— Ah ! Il est si gentil ! a répliqué Danti de sa voix chantante. Il faut l'inviter à se joindre à nous.

Le patron y avait déjà pensé, car il avait fait apporter cinq verres, alors que nous n'étions que quatre à table. Il a tout de même attendu que la belle Asiatique lui fasse signe d'approcher avant d'avancer jusqu'à nous. C'était peut-être mon jour de chance : le patron était nul autre que mon bel inconnu. Émilien s'est levé pour l'accueillir.

— Jan, je te présente Mathieu, un ami à moi. Il arrive du Québec. Et sa copine, Tara.

Sa copine ! Mais je ne suis pas sa copine ! Jan s'en était sans doute rendu compte, car des étincelles sont passées de son regard au mien, ou vice versa.

— Enchanté, Tara.

Prononcé par cette voix chaude et cet accent charmant, mon nom est devenu une poésie. Une poésie hollandaise ! Durant une fraction de seconde, j'ai gloussé de plaisir telle une bimbo de service. J'ai senti un petit malaise s'installer. J'ai vite cessé ces petits cris étouffés pour ne pas me ridiculiser davantage. Jan a saisi une chaise libre et l'a placée entre Mathieu et moi. Cependant, il a laissé une distance raisonnable entre nous. Décevant. Je m'enivrais de champagne, les bulles éclatant sous ma peau, mon sang bouillonnant dans mes veines. Jan, si magnétique. Si masculin. J'entrevoyais des flammes vertes onduler dans son regard smaragdin. Un désir éperdu de m'y consumer tout entière m'a envahie. Il devait me sortir Félix du cœur. Je l'espérais, je l'encourageais à le faire. La soirée a été une suite de conversations, de rires, de bouteilles, de tchin-tchin, de frôlements, oui, de frôlements, j'étais coupable, Jan se retenait beaucoup trop. Peut-être était-il marié, lui aussi. Puis combien de maîtresses gardait-il en réserve ?

Le dernier spectacle était terminé depuis au moins une heure et la salle se vidait. Mathieu a remarqué l'arrivée du chauffeur de Damien.

— Damien ! Damien Dubois, le Français ? a demandé Jan avec surprise.

— Oui, vous le connaissez ?

— Je le connais un peu, comme ça. Il y a environ deux ans, son frère et lui ont acheté un café-bar à deux coins de rue d'ici, mais mon cabaret gagnait déjà en popularité à cette époque et leur établissement n'attirait pas une clientèle suffisante. Ils ont dû fermer, sinon c'était la faillite. Je sais qu'ils ont ouvert un autre bar à une trentaine de kilomètres d'ici. C'est sur la plage. Ça fonctionne bien lorsqu'il fait beau, ce qui n'est pas fréquent par ici.

— Oui, nous y sommes allés en début de soirée. C'est vrai, c'était désert.

— C'est pour cela que les frères Dubois ont une dent contre moi, a ajouté Jan avec un sourire souverain.

Je commençais à comprendre pourquoi Damien s'était éclipsé lorsqu'il avait su où Mathieu et moi voulions passer la soirée. Il n'avait probablement pas envie de goûter au succès d'un concurrent.

— Donc vous connaissez bien les frères Dubois, a ajouté Jan.

— Non, je ne les connais pas très bien. Je connais seulement Damien, juste un peu. Je ne savais pas qu'il avait un frère, vous me l'apprenez à l'instant.

— Damien, hem !

Jan paraissait soucieux. Ses prunelles couleur émeraude s'agitaient. Moi, j'étais trop ivre pour réfléchir convenablement, ivre d'alcool, de désir. Je n'avais qu'une envie : rester avec ce grand Hollandais. Vraiment, je ne possédais plus ma tête.

Je suis retournée chez Damien, avec Mathieu. En retrouvant la maison qui ressemblait à une tour ancestrale sous les ombres noires des grands arbres, j'ai senti mon souffle m'oppresser, mais l'alcool m'avait tellement alourdie que je m'en suis à peine aperçue. De la cour au quatrième étage, aucune trace de Damien ; au deuxième, toutes les portes étaient closes. Damien m'accueille à Amsterdam et il me flanque là, comme si j'importais peu ou même pas du tout. Une fois dans la chambre, Mathieu s'est affalé sur son divan, alors que moi, j'ai pris le temps de me démaquiller et de me brosser les dents avant de tomber dans les bras de Morphée ou de Jan. Pourtant, cette nuit-là, c'est de Félix que j'ai rêvé. Je rêvais de sa maison que je n'avais jamais vue. Elle regorgeait de luxe, mais d'amertume, d'élégance, mais d'affliction. Une expression indéfinissable sur la figure, Félix sortait de cette maison qui s'effondrait et disparaissait totalement pour laisser place à une femme, une très belle et très jeune femme, aussi grande qu'une maison. Une femme qui prenait toute la place.

# 5

En fin de matinée, j'ai été réveillée par un bruit de vieilles tuyauteries engorgées, prêtes à exploser. Tout ce vacarme provenait de la salle de bains. J'ai bien dû mettre une ou deux minutes avant de comprendre que c'était Mathieu qui goûtait, en sens inverse, à son alcool de la nuit passée. Je ne voulais même pas imaginer les odeurs qui devaient se dégager de la salle de bains. J'ai préféré sortir avant qu'elles ne commencent à s'infiltrer dans la chambre. Déjà que le champagne de la veille me donnait encore la nausée ; un grand café noir devrait me remettre sur pieds. Par-dessus ma nuisette, j'ai enfilé la tunique de cachemire parme que Félix m'avait offerte l'hiver dernier. La douceur et la finesse de l'étoffe me rappelaient ses caresses et me réchauffaient le cœur. Je l'avais mise dans mes bagages pour avoir l'impression que Félix était tout près de moi. Oh ! Quelqu'un ! Enlevez-moi cet homme de la tête. C'est épouvantable, je me trouve moi-même pathétique.

J'ai entendu une autre explosion gastrique ; je me suis empressée de sortir de la chambre, incapable de supporter plus longtemps ce désagréable son guttural. Je pensais me rendre jusqu'à la cuisine où j'espérais trouver du café. Mais en arrivant sur le palier du troisième, j'ai entendu, de l'étage inférieur, la voix de Damien qui prononçait mon nom d'un ton suspect. Intriguée, j'ai entrepris de descendre, sur la pointe de mes pieds nus, l'étroit escalier couvert d'un soyeux tapis beige champagne. Étant encore un peu étourdie par mes excès de la veille, j'avais l'impression de voir des bulles éclater ici et là. C'est alors que s'est produit ce qui devait se produire. Je me suis empêtrée dans la ceinture de ma tunique. J'ai perdu l'équilibre. J'ai fait un demi-tour sur moi-même avant de sentir tout mon corps pencher vers l'arrière. Je tentais de me retenir, mais il n'y avait aucune rampe à saisir, rien à agripper. Je suis tombée à la renverse. J'ai descendu l'escalier sur les fesses, à reculons. J'essayais d'attraper le rebord d'une marche, mais celles-ci défilaient toutes devant mes yeux, je ne pouvais en saisir aucune. Ma chute s'est arrêtée sur le palier du deuxième étage, sous les regards étonnés de Damien et de son interlocuteur, l'homme, je crois, qui attendait au salon lors de mon arrivée, la veille.

— Bonjour, ai-je lancé d'un ton hésitant que j'aurais voulu plus nonchalant.

J'ai cru percevoir une sorte d'envie de rire dans les yeux de Damien. Son compagnon, quant à lui, a disparu dans la pièce à côté et s'est dépêché de fermer la porte. Je me suis relevée tant bien que mal, en alléguant un urgent besoin d'utiliser la salle de bains ; je m'y suis enfermée à double tour pour cacher ma gêne ainsi que ma mise négligée.

Je n'étais pas vraiment blessée, seulement un peu éraflée. Mais surtout, j'étais embarrassée. De dos devant le grand miroir, je me tordais le cou pour voir la gravité des blessures. Les dommages ne semblaient pas trop sérieux. De longues zébrures rouges apparaissaient à la mi-fesse, s'arrêtaient un peu avant l'arrière des genoux pour reprendre sur les mollets. Rien de grave. Je suppose que, dans un jour ou deux, plus rien ne paraîtrait. Ces minces encouragements n'avaient pas qu'une raison esthétique pour objectif, ils devaient aussi servir à me donner une certaine contenance car, pour regagner ma chambre, il me fallait affronter les témoins de ma chute spectaculaire. Ce que j'aurais préféré éviter, du moins jusqu'à ce que j'aie pu me refaire une beauté. Tant qu'à être la risée, mieux valait que ce soit avec élégance et fierté. Mon ange gardien avait dû m'entendre : lorsque je suis sortie de la salle de bains, il n'y avait plus personne sur le palier. J'ai pu regagner le dernier étage dignement sans être poursuivie par des rires étouffés.

Comme j'entrais dans la chambre, Mathieu sortait de la salle de bains. Il avait le teint d'un vert inquiétant et entraînait dans son sillage une exhalation d'odeurs innommables. Le regard vide, il a marché en titubant jusqu'à son fauteuil sur lequel il s'est affalé dans un bruit de molle lourdeur. D'un pas rapide, je suis allée ouvrir la porte donnant sur le balcon. Un grand courant d'air frais a balayé vigoureusement la pièce et l'a purgée quelque peu de son effluve nauséabond. J'ai tout de même attendu une dizaine de minutes avant de me rendre à la salle de bains pour prendre une douche.

Le jet était faible, quoique revigorant. L'eau qui coulait sur ma peau me faisait beaucoup de bien, même si elle réveillait les brûlures occasionnées par ma chute. Quelle chute ! Je crois bien que j'allais m'en souvenir longtemps. Honteux, mais risible. Oui, risible ! J'ai revu ma mise négligée. La scène devait être drôle. Moi, j'aurais probablement ri jaune, mais les autres auraient dû rire franchement. Pourquoi Damien n'avait-il pas ri ? À bien y penser, je n'étais plus certaine que le regard trouble de Damien n'était qu'une façade cachant une envie de rire. Je sentais maintenant que ma chute n'avait en aucun cas manqué déclencher une crise d'hilarité chez mon hôte. Pas plus que chez son invité. Plus je me remémorais la scène, plus je m'interrogeais sur le regard de Damien. Ces yeux inquisiteurs qui cherchaient à lire quelque chose sur ma figure, dans mes yeux, dans mon attitude. Comme s'il se questionnait. Que voulait-il savoir à mon sujet ? Une aura de mystère entourait maintenant Damien, il n'avait plus ni l'insouciance ni la limpidité d'avant. Il avait bien changé depuis huit ans. Le temps nous transforme. Je suppose qu'aux yeux de Damien je devais aussi avoir subi ma part de métamorphoses.

J'ai entendu frapper des coups vifs à la porte de la salle de bains.

— Tara, ou… ouvre la po… porte, vite !

— Tu peux utiliser la salle de bains d'en bas, ai-je crié à Mathieu.

Mais les coups se sont répétés, plus forts et plus rapides.

— Tara, viteeee !

J'ai coupé l'eau, je me suis enroulée dans une grande serviette et j'ai ouvert la porte. Mathieu est entré en me bousculant, sans même me regarder. Haussant les épaules, je suis sortie tout en le laissant à son sevrage. Je me suis habillée en vitesse et suis descendue à la cuisine, espérant y trouver du café.

La maison semblait maintenant vide. Tout était propre et ordonné, personne n'avait fait de café, il n'y avait même pas de cafetière sur le comptoir de la cuisine. Peut-être était-elle rangée dans une armoire ? Hésitante, j'ai avancé la main droite vers la poignée en face de moi et j'ai délicatement ouvert la porte. J'ai timidement jeté un coup d'œil à l'intérieur : des tasses, des soucoupes, de la fine porcelaine…

J'avais fouillé dans toutes les armoires du bas, déplacé les plats, les casseroles, quelques petits électroménagers lorsque j'ai enfin trouvé une machine à expressos. J'étais montée sur une chaise, la tête dans le fond d'une armoire, quand un vacarme étouffé m'a fait sursauter. Le bruit fut suivi de quelques plaintes et jurons bien québécois. Mathieu venait d'atterrir, tête première, sur le palier dallé du hall ; les geignements se sont alors transformés en un véritable cri de douleur. Après quelques secondes, il a relevé la tête.

— J'ai vraiment besoin d'un café noir, là, pis très fort.

Après avoir prononcé ces quelques mots d'une voix faible, mais plaintive, Mathieu s'est affalé de nouveau sur le sol. J'ai accouru vers lui, le croyant évanoui. Il a ouvert un œil en me voyant à ses côtés et s'est agrippé à mon pantalon pour parvenir à se lever.

— Mais c'est quoi, ce satané escalier ? On n'a pas intérêt à avoir pris un verre de trop quand on l'emprunte. Peux-tu m'expliquer comment on a fait pour monter ça, la nuit passée ?

J'avoue qu'à cette minute j'étais heureuse que Mathieu ait retrouvé sa couleur normale et son air moqueur. Je commençais à trouver cette maison vide et sans âme. Au moins, maintenant, il s'y dégageait un peu plus d'ambiance. Si je pouvais y trouver de quoi faire du café, tout serait presque parfait. Presque parfait, car, sans la présence de Félix, la perfection était impossible à atteindre.

Mathieu m'a rappelé que nous devions rejoindre Émilien et Danti sur leur bateau pour l'heure du lunch. Je l'entendais distraitement, car la voix suave et veloutée de Félix me remuait les entrailles. Cette voix grave, mais à la fois si douce et si mielleuse. La voix de l'amour, la seule. Il ne pouvait en exister d'autres. Seul Félix savait me parler d'amour. Mais Félix ne m'aimait plus. M'avait-il seulement déjà aimée ? Ce que j'ai pu être naïve ! Ah ! Je m'énerve encore quand je pense à lui.

— Ça va, Tara ?…

— Euh… oui, ça va.

— Il faut qu'on y aille, sinon on sera en retard.

— Oui, tu as raison.

— Alors on prend quelle voiture ? m'a demandé Mathieu.

— C'est vrai ! J'avais complètement oublié que nous étions à l'extérieur de la ville. En réfléchissant vite, je dirais que nous n'avons pas beaucoup de possibilités. Il faut nous rendre à pied jusqu'à une rue principale et voir s'il n'y a pas un autobus ou un taxi qui peut nous conduire à Amsterdam.

— Tara, pourquoi nous fatiguer à chercher un autobus ou un taxi quand il y a deux voitures garées dans l'entrée ?

J'ai jeté un coup d'œil par la fenêtre. La Mercedes noire qui nous avait ramenés de l'aéroport était stationnée devant la porte. Une voiture sport était garée juste derrière. Je me souvenais avoir remarqué cette voiture, la veille. Je l'avais trouvée somptueuse avec sa carrosserie bleu roi, ses sièges cuivrés et son tableau de bord d'un noir charbonneux d'une élégance aristocratique. Elle était invitante avec son toit abaissé. Ce qui signifiait probablement que mon hôte n'était pas parti pour longtemps. Vu les risques d'averses assez fréquents dans ce pays, on n'expose pas une voiture de cette valeur aux aléas de la météo.

— Mathieu, tu n'y penses pas, on ne peut pas partir avec une de ces voitures-là.

— Pourquoi pas ? Moi, j'opte pour l'Alfa Romeo.

Mathieu tenait un porte-clés qu'il faisait balancer entre son pouce et son index.

— Je l'ai trouvé sur la table, à côté de l'entrée. Damien l'a certainement laissé pour nous.

— Hum ! Je n'en suis pas aussi sûre. Je préfère attendre son retour avant de partir avec sa voiture. S'il avait dû sortir pour longtemps, il me l'aurait sûrement dit quand je l'ai vu un peu plus tôt ce matin.

— Ah ! Allez, Tara !

Mathieu insistait, le temps passait, Damien ne revenait pas, on allait être en retard. Mon choix était fait. Avant de partir, j'ai tout de même laissé un mot sur la table disant que j'avais emprunté l'Alfa Romeo et que je la rapporterais dans le courant de la soirée.

J'avais réussi à me rendre jusqu'à l'autoroute grâce à Mathieu, qui avait une carte d'Amsterdam et des environs. Il pouvait m'indiquer la route à prendre à mesure que nous avancions. Une fois sur l'autoroute, il a rangé la carte car, selon ses calculs, nous en avions pour une bonne vingtaine de minutes avant d'atteindre notre sortie.

— Vingt minutes au moins, à la vitesse à laquelle tu roules.

— Comment ça, la vitesse à laquelle je roule ! Qu'est-ce que tu veux dire ?

— Tu pourrais essayer de dépasser les cent kilomètres à l'heure !

— Mathieu, je ne sais même pas où on va et, surtout, je n'ai pas envie d'avoir un accident dans un pays étranger avec une voiture qui ne m'appartient pas.

— C'est une Alfa Romeo, Tara, une voiture sport ! Est-ce que tu as une idée de l'ivresse qu'on peut ressentir en conduisant, à vive allure, une telle voiture ?

— Tu n'étais pas assez ivre hier soir… et encore ce matin ?

— Tara, s'il te plaît, arrête de faire la comique, tu sais très bien que je parle de l'ivresse de la vitesse. J'ai souvent rêvé de vivre une telle griserie.

— Griserie ! Je ne sais plus combien de bouteilles de champagne nous avons bues hier soir et nous n'avons rien avalé ce matin ; si je roule trop vite, nous aurons l'estomac tout à l'envers.

— Je n'ai plus rien dans l'estomac qui pourrait risquer de sortir.

— Parle pour toi ! Moi, je n'ai pas passé la matinée couchée dans les toilettes.

— Bon, OK, fais comme tu veux. Pour une fois que j'ai la chance d'être dans une voiture sport, il fallait qu'elle soit conduite par une poule mouillée comme toi.

Sa remarque m'a vivement blessée. Durant une fraction de seconde, j'ai eu envie de le laisser sur le bord de l'autoroute. Mais comme je n'avais aucune idée de l'endroit où on allait, il valait mieux que je le garde à mes côtés. J'ai tout de même répliqué :

— « Poule mouillée », ça ne fait pas que frôler l'insulte, c'en est une carrément.

— Tara, même mon grand-père roule plus vite que ça. Mon grand-père, en passant, il a quatre-vingt-sept ans.

Il avait réussi à me mettre en colère. Je tentais d'avoir l'air calme, mais ma voix devait transsuder mon indignation.

— C'est correct, de toute façon, je déteste conduire. Alors si tu veux connaître l'ivresse de la vitesse, pas de problème, je te cède le volant.

J'avais déjà actionné le clignotant, je me déplaçais dans la voie de droite quand Mathieu m'a dit de laisser tomber. Je ne l'ai pas écouté. Je me suis arrêtée sur le bas-côté de la route.

— Tara, je ne cherche pas à te choquer ni à t'insulter. J'ai seulement envie d'un peu d'excitation, d'enivrement. On est à Amsterdam ! AMSTERDAM, a-t-il répété en appuyant bien sur chacune des syllabes. La ville de toutes les permissions. J'aimerais…

D'un ton sec, je lui ai coupé la parole.

— Eh bien ! vas-y, conduis. Ah ! et tiens ! Continue donc tout seul, moi je vais marcher jusqu'à la prochaine sortie parce que je n'ai pas envie d'avoir un accident.

Les véhicules passaient à une vitesse folle. J'ai respiré un bon coup, puis j'ai ouvert la portière. Mathieu m'a fermement agrippé le bras, m'empêchant d'aller plus avant dans mes projets.

— Tara, je ne te laisserai pas marcher sur l'autoroute, c'est trop dangereux. Et puis, a-t-il poursuivi sur un ton plus hésitant, je ne peux pas te laisser partir, j'ai besoin de toi… je… je ne sais pas conduire, je n'ai jamais appris. Je n'ai même pas de permis de conduire. Je suis désolé de t'avoir blessée.

Sa voix remplie de regrets avait calmé ma colère ; j'avais presque envie de sourire. Je n'en ai rien fait. Je n'allais certainement pas lui faire savoir qu'il avait le pouvoir de m'apaiser en prononçant délicatement quelques mots d'excuse.

— … Pas de permis de conduire… hein… ? Alors arrête de te plaindre et contente-toi d'être navigateur, de regarder la carte et de me dire quelle sortie je dois prendre.

Même si ma colère était tombée, j'avais parlé sur un ton sec et autoritaire. Après tout, j'avais très peu aimé me faire qualifier de poule mouillée ; j'ai donc repris la route en accélérant l'allure. Je ne ressentais pourtant pas l'ivresse que Mathieu semblait tant espérer. Pour ma part, la vitesse n'était que stressante, jamais enivrante. Et mon niveau de stress a augmenté d'un cran lorsque Mathieu s'est aperçu que la sortie était déjà derrière nous. Il m'a fait prendre la sortie suivante, mais il n'arrivait pas à lire le nom des rues. Résultat : nous étions complètement perdus à force de tourner à gauche, à droite, puis par ici et par là. Il m'indiquait n'importe quoi. Et les rues étaient si étroites ! À certains endroits, c'est à peine si la voiture passait, on aurait dit une ruelle. Mais non, c'était une rue… à double sens ! Partout il y avait des gens, à pied, à bicyclette, dans les rues. Il y avait des nuées de personnes. Heureusement, sur les artères principales, même si les rues étaient encore trop exigües, les trottoirs, eux, étaient larges ; mais sur les rues secondaires, il n'y avait pas de trottoir, alors les gens marchaient dans la rue sans se soucier des voitures. J'étais totalement affolée. Je devais manœuvrer la voiture dans des allées incroyablement étroites, tout en me gardant bien d'écraser un piéton ou de diriger la voiture droit dans un canal. Les parapets de sécurité étaient si bas qu'ils étaient à peine visibles, voire inexistants à certains endroits. Finalement, sur la rive gauche du Keizersgracht, un des principaux canaux de la ville, j'ai remarqué un tout petit espace libre entre deux véhicules. D'un seul coup de volant, j'ai réussi presque miraculeusement à y garer la voiture.

La tête appuyée sur le siège, les yeux fermés, je gardais le silence. Mathieu marmonnait dans sa barbe en tournant et retournant la carte. Puis il s'est tu et est sorti de la voiture. Il est revenu peu après, m'a mis un grand verre cartonné entre les mains.

— Tiens, bois ça, peut-être que ça réussira à te calmer un peu.

— Merci, ai-je répondu de façon machinale.

— Je reviens dans quelques minutes.

On dirait que ce cher Mathieu commence déjà à me connaître. J'ai pris une longue gorgée de café que j'ai laissé couler lentement au fond de ma gorge ; j'en ai pris une deuxième, suivie d'une troisième. J'ai laissé mon regard errer tout autour. De l'autre côté du canal, c'est FELIX que j'ai vu. Les lettres étaient sculptées dans la pierre d'un édifice imposant, dépassant ses voisins d'un demi-étage d'un côté et de tout un de l'autre. En raison de sa taille et de la couleur de ses larges pierres gris clair, il apparaissait dans toute sa majesté. La curiosité m'a emportée. Je suis descendue de voiture et j'ai fait le tour du canal pour aller voir de plus près le théâtre Felix Meritis. Devant le bâtiment, plusieurs voitures étaient garées ainsi que des dizaines de bicyclettes. J'ai dû les contourner pour m'approcher de l'entrée. Curieusement, la porte était grande ouverte. Sans hésitation, je suis entrée à l'intérieur du théâtre. Une fois dans le grand hall, lourd d'histoire, lourd de multiples détails architecturaux, je me suis sentie vide… si loin de chez moi. Ce voyage m'était apparu comme une bonne idée quelques jours plus tôt. Maintenant, je n'en étais plus certaine. Les événements se déroulaient si singulièrement. Tout me semblait étrange, même moi je me sentais différente. Oui, c'est ça, j'étais vide. Comme si je n'avais plus rien à donner ni à recevoir. Le vacuum. Sensation que je me souvenais d'avoir ressentie auparavant. C'était aussi dans un théâtre, mais un théâtre bondé de monde. Isabelle m'avait amenée voir une pièce de Molière. Son frère, Julien, l'aîné de la famille Beauregard, lui avait offert une paire de billets. Isabelle connaissait bien des gens à Montréal, même si elle n'y vivait plus depuis plusieurs années. Elle aurait pu inviter n'importe qui, mais en m'y conviant, moi, plutôt que quelqu'un d'autre, elle restait en quelque sorte fidèle à sa nature audacieuse. Isabelle avait omis de me dire que Félix aussi assisterait à la pièce, moi assise à sa droite et sa femme à sa gauche. Ce soir-là, quand j'avais vu Félix arriver, une vague de bonheur avait failli me submerger. Mon regard s'était allumé sur Félix pour s'éteindre ensuite sur sa femme. Durant une fraction de seconde, j'avais eu la naïveté de croire qu'Isabelle voulait nous faire plaisir, qu'elle avait tout mis en scène pour que Félix et moi puissions nous voir le temps d'une pièce de théâtre. Je savais pourtant qu'Isabelle aimait sentir la tension monter en elle, les rythmes cardiaques s'accélérer. Elle aimait vivre à deux cents à l'heure et croyait qu'il devait en être ainsi pour tout le monde. Alors, parfois, elle créait des occasions scabreuses. Comme ce soir-là. La situation étant très épineuse, elle s'en délectait comme d'un nectar. Heureusement, Élena était occupée à saluer des gens, elle n'avait donc rien remarqué de mes espoirs silencieux, ni rien vu de mes désillusions. Quand les lumières s'étaient éteintes dans cette salle pleine à craquer, je m'y étais sentie seule. Seule dans la foule. Vide aux côtés de Félix. Élena emplissait tout l'espace. À l'entracte,

Isabelle l'avait entraînée à l'écart. Félix et moi étions restés seuls. J'avais ressenti son malaise. Il était mal pour lui, mais pour moi aussi. Il se doutait bien que je ne pouvais que souffrir en présence de sa femme. Il en voulait à sa sœur. « Bon Dieu ! Mais à quoi a bien pu penser Isabelle ? » Mais il y avait un brin d'audace en lui aussi. Un peu avant la fin de la pièce, alors que la salle était toujours plongée dans le noir, que tous les spectateurs avaient les yeux rivés sur la scène, sa main avait glissé jusqu'à la mienne. Il y avait emprisonné mes doigts. Il avait eu besoin de me toucher. Même avec Élena à côté de lui, il n'avait pu résister. J'avais sur lui un effet qui réveillait ses pulsions. Cette pensée m'avait fait du bien, un instant. Les gens autour de nous s'étaient mis à applaudir, Félix avait lâché ma main. Le vide était revenu m'envahir. Et c'était devenu tout un vacuum lorsque je l'avais vu quitter le théâtre avec elle.

J'ai entendu une porte s'ouvrir, des pas dans les couloirs, des voix. Plusieurs personnes se dirigeaient vers moi. Elles avaient des sacs sur une épaule ou des livres sous le bras. D'autres portes se sont ouvertes et d'autres personnes sont apparues, elles aussi avec des livres et des cartables. Ces gens semblaient tous avoir terminé un cours. Je suppose que certains locaux devaient servir de salle de classe pour une école quelconque. Les étudiants se sont dirigés vers l'extérieur. Je les ai suivis. Je suis sortie du théâtre Felix Meritis sans en avoir rien vu, sauf son hall d'entrée.

De l'autre côté du canal, Mathieu m'attendait à la voiture. La carrosserie bleu roi de l'Alfa Romeo miroitait sous le soleil. On ne pouvait la manquer, pas plus que son occupant, qui portait une chemise d'un vif orangé, garnie de zébrures argentées qui m'éblouissaient autant que le soleil. Des étudiantes qui marchaient devant moi parlaient en néerlandais en montrant Mathieu du doigt. Elles ont pouffé de rire lorsqu'il a levé la tête vers elles. Un rire timide, mais à la fois coquet et aguicheur. Elles se sont approchées de lui, il leur a souri. Je ne pouvais pas voir leur expression.

Par contre, je voyais bien celle de Mathieu, un vrai *play-boy* au sourire conquérant, au regard fervent et séducteur. Cette voiture lui donnait une prestance qui faisait oublier son abominable goût vestimentaire. Il m'a aperçue derrière les trois jeunes filles et son regard, sous les rayons du soleil, m'est soudainement apparu d'un bleu clair et limpide. Les étudiantes se sont tournées dans ma direction, elles m'ont détaillée des pieds à la tête et ont poursuivi leur chemin sans s'arrêter. Mathieu ne les voyait même plus, il me souriait, d'un sourire maintenant doucereux et aussi caressant que ses yeux d'azur qui se cristallisaient sur moi.

# 6

En traversant la passerelle de fine tôle, j'ai eu un léger vertige ; elle n'inspirait pas confiance. Tandis que le pont, tout en bois blanc, était de loin plus invitant. Le bateau, qui ressemblait davantage à une maison mobile, semblait fraîchement peint. J'avais l'impression d'y retrouver tous les bleus de l'océan, ceux de tous les moments de la journée, de toutes les saisons et intempéries. Des bleus d'ailleurs, d'une autre planète, d'une autre galaxie. Ils allaient d'une limpidité quasi pure à une brusque opacité ; de la clarté de l'azur au noircissement de l'obscurité. Ici, un bleu marine côtoyait un bleu roi, là un cyan frôlait un bleu ardoise et, plus loin, un bleu pervenche avoisinait un indigo. Tout l'extérieur du bâtiment était ainsi peint. Irrégulièrement, les bleus recouvraient aussi une mince bande du pont, faisant angle avec la maison, recréant par l'image un doux roulement de vagues. J'étais saisie d'émotion, comme égarée dans une mer de paix et de beauté.

— Vous avez finalement retrouvé votre chemin. C'est vrai que ce n'est pas évident de se déplacer en voiture dans Amsterdam, a dit Émilien en ouvrant la porte.

Pendant que je visitais le théâtre Felix Meritis, ou plutôt son hall d'entrée, Mathieu avait appelé Émilien qui lui avait détaillé le chemin à suivre pour se rendre jusqu'au Prinsengracht, le canal où était amarré le bateau de Danti. C'était dans le Jordaan, au pied de la Westerkerk, la plus haute tour de la ville.

— C'est une expérience que je préférerais oublier, ai-je répondu. Je ne veux même pas penser qu'il faudra rentrer plus tard.

Émilien m'a souri en signe d'assentiment, en ajoutant qu'il y avait une raison à la quantité de bicyclettes qu'on retrouvait dans cette ville. Il nous a invités à rentrer plutôt que de rester sur le pont, car Danti nous préparait un excellent repas et tout un silex de café m'attendait.

— Du café ! Mais pour quoi faire ? ai-je demandé avec un brin d'innocence dans la voix.

— Je n'en sais rien, c'est une suggestion de Mathieu.

— Il paraît que le café, qui est un excitant, a toutefois des effets calmants sur certaines filles qui supportent difficilement de rouler à trop grande vitesse sur l'autoroute.

J'ai envoyé un regard en coin à mon compagnon de voyage, qui m'a répondu de son sourire espiègle tout en tendant la main pour me faire passer devant lui. Je lui ai rendu son sourire sans pourtant vraiment le regarder, je ne voulais surtout pas que nos yeux se croisent. Mathieu semblait avoir un pouvoir d'apaisement qui faisait naître en moi un malaise que je n'arrivais pas à saisir. Je suis vite entrée à l'intérieur de la maison.

La pièce, basse, longue et étroite, dans laquelle j'entrais était éclairée de plusieurs fenêtres. C'était exigu, mais *cosy*. Sur la gauche, il y avait l'espace salon au bout duquel une porte-fenêtre conduisait à une terrasse. Sur la droite, Danti s'affairait dans le coin cuisine. Les arômes, à la fois sucrés et salés, qui en montaient ont réveillé mon estomac en détresse, me rappelant que je n'avais encore rien avalé aujourd'hui. Danti a laissé un instant ses chaudrons, elle s'est approchée de moi et m'a fait la bise en me saluant chaleureusement. Cela m'a quelque peu déroutée, même si cette attention ne m'étonnait pas vraiment. J'avais bien remarqué, la veille, son côté enjoué et agréable ; un comportement aussi courtois et amical devait aller de soi pour elle. Après m'avoir embrassée si naturellement, elle a fait de même avec Mathieu, qui s'est montré fier comme un lion en se courbant bien bas pour être à la taille de la toute petite et si menue Indonésienne. J'avais l'impression qu'il l'étreignait de trop près et que ça durait trop longtemps pour une bise amicale. Danti a mis un terme à cette accolade en suggérant à Émilien de nous faire visiter le *woonboot* le temps qu'elle termine le repas ; elle en avait pour une dizaine de minutes.

Alors qu'il nous faisait passer par un tout petit escalier, très étroit et droit, on eut dit une échelle (en vogue dans ce pays, semble-t-il), Émilien nous a expliqué ce qu'était exactement un *woonboot*, nom donné aux maisons flottantes d'Amsterdam. Le *woonboot* est en fait un bateau dont on n'a gardé que la coque, la cale et le pont pour y construire une habitation moderne, confortable et fonctionnelle ; celui de Danti, du moins, car il existe d'autres types. Certains sont carrément des bateaux, d'autres, simplement une plateforme sur laquelle on a érigé une maison. Cette mode a vu le jour après la Seconde Guerre mondiale. Les gens, qui avaient perdu leur habitation à la suite des ravages de la guerre, ou qui n'arrivaient pas à se loger dans cette ville en pénurie de logements, avaient peu à peu commencé à squatter les vieux bateaux abandonnés par les troupes. Il y en a maintenant environ deux mille cinq cents sur les canaux de la ville. La plupart sont amarrés légalement. Cependant, certains sont ancrés clandestinement. Les plus rusés arrivent même à se brancher en fraude sur les services de la ville.

— Toutefois, mieux vaut être installé en règle, car la Ville émet un nombre maximum de permis. Aujourd'hui, il est à peu près impossible d'amarrer un nouveau *woonboot*, à moins de prendre la place d'un plus vieux qu'on retire de l'eau. Lorsqu'il sera temps de vendre, Danti pourra obtenir un prix fort. Ce qui sera une bonne affaire puisqu'elle l'a acheté pour une bouchée de pain, il y a quatre ans. Il est vrai qu'il était dans un piteux état, mais elle l'a entièrement retapé, elle fera un gain considérable, c'est certain, a terminé de nous expliquer notre hôte alors que nous arrivions dans la cale.

Contrairement à l'étage supérieur où tout était bien rangé, il y avait un bordel fou dans cette pièce. Des toiles posées un peu partout, des papiers, des pinceaux, des crayons, des bocaux de diverses couleurs et pleins d'outils et d'ustensiles que je n'aurais su nommer. On aurait dit un atelier d'artiste. Ici était le sanctuaire de Danti, elle pouvait y passer des heures, voire des jours entiers, à dessiner, peindre et créer. Eh oui ! Danti était une artiste ! C'est elle qui avait peint l'extérieur du bateau, ce cocktail de bleus qui avait fait sur moi une vive impression.

— Elle a aussi peint le corps de la chanteuse, vous vous souvenez, hier, au cabaret.

— Oui, a dit Mathieu. Elle a vraiment tous les talents, ta blonde, elle peint bien, elle danse divinement, j'ai hâte de goûter à sa cuisine.

Émilien n'a rien ajouté à la suite de cette remarque. Il était embarrassé que son meilleur ami se plaise à regarder sa copine se mouvoir presque nue sur scène. Il a préféré nous faire visiter le reste des lieux. C'est-à-dire la salle de bains, au fond de la cale, et la chambre à coucher, munie d'une porte-fenêtre qui donne sur la proue du bateau. C'est par là que nous sommes sortis, une sorte de retraite y avait été aménagée. On y avait installé une table basse. D'immenses coussins étaient placés à même le sol. Des plantes, beaucoup de fougères, mais surtout du lierre, montaient jusqu'au niveau du pont, dont on avait enlevé la partie recouvrant la proue du bateau, créant ainsi cet espace enclavé, baignant dans la lumière du jour, bien à l'abri des bruits de la ville.

Pour regagner le pont, nous avons dû monter une échelle, une vraie cette fois-ci. De là, nous nous sommes rendus à la poupe du bateau où se trouvait la terrasse. Danti y dressait la table. Elle était toute gracieuse dans sa jupe courte de coton beige cintrée sur les hanches. Elle avantageait aussi ses formes féminines avec un maillot d'un rose poudreux dont une mince broderie fleurie ornait le décolleté et les fines bretelles. Ces vêtements de couleur pâle ne faisaient que rehausser le hâle doré de sa peau et le noir de ses cheveux. D'un point de vue féminin, elle était d'une beauté enviable ; d'un point de vue masculin, elle devait être ardente et désirable. Du moins, c'est ce que j'en ai déduit à voir Mathieu la regarder si intensément. Il pourrait être plus respectueux, elle est tout de même la copine de son meilleur ami.

— Il fait chaud, il y a plein de soleil aujourd'hui ; nous allons manger à l'extérieur, nous a annoncé Danti. Nous avons une belle terrasse et c'est à peine si nous l'utilisons.

Nous nous sommes assis autour de la table en résine, alors que la maîtresse de maison courait à la cuisine chercher le plat de résistance. Nous avons eu droit à un succulent repas à base de riz accompagné d'œufs, de bœuf et de crevettes baignant dans une sauce douce et sucrée.

— C'est du *nasigoreng*, nous a expliqué Émilien, une délicatesse indonésienne.

— Délicatesse, tu exagères un peu. C'est vrai que c'est un mets traditionnel en Indonésie, mais c'est plutôt un plat de dernière minute.

— Mais préparé par toi, c'est une délicatesse.

— Oh ! tu es si gentil avec moi, a dit Danti en roucoulant. Mais je ne mérite pas tant d'égards. C'est très facile à faire.

— Je suis d'accord avec Émilien, c'est tellement bon et délicieux que ça ne peut être qu'une délicatesse, a ajouté Mathieu avec un regard admiratif en direction de Danti. Je ne peux que féliciter la chef. Émilien, ta copine est bonne à marier ! Je te conseille de ne pas tarder à faire la grande demande, sinon quelqu'un d'autre la fera à ta place.

Danti a souri à ce commentaire comme elle souriait à tout ce qui se disait. Elle souriait quand elle mettait la table, quand elle parlait, quand elle écoutait, quand elle mangeait. Elle souriait vraiment tout le temps, cela m'exaspérait presque. Non seulement je lui jalousais sa beauté, mais je lui enviais aussi son savoir-faire artistique, ses talents culinaires et surtout sa bonne humeur, pleine de sourires. Je m'efforçais de sourire, moi aussi, mais j'étais plutôt de nature sérieuse. Et trop sourire me ridait la commissure des lèvres. Danti avait donc toute l'attention, celle de son amoureux, évidemment, et aussi celle de Mathieu. Comme d'habitude, j'avais la deuxième place, pas de quoi en faire un plat. Maintenant qu'Élena, la belle Italienne, ne faisait plus partie de ma vie, il fallait qu'une belle Indonésienne se trouve sur mon chemin. Je commençais à en avoir assez, moi, des belles étrangères.

C'est lorsque Danti a prononcé le nom de Jan que mon attention fut ramenée rapidement du côté de la conversation.

— ... c'est lui qui s'est assuré que je puisse rester ici et avoir un permis de travail.

— Il a fait la même chose pour moi, a rajouté Émilien. Je te le dis, Mathieu, si tu as envie de rester, Jan pourrait te trouver un emploi en un clin d'œil et te procurer tous les papiers dont tu as besoin. Il a beaucoup de contacts, il est puissant par ici.

Je me suis mise à penser que j'aimerais bien goûter à la puissance du beau Jan ; j'ai toutefois coupé court à ma réflexion, curieuse de connaître les intentions de Mathieu sur la durée de son séjour à Amsterdam. Il ne m'avait pas dit qu'il voulait s'y établir. Toutefois, il est resté vague sur le sujet. Il a seulement mentionné que, dans un pays où l'espace est restreint, on ne doit sûrement pas y accueillir beaucoup d'immigrants.

— Non, tu te trompes, lui a répondu Danti. Il y a beaucoup de gens qui s'installent ici. Surtout les habitants des anciennes colonies hollandaises, entre autres les Indonésiens, mais aussi des gens de tous les coins du globe. Tu sais, la Hollande, et le reste des Pays-Bas d'ailleurs, est très cosmopolite, ouverte sur le monde, sur les diverses cultures. Et pour toi, en tant que musicien, la ville d'Amsterdam est idéale. C'est vraiment un endroit où les arts occupent une place importante, où toutes les méthodes d'expression artistique sont encouragées et valorisées. C'est un peu pour cela que j'ai choisi de quitter l'Indonésie pour m'installer ici, je savais que le *night life* était incomparable, que je trouverais rapidement du travail. Toi aussi, Mathieu, tu pourrais dénicher facilement un emploi de musicien. Je suis même certaine que Jan pourrait t'offrir quelque chose.

— Oui, c'est sûr que ça pourrait être le fun pour un temps, mais j'ai mes cours à l'université qui reprennent en septembre, je ne crois pas que ce soit une bonne idée. Puis il restera toujours la question du logement ; je sais que ce n'est pas évident dans cette ville. On n'a pas tous la chance d'un certain gars de rencontrer une belle fille déjà propriétaire de son *woonboot*.

Mathieu avait prononcé cette dernière phrase en plantant son regard dans le mien. J'ai eu envie de répliquer que certains avaient la chance de rencontrer des filles qui leur offrent des voyages gratuits. J'ai préféré me taire, je ne voulais pas créer de confusion.

Danti s'est mise à ramasser les assiettes. Je me suis donc empressée de l'aider avant que Mathieu ne le fasse. Il commençait sérieusement à me taper sur les nerfs.

Une fois à la cuisine, elle a rempli l'évier d'eau savonneuse, puis y a plongé la vaisselle pour la faire tremper.

— Je crois que vous vous connaissez depuis longtemps, Mathieu et toi ?

— Pas vraiment, non, je dirais qu'on se connaît depuis une semaine.

— Une semaine seulement ! a-t-elle dit, étonnée. D'après ce qu'Émilien m'avait raconté, j'avais l'impression que cela faisait beaucoup plus longtemps.

— Oui, je sais, c'est un peu bizarre, nous nous étions rencontrés il y a un peu plus de dix ans, car nos mères travaillaient ensemble à l'époque ; mais nous ne nous étions pas vraiment revus depuis ; alors c'est pour cela que je juge que nous nous connaissons depuis à peine une semaine.

— Oui, je suppose qu'après dix ans une personne ne doit plus être la même ; ce doit être comme quelqu'un de nouveau que nous devons apprendre à connaître encore une fois.

— Oui, c'est un peu cela.

Danti a passé une assiette sous l'eau pour enlever le surplus de savon pendant que je terminais d'essuyer un verre.

— Où les ranges-tu ?

— La première porte sur ta gauche, et les assiettes sont juste à côté.

J'ai ouvert la porte d'armoire tout en écoutant Danti me parler de sa rencontre avec Émilien. Comment avait-elle su, dès la première seconde, qu'il était l'homme de sa vie ? Cela m'a rappelé mes années de cégep, lorsque j'ai rencontré Félix. Dès que j'étais entrée dans la salle de classe et que je l'avais vu, les bras croisés, appuyé contre la fenêtre, regardant les étudiants arriver, j'avais ressenti un frémissement mystérieux au plus profond de mon corps. Mon cœur s'était mis à battre anormalement. Étaient-ce les battements de l'Amour ? Je n'en étais pas certaine, car Félix m'intimidait beaucoup. C'était normal, il était mon professeur. Il était beau, charmeur et, à la fois, empreint d'une certaine dose de réserve, ce qui le rendait quelque peu impénétrable. Et que dire de son érudition… je l'admirais pour cela et j'étais consciente qu'il s'agissait réellement d'admiration. Mais je ne savais pas ce qu'était l'amour. C'est pourquoi j'avais pris mes battements de cœur pour une profonde déférence. Cet amour, je l'avais refoulé durant des années, ne pouvant y croire moi-même. Puis un jour, Félix l'avait semé dans mon cœur, le laissant germer, fleurir et grandir à son gré. Jusqu'à ce qu'il soit plus gros que mon cœur lui-même.

J'avais perdu le fil du monologue de mon interlocutrice. J'ai été étonnée quand je l'ai entendue me dire qu'elle avait sept ans de plus qu'Émilien. J'étais bouche bée, moi qui pensais qu'elle n'avait même pas vingt ans, alors qu'elle en avait presque trente. À quelle fontaine de Jouvence s'abreuvait-elle ? Encore une fois, j'étais envieuse. Elle m'expliquait qu'on s'habitue assez rapidement à la différence d'âge. Notre conversation a été interrompue par Émilien et Mathieu qui entraient dans la maison ; ils ont mis le volume de la radio très fort, on s'entendait à peine parler. On a terminé la vaisselle en silence. Puis la musique a fait place à un annonceur de nouvelles que je ne pouvais comprendre puisqu'il s'exprimait en néerlandais.

Émilien s'est soudainement approché de nous en demandant à Danti s'il avait bien compris. La nuit dernière, il y aurait eu un vol dans une bijouterie tout près du cabaret.

— Tu crois que c'est la bande de voleurs de pierres précieuses ? On n'en avait pas entendu parler depuis quelque temps.

— Non, ce ne doit pas être eux, ils s'en prennent à des commerces beaucoup plus importants que cette petite bijouterie, a répondu Danti.

— Mais à côté du cabaret, c'est peut-être quelqu'un avec qui on travaille !

— Voyons, Émilien, qui parmi nos collègues pourrait commettre un crime ?

— N'importe qui ! Ce serait tellement facile par la petite rue, de biais. Elle n'est pas éclairée, personne ne passe par là, la nuit. Si un habitué du cabaret est soupçonné de vol, il n'a qu'à mentionner qu'il y a passé une partie de la nuit. Des dizaines de personnes seront en mesure de confirmer sa présence. De toute façon, si quelqu'un s'absente pour quelques minutes, personne ne s'en aperçoit, il y a tellement de monde au cabaret et que des gens éméchés. Je pense que demain soir je ferai ma petite enquête.

Mathieu lui a fait savoir qu'il pouvait immédiatement commencer son enquête en nous interrogeant tous les deux. Peut-être étions-nous venus à Amsterdam dans le seul but de faire de la contrebande de pierres précieuses. Sa remarque m'a fait sourire. Je me suis tournée dans sa direction, il m'a envoyé un clin d'œil malicieux, mais aussi si chaleureux. Je n'ai pas baissé les yeux ni détourné la tête. Je voulais paraître pleine d'assurance, moi aussi. Je lui ai souri franchement. Toute trace d'espièglerie a disparu de son regard. On n'y voyait que le bleu clair de ses yeux. Son sourire s'est emmiellé, j'y devinais mille caresses. J'ai laissé le linge à vaisselle sur le comptoir à côté de Danti et Émilien, qui s'enlaçaient. J'ai rejoint Mathieu sur le grand canapé du salon. Je me suis assise près de lui, trop près de lui. Pourquoi ? Je ne saurais l'expliquer. Je ne devais plus avoir toute ma tête. Il n'a même pas réagi. Est-ce que je lui plaisais réellement ou jouait-il avec moi ?

L'animateur de radio s'était tu. Une mélodie populaire, une ballade, se faisait maintenant entendre. Je me suis tournée vers Mathieu.

— Qu'est-ce que tu as raconté à Émilien et Danti à notre sujet ?

Il s'est approché encore plus près de moi pour me susurrer à l'oreille.

— Oh ! pas grand-chose. Je n'ai rien inventé, j'ai juste dit la vérité.

— Et… c'est quoi, la vérité ?

— Je leur ai seulement laissé entendre qu'en tant que femme de ma vie tu es une candidate intéressante.

Son ton était plutôt caressant. Aucune gêne ne l'habitait. Il s'agissait peut-être d'une tactique de drague. Pourtant, quelques minutes à peine, c'était avec Danti qu'il flirtait. Il affichait une telle prestance et une telle assurance que j'en étais presque déstabilisée. Je refusais de baisser les yeux ou de hausser les épaules, je n'allais pas le laisser gagner encore une fois.

— Tu sais, tu aurais dû m'en parler avant parce que moi, l'homme de ma vie, peut-être est-il déjà dans ma vie depuis longtemps, lui ai-je murmuré en soutenant son regard.

Mathieu a approché son visage encore plus près du mien. Voulait-il répliquer ? Ou aller au-delà d'une simple riposte ? Mon cœur s'est mis à battre la chamade, j'aurais tout fait pour qu'il s'arrête. Il était hors de question que Mathieu découvre l'impact qu'une telle proximité avait sur moi.

Danti est apparue devant nous en sautillant, toute fraîche et pimpante, elle ressemblait vraiment à une jeune fille d'environ dix-huit, dix-neuf ans. Elle proposait un tour de bateau-mouche pour nous faire visiter la ville ; il fallait profiter du soleil, car en Hollande il n'était pas souvent présent, même l'été. J'ai approuvé et me suis levée rapidement du canapé, en pensant que j'avais de la chance qu'elle soit survenue comme cela. Car à cette minute, si Mathieu s'était hasardé à m'embrasser, j'aurais peut-être flanché. Je ne sais pas s'il s'agit du dépaysement ou du décalage horaire, mais, chose certaine, je perds vraiment la tête.

# 7

Nous avons décidé de nous rendre à pied jusqu'à l'embarcadère principal du bateau-mouche. Cela ferait une marche agréable, nous permettant de mieux découvrir la ville. Nous avons donc longé le Prinsengracht, prenant ensuite à droite sur le Leliegracht, un canal de moindre importance qui croisait le Keizersgracht et le Herengracht, pour arriver presque devant le cabaret de Jan, sur le plus large pont de la ville, le Torensluis, qui enjambe le Singel. Puis nous avons traversé deux importantes artères, Spuistraat et Nieuwezijds Voorburgwal. De là, Danti nous a fait passer par de toutes petites rues qui étaient beaucoup plus représentatives de la vie quotidienne d'Amsterdam, selon elle. Il est vrai que les maisons de ces rues (des ruelles à Montréal) avaient pour la plupart un aspect quelque peu folklorique, que ce soit en raison de leurs fenêtres longues et étroites aux persiennes de bois ou des boîtes de fleurs colorées qui ornaient ces fenêtres. De plus, ces rues avaient beau être petites, elles étaient, pour la plupart, animées et achalandées. Plusieurs commerces les bordaient ; les *coffeeshops* et les *smartshops* ne manquaient pas. Nous avons même croisé deux gars à l'allure douteuse qui distribuaient un prospectus sur lequel nous pouvions lire :

*We sell magic mushrooms*
*psychedelic herbs and pills*
*Energizers*
*Sex stimulance and much much more*

Mathieu voulait à tout prix aller y jeter un coup d'œil. C'était sur notre chemin, on pouvait bien y faire une halte quelques minutes. Mais avant même d'avoir atteint le *smartshop* en question, nous avons reconnu un air de Bob Marley, accompagné d'odeurs suspectes, qui sortait d'un *coffeeshop* devant lequel nous passions. C'était là que Mathieu voulait s'arrêter maintenant. Il ne savait plus où donner de la tête. Il avait l'air d'un enfant dans un énorme magasin de jouets offrant des babioles toutes plus intéressantes les unes que les autres. Si nous l'avions écouté, nous aurions fait le tour des *coffeeshops* de la ville et nous n'aurions rien vu, ni de l'histoire, ni de l'architecture, ni de l'art d'Amsterdam. C'était sans penser l'état dans lequel nous nous serions retrouvés si nous avions fait un tel pèlerinage. Les odeurs à elles seules me faisaient presque tourner la tête.

— Mathieu, on reviendra après le bateau-mouche, lui ai-je dit.

— Oui, pour cet après-midi, cela serait bien si on profitait du beau temps, a répliqué Danti. La plupart des *coffeeshops* sont ouverts jusqu'à une heure du matin, nous pourrons repasser plus tard.

— Je connais des endroits, un en particulier, bien plus sympathiques, a ajouté Émilien, on pourra y aller ce soir.

Heureusement, Mathieu s'est laissé convaincre. Nous l'avons entraîné jusqu'à Centraal Station, où l'on devait prendre le bateau-mouche.

Sur place, j'ai d'abord été impressionnée par la quantité de bicyclettes garées devant la gare. Il y en avait partout, peu importe la direction dans laquelle je regardais. Elles étaient attachées à des lampadaires, à des poteaux indicateurs, à des rambardes, à des arbres. Les supports à vélo, même s'ils étaient nombreux, étaient insuffisants. J'étais si stupéfaite que ce n'est qu'au deuxième coup d'œil que j'ai aperçu la gare. Un bâtiment remarquable par sa taille imposante ainsi que par son architecture où fourmillent détails et ornements. Je me suis un peu éloignée pour y prendre quelques photos. Dans l'objectif de mon appareil, j'ai cru y voir Tony, le chauffeur de Damien, au loin. J'ai abaissé l'appareil photo, mais je n'ai vu qu'un homme, de dos, à la stature similaire, s'engouffrer dans la gare. Puis Danti est venue me rejoindre pour me dire que nous pouvions monter sur le bateau.

En voguant dans ce dédale de canaux impressionnant, je contemplais la ville d'Amsterdam qui déployait, sur chaque rive, son romantisme absolu. Qu'on la surnomme la Venise du Nord ne m'étonnait aucunement. Les hautes maisons étroites, collées les unes aux autres, avec leurs façades chargées d'histoire, m'ont rappelé des époques lointaines, allant d'un âge classique à une ère romantique, où la gentilhommerie et la galanterie étaient de mise pour courtiser une femme. Aujourd'hui, il ne manquerait à Amsterdam que les gondoles pour nous transporter à ces époques révolues. J'aurais tant aimé y voir une gondole ! Je m'y serais confortablement installée. En pensée, j'y arrivais. Oui, je m'éclipsais du bateau-mouche. J'oubliais tout ce que j'avais vécu depuis une semaine, j'oubliais tous ces gens que j'avais rencontrés, que ce soit Damien, Émilien, Danti, ou même Jan, qui était le premier, depuis Félix, à créer des remous dans mon corps. J'oubliais aussi Mathieu et son regard bleu, ce regard parfois facétieux, parfois chagrin. Depuis trop longtemps, mes rêves n'étaient peuplés que d'un seul homme. En pensant à Félix, je ressentais ses caresses au point de l'imaginer vraiment à mes côtés… dans une gondole. J'aurais tant aimé être en gondole avec lui ! Et oublier. Oublier que j'aurais accepté de passer la nuit avec Jan, un parfait inconnu, s'il me l'avait proposé ; oublier qu'il y avait moins d'une heure j'aurais probablement laissé Mathieu m'embrasser, s'il s'était enhardi jusqu'à poser ses lèvres sur les miennes ; oublier surtout que, si nous n'avions pas été interrompus par Danti, il aurait sûrement osé le faire et que, actuellement, il attendait seulement que l'occasion se présente de nouveau. Je ne voulais pas céder. Je voulais oublier… oublier que je semblais prête à aller au-delà de Félix.

J'ai eu un léger tressaillement lorsque j'ai entendu le guide mentionner qu'en moyenne une voiture par semaine tombait dans un des canaux de la ville. Prendre la voiture, quelle idée ! Après la croisière, je tenterais de joindre Damien pour qu'il nous ramène chez lui. Ça ne devrait pas être un problème, puisqu'il me semblait avoir vu Tony un peu plus tôt. Damien était peut-être déjà en ville.

Le guide continuait de nommer et de décrire les bâtiments histo-riques, à l'architecture remarquable, qui se trouvaient sur notre passage à mesure que le bateau avançait. Nous aurions pu profiter d'une halte pour visiter divers monuments. Mais sous les rayons du soleil qui transperçaient le toit vitré de notre embarcation, on s'est laissés happer par la paresse. Nous n'avons donc pas vu la Maison d'Anne Frank, bâtiment devant lequel on pouvait apercevoir une file d'attente. Si les horreurs de l'Holocauste attiraient les visiteurs, elles nous indifféraient en cet après-midi d'indolence. Tout en conti-nuant à sillonner le canal, nous avons aperçu le Quartier des musées. Nous nous sommes détournés de notre guide, car Danti nous détaillait tout ce qu'il y avait à voir et à savoir ; tel le Van Gogh Museum où l'on pouvait admirer des centaines de dessins et de toiles créés par cet artiste. De plus, ce musée est intéressant pour l'art qu'on y trouve certes, mais aussi pour le bâtiment en lui-même, lequel présente une architecture originale et contemporaine qui, de toute évidence, contraste avec les maisons et les édifices de la ville. Si nous étions descendus du bateau-mouche ici, en plus du Van Gogh Museum, nous aurions pu visiter le Rijksmuseum qui préserve, sous son architecture de style gothique, plusieurs collec-tions classiques, mais surtout les chefs-d'œuvre des grands maîtres néerlandais du XVII$^e$ siècle. Puis il nous aurait été possible d'explo-rer le Stedelijk Museum qui, au-delà de sa façade néorenaissance, nous aurait fait découvrir un art plus contemporain dans des salles d'expositions modernes. Danti mettait tant d'ardeur et de couleur dans sa description que j'avais presque envie d'y faire une halte, mais la passivité s'imposait à moi, surtout après ce début de journée, qui avait été plutôt orageux pour moi. Oui, tout cela était fascinant, mais je m'y arrêterais une autre fois. C'était le début des vacances, j'avais encore tout mon temps. Le Quartier des musées étant derrière nous, d'autres merveilles s'offraient à nous et n'avaient de cesse de nous éblouir. Lorsque notre bateau-mouche passait sous les nombreux ponts aux arches étroites, je ne pouvais m'empêcher de craindre qu'il y ait un accrochage, surtout lorsqu'une embarcation s'y engageait dans l'autre sens. Les canaux d'Amsterdam étaient achalandés, mais moins engorgés que ses rues et ses trottoirs. Émilien nous a fait remarquer la beauté du paysage qui était sans aucun doute un spectacle en lui-même.

— C'est encore plus beau la nuit. Les ponts sont illuminés, un vrai spectacle. Il faut voir le Magere Brug, le plus célèbre, avec ses arches de bois tout en lumière. C'est un incontournable.

— Eh! Tara, on met ça à notre agenda! m'a proposé Mathieu d'une voix nonchalante.

— Si c'est si beau, un périple de nuit semble s'imposer, ai-je répondu.

— Il y a aussi des croisières romantiques, a ajouté Danti.

J'ai fermé les paupières un instant, en me disant qu'elle jouait les entremetteuses! Elle vient de créer une atmosphère qui mc rend soudainement mal à l'aise. Maintenant, je suis aux prises avec les yeux doux et les sourires espiègles de Mathieu. Ce qu'il peut être intimidant, parfois! Il faut que j'évite de le regarder.

Le bateau a continué de glisser sur les eaux d'Amsterdam, nous faisant découvrir ses multiples richesses. Le Bloemenmarkt, le marché aux fleurs flottant, était à compter parmi celles-ci. On pouvait y admirer à peu près toutes les espèces de fleurs qui existent sur la terre et qui se déclinent dans autant de couleurs qu'il y a de sortes. Les Pays-Bas sont le royaume des fleurs, et pas seulement dans la tulipe comme on serait porté à le croire. Encore là, nous ne nous y sommes pas arrêtés pour humer de plus près le parfum des végétaux. Autre richesse à contempler : la maison de Rembrandt. Là, nous avons sérieusement pensé à nous dégourdir. Ne sommes-nous pas à Amsterdam, après tout ? La paresse l'emportant sur notre goût pour l'art, nous sommes restés sur le bateau-mouche jusqu'à la fin de la croisière, laissant derrière nous des trésors tels que le Jardin botanique, le Jardin zoologique, le musée géologique, ainsi que l'aquarium, le planétarium et bien d'autres lieux, que ce soit des musées, des églises ou même le Palais royal.

De retour à l'embarcadère principal devant Centraal Station, j'étais incapable de quitter ma banquette ; j'aurais refait le même trajet pour ne pas avoir à me lever. Je restais là à regarder les passagers descendre tranquillement. Lorsqu'ils ont mis le pied sur la passerelle de bois, sous ce soleil de fin de journée, ils semblaient tous se raviver, sortant pour ainsi dire d'une longue inertie. Lentement, Émilien et Danti se sont levés à leur tour, se dirigeant tout comme la file des voyageurs vers l'avant du bateau. Assis à côté de moi, Mathieu a allongé les bras au-dessus de sa tête en réprimant un bâillement, puis il m'a enlacé les épaules.

— Tu sais, Tara, tantôt, quand tu disais avoir déjà rencontré l'homme de ta vie…

— Quoi ? ai-je coupé brusquement, car je n'avais vraiment pas envie que Mathieu s'aventure sur ce terrain.

— C'est juste que si tu parlais du type qui a vidé ton appartement pour remplir celui d'une autre, je pense que tu as absolument besoin de revoir tes critères de sélection.

Il m'agaçait avec son attitude trop sûre de lui. J'ai levé les yeux au ciel et lui ai répondu sur un ton exaspéré.

— Écoute, Mathieu, je pourrais les revoir mille fois, mes critères, c'est sûr que tu n'y correspondras jamais.

Il ne s'attendait pas à une telle réplique ; il est resté figé un moment avant de retirer son bras et de se lever sans dire un mot. Je l'ai suivi en silence. J'étais confuse ! Je m'égarais dans des sentiments qui m'apparaissaient opposés les uns aux autres. J'avais à la fois des sensations d'attraction et de répulsion plutôt violentes. J'étais incapable de saisir mes émotions ou de comprendre les vagues de désirs qui déferlaient sur moi pour se briser aussitôt. Je n'étais peut-être pas prête à laisser Félix derrière moi.

Nous avons rejoint Danti et Émilien. Ensemble, nous avons marché silencieusement le long de Damrak jusqu'à la place du Dam, nous immobilisant devant un marchand de fleurs, une boutique de vêtements, un magasin de disques. C'était l'heure de la sortie des bureaux. Les trottoirs se remplissaient de monde jusqu'à en être compactés ; même avec mes cinq pieds et huit pouces, je me sentais très petite au milieu de cette foule néerlandaise. Les gens allaient d'un pas allègre, mais nonchalant. Plusieurs s'arrêtaient aux terrasses des cafés le temps de prendre un apéro et de profiter des derniers rayons du soleil d'après-midi. Nous avons fait comme eux. Sur la place Rembrandtplein, nous nous sommes assis à une table, à la terrasse d'un grand bar. J'ai pris un siège la première ; Mathieu s'est installé à l'opposé de moi, face à Danti. Cherchait-il à m'éviter ou à se rapprocher de la belle Indonésienne ? Il mettait, en tout cas, de la distance entre nous.

Les gars se sont mis à discuter de musique, alors que Danti continuait à me parler de la ville, de ses musées, de ses artistes. Elle était vraiment passionnée par l'art et savait s'exprimer de manière captivante, avec charisme. Elle pourrait devenir conférencière ou porte-parole pour un organisme artistique quelconque. Danti parlait beaucoup, mais elle savait mettre son interlocuteur au centre de la discussion. Elle me demandait ce que j'avais préféré de l'excursion et quels musées, quels parcs ou quels monuments je comptais visiter. Puis elle m'interrogeait sur le Québec et Montréal, sur l'hiver évidemment. Mais aussi sur la musique québécoise, le cinéma, les arts. Elle cherchait également à connaî-tre mes intérêts, mes opinions sur diverses matières et sur diffé-rents sujets. Elle voulait savoir qui j'étais, elle me questionnait sur mon travail, ma famille, mes amis. Elle aurait peut-être réussi à me faire dévoiler quelque secret si notre conversation n'avait pas été interrompue par une serveuse qui déposait deux verres de bière devant nous.

— Buvez ça pendant qu'on va jouer une partie de billard à l'inté-rieur, nous a dit Mathieu.

J'aurais préféré un verre de vin, car je ne raffolais pas de la bière. Je me suis toutefois contentée de remercier Mathieu et j'ai bu ma boisson en retenant une grimace de dégoût. Depuis que nous avions quitté le bateau-mouche, Mathieu ne m'avait ni regardée ni adressé la parole. Il s'est même levé de table en faisant un clin d'œil à Danti. Décidément, il ne se gardait pas beaucoup de gêne avec la copine de son ami. Danti lui a répondu par un sourire contrarié, tandis qu'Émilien, déjà à l'intérieur du bar, n'avait rien remarqué.

Durant la demi-heure qui a suivi, la serveuse est venue deux fois nous demander si nous voulions autre chose, alors que nous n'avions même pas terminé notre bière. Nous en avons conclu qu'elle voulait que nous laissions la table à des clients plus assoiffés que nous ; nous sommes allées rejoindre les gars à l'intérieur.

Émilien était penché sur la table de billard, concentré sur la boule blanche, dans le but évident de faire entrer la quatre dans une poche latérale. Le coup semblait facile. Il l'a raté. Mathieu a frotté ses mains ensemble, a fait craquer ses jointures, s'est étiré le cou à gauche, puis à droite. Ces gestes avaient pour seul but d'impressionner les trois jeunes filles qui se tenaient à sa droite.

Son numéro de guignol terminé, il s'est penché à son tour sur la table ; dans un tir assuré, la huit est entrée avec fracas dans une poche en coin. Une des jeunes filles sautillait d'excitation. Lui faisait le coq ; s'il avait été un paon, il aurait fait la roue. Il a déposé la queue de billard qu'il tenait à la main et a enlacé la fille qui sautait de joie. Il la connaissait depuis à peine une demi-heure ! Mais quand il a levé les yeux sur moi, il a gentiment repoussé la demoiselle ; il s'est approché, fier, le sourire crâneur, le regard altier, si adorablement bleu.

— Que penses-tu de mon adresse ? m'a-t-il demandé.

— Je pense que c'est plutôt le manque d'aptitude de ton adversaire qui t'a avantagé.

— Non, non. Je suis brillant à ce jeu. On fait une partie : toi contre moi. J'ai besoin de défendre mon titre.

— Ton titre, mais quel titre ? ai-je demandé à la blague. Celui d'as du billard ou celui de roi de l'orgueil ?

— Orgueil ! Il y a quelqu'un d'orgueilleux, ici ? a répliqué Mathieu tout en rigolant.

Je me débrouille bien au billard. Mais pas encore assez pour avoir pu gagner cette partie. Je peux tout de même me consoler, la joute avait été serrée et mon aisance à manier la queue de billard a même impressionné Danti, celle à qui tout semble réussir. Par contre, la fille excitée et ses copines ont moins apprécié ; elles nous ont vite quittés pour aller encourager d'autres joueurs, deux tables plus loin.

Après quelques parties et quelques verres, nous avons quitté le bar qui se remplissait de plus en plus de touristes. En sortant, Mathieu m'a pointé un homme qui ressemblait à Tony. Je n'ai pu le voir, car il marchait vite et il faisait trop noir. La nuit était complètement tombée. Toutefois, les rues restaient encore bondées et animées. Nous avons poursuivi notre route, car Émilien voulait nous faire connaître le meilleur *coffeeshop* d'Amsterdam. Nous avons donc laissé la place Rembrandtplein et son animation et avons traversé le fleuve Amstel pour nous rendre sur le canal Kloveniers-burgwal, où l'atmosphère était plus calme.

Une ambiance légère et accueillante régnait dans le fameux *coffeeshop*. Je m'y suis sentie à l'aise tout de suite, même si ce n'est pas le genre d'endroit que j'aurais fréquenté par moi-même. Les deux propriétaires, Ernesto et Alberto, ont immédiatement reconnu Émilien et Danti et se sont empressés de nous dénicher une table. Elle était petite, mais on s'y est entassés. Ernesto a pris le temps de s'asseoir avec nous et de nous conseiller ce qu'il avait de mieux ce jour-là. Émilien et Mathieu ont vite arrêté leur choix sur le *Super Silver Haze*. Moi, je ne voulais rien prendre, mais Danti m'a offert de partager un morceau de *Space Cake* et j'ai accepté : je suis à Amsterdam, après tout. J'ai pourtant un rire nerveux qui me reste dans la gorge. Tout cela ne me ressemble pas, c'est à peine si je me reconnais. Ici, je peux essayer de découvrir mon véritable moi, celui qui n'est pas enchaîné à Félix, celui qui ne pense pas qu'en fonction de lui. Mais moi, sans Félix, est-ce vraiment moi ?

Lorsque Ernesto a déposé le morceau de gâteau multicolore devant moi, j'ai retenu une folle envie de rire. Mais quand il a ajouté qu'il le faisait avec de la marijuana et non du haschich parce que l'expérience en était plus organique, là, je me suis carrément esclaffée. Ça n'avait aucun sens, mais je n'avais d'autre choix que d'y goûter.

Après à peine vingt minutes, je me sentais tout à fait vaporeuse, aérienne. J'entendais jouer un air latino, sobre et mélancolique, la guitare y prenait toute la place. La musique semblait provenir du ciel. Un air céleste ! Aventurier ! Les accords étaient brumeux, des nappes de brouillard montaient vers le ciel, des nuages vers lesquels je m'élevais. Les vapeurs de musique m'encerclaient, me pénétraient. J'entendais la guitare vibrer dans mon corps, vriller dans ma tête et frétiller sous ma peau, prête à jaillir. J'étais la musique. Je m'embrasais dans cet univers de notes enfumées, je me dissipais dans cette douce mélopée. J'aurais voulu m'y abîmer, ne vivre à jamais que de musique. Mais la guitare s'est tue, le rythme a changé, des tam-tams ont envahi l'espace et pénétré mon corps. Je voyais Mathieu qui faisait tambouriner ses mains sur la table ; Émilien et Danti se sont joints à lui, les autres clients faisaient de même. Puis j'ai aperçu la fille blonde, filiforme, au teint très clair ; elle était debout près du bar, elle avait autour du cou une longue lanière de cuir qui retenait un tambour qu'elle serrait entre ses cuisses. Elle était flanquée de deux grands Noirs qui tenaient, sous leur aisselle, chacun un tambour sur lequel ils tapaient avec une baguette. Je ne savais d'où ils sortaient, je n'avais pas remarqué leur entrée, seule leur musique m'avait fait repérer leur présence. Le rythme des tam-tams était intense, effréné. Plusieurs personnes étaient debout, imitant certaines danses africaines. Mathieu a pris ma main et l'a posée sur la table. Il tentait de me faire garder le rythme. Je ne sentais rien, ni sa main sur la mienne, ni la table sur laquelle mes doigts tambourinaient, ni la chaise sur laquelle j'étais assise. J'étais dénudée de toute sensation physique, seule la musique m'habitait. J'ai fermé les yeux et j'ai vogué sur cette mer de sons harmonieux où la douleur et les souffrances étaient inexistantes. Je me suis laissé bercer ainsi jusqu'à ce que j'aie conscience de mon cœur qui battait sur le rythme frénétique des tambours. Quelques minutes ! Quelques heures ! Puis la musique a quitté mon corps, je redevenais tangible, palpable. Les tambours ont cessé, j'ai senti la pression des doigts de Mathieu sur les miens, j'ai ouvert les yeux. Il me souriait avec espièglerie, il me regardait de ses yeux moqueurs, pleins de bleu. Il a doucement approché son visage du mien.

— Tu n'as aucun sens du rythme, m'a-t-il murmuré doucement à l'oreille.

— Je sais, je ne connais rien à la musique.

— Je peux t'apprendre, on y mettra tout le temps nécessaire, je ne suis pas pressé. Pour toi, j'ai tout mon temps.

Après avoir un peu repoussé mes cheveux, il a posé un baiser, tout léger, sur ma tempe. J'étais ébranlée. Il s'est levé subitement et a rejoint la grande fille blonde. Fuyant, insaisissable. Il s'est mis à jouer du tambour, comme s'il en jouait depuis des années, comme si cela faisait partie de lui, naturel, inné. Instantanément, j'ai compris que je n'avais rien en commun avec tous ces gens. Ils étaient tous des musiciens, des artistes, des babas cool des années 2000. Je me sentais si loin de tout cela. Je ne suis qu'une fille réservée, ordinaire, qui travaille du lundi au vendredi, de huit heures trente à dix-sept heures, pour une compagnie de télécommunications. Rien à voir avec le milieu passionné et ardent de la musique. Ce monde nocturne, libre et presque sans limites, sans interdits. Un monde qui permet d'aller au bout de ses rêves, au bout de soi-même. Moi, je ne savais même plus quels étaient mes rêves, en avais-je déjà eu ? Des rêves à moi toute seule qui ne tournaient pas autour de Félix. J'étais si lasse, j'avais tant sommeil, je ne savais pas, je ne savais plus. Je voulais dormir. Je me suis levée et je suis sortie à l'extérieur. J'ai cru voir Damien de l'autre côté de la rue, j'ai voulu traverser, j'ai entendu le cri d'une personne en colère, quelqu'un qui s'énerve. Puis la voix de Mathieu derrière moi.

— Mais, Tara, que fais-tu ?

Je me suis sentie tirée vers l'arrière sur le trottoir et j'ai vu une horde de bicyclettes passer juste devant moi. Quelques cyclistes semblaient furieux, certains montraient leur poing fermé, d'autres faisaient des gestes vulgaires.

— Ça va, Tara ? Mais où allais-tu comme ça ? m'a demandé Mathieu alors qu'il me retenait toujours par le bras.

— Je suis fatiguée, je veux rentrer dormir.

— C'est vrai qu'il est tard, a ajouté Danti qui sortait tout juste du *coffeeshop* avec Émilien, nous sommes tous exténués. Nous ferions mieux de rentrer. Vous pourrez dormir sur le *woonboot* cette nuit, je crois que personne n'est en état de prendre la route.

Nous sommes rentrés en marchant lentement. Mathieu me retenait toujours par le bras, il craignait que je tente de nouveau de traverser la rue sans faire attention à la circulation. Moi, j'avais plutôt peur de faire un faux pas ou de perdre toute la force de mes jambes et de m'écrouler. J'étais si lasse. Émilien et Danti avançaient beaucoup plus vite que nous, on risquait de les perdre de vue. Ils se sont arrêtés. Émilien a disparu à l'intérieur d'un édifice, tandis que Danti nous regardait venir vers elle. Lorsque nous l'avons rejointe, j'ai reconnu l'entrée du cabaret. Je me suis rappelé la sensation de chaleur qui m'avait envahie la veille lorsque j'y avais croisé Jan. Je tentais, en vain, de l'apercevoir à l'intérieur, par l'embrasure de la porte. Pourtant, cette chaleur m'emplissait une fois de plus. Et j'ai remarqué que la main de Mathieu avait glissé le long de mon bras ; nos doigts s'entremêlaient. Je me sentais toute bizarre, j'étais confuse. J'ai délicatement retiré ma main.

— Jan n'est pas là, personne ne l'a vu ce soir, a dit Émilien en sortant du cabaret. Tant pis, je lui parlerai demain de Jolanda et des deux musiciens sénégalais.

De retour sur le *woonboot*, Émilien a ouvert le divan-lit alors que Danti apportait des draps et des couvertures. J'ai réussi à trouver un peu de force pour l'aider à tout préparer. Émilien et Mathieu sont sortis quelques minutes sur la terrasse. Danti est descendue dans la cale. Je me suis glissée sous les draps, après avoir éteint les lumières et enfilé la chemise de nuit qu'elle m'avait prêtée. J'étais si bien, enfin blottie dans un lit. J'ai fermé les yeux, je sentais que le sommeil allait bientôt me gagner. J'ai eu un léger sursaut lorsque j'ai entendu la porte-fenêtre s'ouvrir. Les gars sont entrés, Émilien a pris le même chemin que sa copine quelques minutes plus tôt. J'ai entrouvert les yeux ; Mathieu se déshabillait, il déboutonnait son affreuse chemise, il l'a enlevée et l'a posée sur le dossier d'une chaise, juste à côté de celle où j'avais plié mon chandail et mon pantalon. Il a ensuite ôté ses chaussures, ses bas. Puis il a retiré son jean. Je gardais les yeux entrouverts, je l'observais avec intérêt. Il était un peu maigre, mais avait tout de même un certain charme, en caleçon, dans un rayon de lune. J'espérais qu'il continue à se dévêtir, mais il s'est arrêté là. Du moins, je le crois, j'étais tellement fatiguée que je ne me souviens plus de rien après cela, ni lorsque Mathieu s'est glissé sous les draps, tout près de moi.

## 8

J'entendais, comme dans un rêve, un écoulement d'eau, vague et lointain, qui allait en s'intensifiant et qui m'a tirée du sommeil. La tête m'élançait affreusement ; j'étais incapable de bouger. Après une bonne minute de torpeur, j'ai finalement réussi à entrouvrir les yeux. Tout était sombre et silencieux. Seules les gouttes d'eau qui glissaient le long de la vitre de la porte-fenêtre laissaient entendre un léger ruissellement que je trouvais bruyant. Le temps semblait humide, accablant ; tout comme ma peau que je sentais halitueuse et mon corps qui pesait lourd. Mes paupières sont retombées d'elles-mêmes. J'ai sombré dans un demi-sommeil, dans lequel des bribes de la soirée d'hier ont surgi dans mes pensées et qui m'ont rappelé que Mathieu devait être couché à côté de moi. Cela a provoqué un malaise qui a achevé de me réveiller. J'ai jeté un coup d'œil alentour pour me rendre compte avec soulagement qu'il dormait toujours. Je suis sortie du lit en catimini. Je me suis rendue jusqu'à la salle de bains, après avoir ramassé mes vêtements.

Dans le petit miroir accroché au-dessus de l'étroit lavabo, j'ai constaté que j'avais les yeux tout cernés et les cheveux complètement aplatis. J'étais désolée de ne pouvoir améliorer mon état, car je n'avais ni crème ni maquillage avec moi. Je me suis aspergé la figure d'eau froide pour donner un léger éclat à mon teint, et j'ai attaché mes cheveux en queue de cheval. J'ai profité du rince-bouche à la menthe qui était sur le bord du lavabo pour me gargariser. Si j'avais une allure plutôt terne et négligée, je n'avais pas, à tout le moins, mauvaise haleine. À demi satisfaite du reflet que me renvoyait la glace, j'ai ouvert la porte de la salle de bains juste au moment où Danti sortait de sa chambre à coucher. Déjà toute souriante et pleine d'attention, elle s'est assurée que j'avais passé une bonne nuit et que le divan-lit m'avait offert tout le confort qu'il fallait. Je l'ai tranquillisée en lui affirmant que j'avais dormi comme une marmotte et que, sans la pluie, je sommeillerais probablement encore.

— Ah ! cela me rassure, m'a-t-elle dit en se dirigeant vers la salle de bains. J'en ai pour quelques minutes, ensuite nous préparerons le petit-déjeuner ensemble.

— Très bien, je me charge du café.

— Bonne idée ! m'a-t-elle répondu en riant. Tu peux en faire beaucoup, je crois que nous en avons tous besoin ce matin. La cafetière est sur le comptoir de la cuisine et le café, dans l'armoire à côté du réfrigérateur.

J'ai préparé le café en me faisant le plus silencieuse possible, mais Mathieu s'est tout de même réveillé. Il s'est levé en s'étirant et a marché en chancelant jusqu'à une chaise. Il s'est assis en se frottant la tête d'une main et l'œil de l'autre. Contrairement à la nuit dernière, je me suis sentie gênée de le voir ainsi en sous-vêtement. Heureusement que Mathieu n'a pas remarqué que ma figure s'était brusquement empourprée.

— J'aurais besoin d'aspirine, a-t-il articulé difficilement.

— Je vais demander à Danti, elle va monter d'une minute à l'autre. J'en prendrais bien un comprimé moi aussi.

Comme je terminais ma phrase, Danti surgissait de l'escalier en montrant, d'un air joyeux, le tube d'aspirine qu'elle tenait à la main. Elle avait pressenti que nous en aurions peut-être besoin. Elle pensait vraiment à tout. Mathieu était ravi.

— Mon héroïne ! Viens que je t'embrasse, a-t-il déclamé d'un ton faussement théâtral.

Danti lui a remis deux comprimés. Mathieu a voulu lui faire la bise, mais Danti s'est éclipsée avant qu'il n'ait pu la toucher. Il n'a rien dit. Sans même me regarder ou me remercier, il a pris la tasse de café que je lui tendais et a avalé ses aspirines. Au même moment, Émilien montait l'escalier en nous demandant, d'une voix tonnante, si nous avions faim.

— Oui ! avons-nous crié comme des enfants.

— Très bien, j'ai de quoi faire un vrai déjeuner québécois.

Il a sorti œufs et jambon du frigo, a mis du pain dans le grille-pain et a commencé à nous préparer de quoi nous revigorer. Pendant ce temps, Mathieu s'est levé pour se verser une autre tasse de café ; dans l'intervalle, Danti était revenue et je l'ai vue donner un coup de coude discret à Émilien. Celui-ci s'est retourné, les sourcils froncés. Il a dit à Mathieu, d'un ton agacé :

— Tu pourrais peut-être t'habiller.

— Pourquoi ? Je suis bien comme ça, et je ne suis pas tout nu.

— Moi, ça me dérange que tu te promènes en bobettes devant ma blonde.

— Pardon, Monsieur Pudibond.

— Quand même, tu n'es pas obligé d'être insultant.

— OK ! Je vais mettre un pantalon.

Avant de ramasser ses vêtements et de descendre à la salle de bains, il a pris le temps de verser du lait dans son café. Quand il est remonté à la cuisine, nous étions déjà attablés ; il s'est assis à la place libre, c'est-à-dire celle la plus éloignée de Danti. Nous avons tous mangé de bon appétit en tentant de nous entendre sur notre emploi du temps pour la journée.

— On va visiter la Heineken Brouwerij et faire du lèche-vitrine dans le Red Light, a décidé Mathieu.

— On voit où sont tes priorités, a riposté Émilien, mais je ne suis pas certain que ça plaira aux filles.

— Je suggère qu'on aille voir quelques musées tous ensemble et demain, pendant que j'irai faire du *shopping* avec Tara, vous, les gars, vous pourrez vous arrêter aux lieux *underground* de la ville.

— C'est certainement une bonne idée, mais je préférerais rentrer le plus tôt possible chez Damien, j'ai quand même pris sa voiture sans l'aviser et j'ai hâte de la lui rendre.

Émilien m'a convaincue qu'il était préférable de rester en ville. Le temps pluvieux était idéal pour faire la tournée des musées. Nous n'aurions qu'à rentrer en fin de journée, nous préparer et nous retrouver plus tard au cabaret. Il avait tout à fait raison et nous avons finalement opté pour cette suggestion.

C'est entourée de toiles du XVII$^e$ siècle ainsi que d'un étalage étrange d'objets archéologiques, bien ancrés dans un décor de maquettes détaillées et de larges murales, que j'ai vraiment fait connaissance avec Amsterdam. Nous avons flâné durant plus de deux heures dans les salles et les couloirs du Amsterdams Historisch Museum sans même voir le temps s'écouler. C'était sept cents ans d'histoire qui défilaient sous nos yeux ; sept cents ans pour construire, à partir d'un petit village de pêche, cette ville riche de pouvoir, de savoir, de liberté.

Comment se serait déroulée ma vie si j'avais grandi à Amsterdam, si j'y avais connu Félix et si nous y avions vécu tous les deux ? Est-ce plus facile de vivre une relation interdite dans cette ville ?

Félix ! Je pars pour l'oublier, mais je continue à l'espérer, même dans un autre lieu, à une autre époque, même dans un musée d'Amsterdam. « Tara, tu viens ? » m'a chuchoté Mathieu, qui s'était approché tout près de moi sans même que je m'en rende compte. Car l'espace qui m'entourait s'emplissait sans cesse de la présence d'un autre homme. Constamment, il s'imposait à mes pensées, il enveloppait mon esprit. Pourtant, il se trouvait à plus de cinq mille kilomètres de moi. Malgré l'océan qui me sépare de lui, Félix reste présent dans mon cœur, qui se gonfle un peu plus chaque fois que je pense à lui. Je m'en veux d'aimer un homme qui m'a fait tant de mal. Si seulement j'arrivais à l'oublier.

Nous sommes sortis par la galerie Schuttersgalerij, là où sont exposés des portraits d'hommes d'armes, œuvres de grands peintres des XVI^e et XVII^e siècles. Nous nous sommes attardés un peu dans cette rue couverte où nous étions protégés contre la pluie qui s'était remise à tomber. Puis nous nous sommes retrouvés dans la cour intérieure du musée, un peu indécis sur la suite de notre itinéraire. Nous avons donc marché lentement, sans but précis, sous la pluie qui s'abattait doucement sur nous. Sur la place du Dam, Émilien s'est arrêté devant une cabane pas très accueillante en nous disant que les frites y étaient excellentes, surtout si on les accompagne de la *frite sauss*. Moi, je me sentais incapable de manger quoi que ce soit ; mon estomac n'avait pas encore terminé de digérer le déjeuner québécois de ce matin. Émilien a tout de même commandé des frites pour nous tous et a engagé avec le cuisinier une discussion qui passait de l'anglais à un néerlandais que je soupçonnais, chez Émilien, plutôt médiocre. Tandis que les pommes de terre frétillaient dans l'huile à friture, Danti nous expliquait, à Mathieu et à moi, que les frites hollandaises et leur *sauss*, même si elles n'avaient pas de renommée internationale, valaient bien les frites belges. Je n'avais encore jamais goûté à de vraies frites belges, je ne pouvais donc pas comparer, mais j'avoue que les frites hollandaises sont excellentes. Même si nous n'avions pas vraiment faim, tous les quatre, nous avons tout de même vu le fond de notre cornet. Après nous en être délectés, il fallait bien digérer. Nous avons donc repris notre promenade alors que la pluie tombait finement. Un peu plus loin, Émilien s'est arrêté à un kiosque à journaux, nous disant qu'il voulait confirmer un fait divers dont lui avait fait part le propriétaire de la bicoque à patates frites. Et la pluie s'est mise à tomber de plus en plus drue et forte. Nous sommes entrés dans le premier immeuble public que nous avons croisé : le musée Madame Tussauds. J'avais entendu parler de celui de Londres à plusieurs reprises, mais je ne savais pas qu'il y en avait un à Amsterdam. J'étais bien contente d'y être arrivée par hasard et j'étais plutôt curieuse d'y entrer. Dès que nous avons passé la porte, un photographe nous a proposé, à Danti et à moi, de nous photographier aux côtés d'Arnold Schwarzenegger, alors qu'une jolie blonde s'est emparée d'Émilien et de Mathieu qu'elle a plantés à la gauche et à la droite de Tina Turner. Pour faire les fanfarons, les deux gars ont pris une pose macho afin de raconter plus tard, à leurs amis du Québec, qu'ils avaient réellement rencontré Tina. Danti et moi, nous les avons laissés en tête-à-tête avec la *superstar* et la photographe. Nous avons suivi la foule de touristes dans les salles remplies de statues de cire. La similitude était frappante sur certaines, mais moins réussie sur d'autres. Les figures de Pavarotti, Jon Bon Jovi et même Jean-Paul II étaient conformes à la réalité, alors que Harrison Ford, habillé en Indiana Jones, avait un air beaucoup trop sévère et des lèvres plutôt féminines. Elizabeth Taylor, quant à elle, était tout à fait la femme fatale qu'elle a incarnée maintes fois sur le grand écran. Coiffée et maquillée pour une grande occasion, elle portait des boucles d'oreilles et un collier de diamants. Elle était habillée d'une robe du soir, d'un vert émeraude, très décolletée, d'où sortait presque sa poitrine bien soutenue et rebondie. Émilien, qui nous avait enfin rejointes avec Mathieu, n'a pu résister : il a enjambé la petite clôture qui entourait le socle de la statue et a posé une main sur le sein gauche d'Elizabeth. Nous nous sommes tous mis à rire en même temps qu'a retenti le bruit strident d'un système d'alarme. En moins d'une minute, un gardien de sécurité est entré dans la salle.

Nous avons tous les quatre été conduits dans un bureau où nous a interrogés l'agent de sécurité accompagné d'un collègue. Ils parlaient très mal l'anglais; nous avions de la difficulté à les comprendre. Danti leur a donc adressé la parole en néerlandais et j'ai tout à fait perdu le fil de la discussion jusqu'à ce qu'un autre homme, probablement le patron, fasse son apparition et nous parle dans un anglais compréhensible. Émilien était outré d'être arrêté pour une mauvaise blague, alors que de vrais voleurs de bijoux étaient laissés en liberté, après avoir commis deux vols l'un à la suite de l'autre.

— Mes hommes sont des agents de sécurité dont les responsabilités se limitent à la protection des objets et des personnes qui se trouvent entre les murs de ce musée, a rétorqué le patron. Nous cherchons seulement à protéger les biens de notre musée, nous n'avons aucunement l'intention de vous mettre en prison et ainsi vous priver de votre liberté.

Danti, toute de charme et de sourire, a convaincu les trois hommes en moins de deux qu'Émilien cherchait seulement à s'amuser et non pas à voler les diamants qui ornaient la statue de cire.

— D'accord, mademoiselle, je vous crois sur parole. Vous me semblez une jeune femme honnête. Par contre, vos amis manquent un peu de discipline.

— Merci, Monsieur, soyez assuré que je vais leur inculquer les bonnes manières, a répondu Danti en souriant de plus belle.

— L'affaire est donc close. Venez, je vous escorte jusqu'à la sortie.

Tout en nous conduisant vers la boutique de souvenirs qui menait à la sortie du musée, le patron s'est excusé pour le malentendu, mais a tout de même expliqué à Émilien que ce n'est pas par pure décoration si certaines statues sont placées derrière des barrières de sécurité. Il nous a laissés devant le comptoir caisse de la boutique, derrière lequel étaient épinglées toutes les photos prises par les deux photographes à l'entrée du musée. Évidemment, nous y avons laissé les nôtres ; nous trouvions ridicule de payer un prix exorbitant pour des clichés tout à fait ratés.

— Peux-tu m'expliquer qu'est-ce que c'est que cette histoire de voleurs en liberté ? s'est enquise Danti, alors que nous nous retrouvions encore une fois sous la pluie.

— Ce n'est rien, c'est seulement qu'une autre bijouterie a été la cible de voleurs hier soir à Rotterdam. Le journaliste mentionne dans son article que la police y voit peut-être un lien avec le vol qui avait eu lieu ici, la veille, à la bijouterie voisine du cabaret de Jan.

— Mais, Émilien, tu sais très bien que les agents de sécurité du musée n'ont aucun contrôle sur les crimes qui ont lieu dans le pays.

— Je sais, je sais… a répondu Émilien sur un ton qui laissait deviner son embarras.

Danti n'a pas insisté. Nous avons repris notre marche. Sans vraiment guider nos pas, nous nous sommes retrouvés tout près du *woonboot*. J'ai décidé qu'il valait mieux dire au revoir ici à nos hôtes, j'avais hâte de rentrer. Émilien nous a offert de nous accompagner jusqu'à la voiture pour m'indiquer précisément, à l'aide de la carte routière, le chemin à prendre pour rentrer chez Damien. Danti, pour sa part, a pris congé en nous faisant à tour de rôle une bise que Mathieu a évidemment tenté de prolonger. Cette fois-ci, c'est Émilien qui l'a arrêté en lui donnant un coup de coude dans les reins et en lui disant de se dépêcher. Mathieu a donc laissé sa proie, qui est partie vers le *woonboot* après nous avoir fait un dernier signe de la main. Accompagnée des deux gars plutôt silencieux, je me suis dirigée vers le stationnement où j'avais laissé la voiture la veille. Du coin de l'œil, j'observais Émilien qui avait pris un air crispé. Il était évident que Mathieu dépassait certaines limites avec Danti et que cela ne plaisait pas du tout à son copain. Je me promettais de lui en glisser un mot sur le chemin du retour. Il fallait bien que quelqu'un lui enseigne les bonnes manières, à celui-là.

En apercevant la voiture, j'ai pressé le pas tout en fouillant dans mon sac à la recherche de la clé. Lorsque j'ai mis la clé dans la serrure, deux policiers, un vieux moustachu aux cheveux gris et un bedonnant d'âge moyen, nous ont rudement abordés. Puis tout s'est passé si rapidement que j'avais à peine conscience de ce qui nous arrivait. Nous nous sommes retrouvés tous les trois, menottes aux poignets, assis sur la banquette arrière d'une voiture de police. Je me doutais bien que tout cela avait un lien avec la voiture de Damien, mais je ne savais pas vraiment de quoi il était question, les agents ne s'exprimant qu'en néerlandais. Comme il m'avait semblé, Émilien baragouinait la langue locale bien plus qu'il ne la parlait. Je tentais d'expliquer, en français et en anglais, aux policiers que je connaissais bien Damien Dubois, le propriétaire de la voiture. Mais ils m'ignoraient carrément. Les deux hommes n'ont prononcé aucune parole durant tout le trajet. À l'arrêt du véhicule, ils nous ont fait sortir de la voiture sans ménagement pour nous faire ensuite entrer brusquement dans le commissariat de police. On nous a laissés sur des sièges inconfortables, toujours menottés. Les policiers se sont adressés dans leur langue à d'autres agents de police.

J'ai senti la panique me gagner peu à peu. Je n'avais jamais vu l'intérieur d'un commissariat de police, encore moins le fond d'une geôle. Je tentais de rester calme en apparence, mais tout s'agitait follement en moi. Émilien et Mathieu affichaient des mines renfrognées et, tout comme moi, ils n'osaient prononcer un mot. Nous avons tous gardé le silence jusqu'à ce que les deux hommes qui nous avaient arrêtés reviennent près de nous, en nous faisant signe de nous lever.

La poigne du policier moustachu se resserrait sur mon bras pendant qu'il me faisait avancer dans un étroit couloir. Je ne sais pas pourquoi il me tenait si fort. L'autre se contentait de faire avancer Mathieu et Émilien devant lui. Une fois au bout du couloir, mes compagnons ont dû tourner à droite, alors que mon gardien m'a fait virer à gauche. Maintenant seule avec cette brute qui me serrait toujours le bras, j'ai senti la peur m'assaillir davantage et me gagner complètement. Mes yeux se sont remplis de larmes, le cœur me débattait, je respirais de plus en plus difficilement. J'ai entendu un bruit métallique et la porte d'une cellule s'est ouverte juste devant moi. D'un geste brusque, le policier m'a poussée à l'intérieur après m'avoir enlevé les menottes. Durant quelques secondes, j'ai eu très peur, je craignais qu'il n'y entre avec moi. J'étais si vulnérable, incapable d'assurer ma défense. Lorsque je me suis retournée, j'ai constaté avec soulagement que j'étais seule dans la cellule ; le flic s'était contenté de refermer la porte et de s'éloigner en me disant quelques mots en néerlandais.

Seule avec moi-même, je ne savais plus quoi penser. De toute façon, je ne pouvais réfléchir, la panique m'habitait complètement. Je me sentais si mal, j'avais la nausée et la tête me tournait. J'ai dû m'asseoir, sans quoi je me serais écroulée sur le sol. Entourée de béton gris et de métal noir, j'ai accusé Félix. Il était coupable de tout. S'il ne m'avait pas abandonnée, jamais je n'aurais pris l'avion. L'avion de l'oubli, de l'avenir. L'avenir sans Félix : une prison. Félix, pourquoi n'avait-il jamais quitté sa femme pour moi ? Pourquoi l'avait-il quittée pour cette gamine ? La garce, je la méprise, je la déteste comme un ennemi mortel. Sans elle, Félix serait avec moi. Ah ! Si seulement elle pouvait se fondre, s'infiltrer dans la terre, disparaître et entraîner Élena avec elle ; je ne serais pas réduite au désespoir. Ce désespoir qui se traduit par des pensées sombres, obscures comme je n'en ai jamais eu auparavant. Félix ressent-il mon désespoir ? Je dois sortir d'ici, mon cœur devient gris et dur comme le béton qui m'entoure. Délivre-moi, Félix, délivre-moi de cette prison, mais, surtout, de cet amour. Rends-moi ma liberté.

Je ne sais pas combien de temps je suis restée assise sur le petit siège de bois, la tête entre les mains. Je n'ai même pas réagi lorsque j'ai entendu la porte de ma cellule s'ouvrir. C'est seulement lorsque le visiteur s'est adressé à moi en m'appelant Miss Vallières que j'ai relevé la tête. J'étais soulagée, il ne s'agissait pas du même policier. Celui-ci était beaucoup plus jeune et avait un visage bien plus sympathique, de plus il parlait l'anglais. Je lui ai fait un léger sourire, pour me donner du courage, puis je me suis levée lentement et l'ai suivi jusqu'à une petite salle, où il m'a demandé de lui raconter mon histoire. Il m'a écoutée jusqu'à la fin sans dire un mot.

— Miss Vallières, vous me semblez quelqu'un d'honnête, mais cette affaire n'est pas claire.

— Eh !

— Vous me dites être en visite pour quelques semaines chez un certain Damien Dubois et que la voiture volée avec laquelle vous vous baladez lui appartient.

— Oui, c'est ça.

— Et vous l'avez empruntée hier matin.

— Tout à fait.

— Pourtant, dans mon dossier, le nom de Damien Dubois n'apparaît nulle part. La voiture appartient à Mr. Herman Kosher. Il soutient qu'elle lui a été volée hier soir alors qu'elle était garée dans un stationnement public d'Amsterdam, et non pas dans l'entrée d'une maison privée.

Les quelques espoirs que j'avais entretenus depuis que j'étais sortie de la cellule se sont immédiatement évanouis, j'étais tout simplement atterrée.

— Non ! La voiture était chez Damien, j'ai pris les clés dans l'entrée. J'avais cru qu'il les avait laissées pour moi.

— Écoutez, Miss Vallières, ne vous en faites pas, votre compagnon, Mr. Mathieu O'Neil, a la même version des faits que vous. Maintenant, il ne reste qu'à contacter Mr. Dubois. S'il corrobore les faits et s'il peut assurer votre surveillance durant votre séjour ici, nous pourrons vous relâcher.

J'ai donc appelé Damien. Si j'avais cru recevoir une aide quelconque de ce côté, je m'étais complètement trompée. Damien s'est contenté de me confirmer que la voiture n'était pas la sienne, qu'elle appartenait à un de ses clients et qu'à l'heure actuelle il était occupé et ne pouvait pas me faire sortir de prison aujourd'hui. J'étais décontenancée et incapable de balbutier un moindre mot. Mais où était cet homme que Michèle avait épousé quelques années auparavant ? Ce ne pouvait être lui que j'avais à l'autre bout du fil, on ne pouvait se transformer à ce point. Interloquée par son indifférence, j'ai raccroché le combiné d'un geste résigné. Alors que le jeune policier me raccompagnait à ma cellule, un collègue l'a interpellé. J'ai été conduite dans l'autre direction, soit jusqu'à l'entrée, où j'ai vu Jan. Oui ! Le beau Jan ! Il était en discussion animée avec un groupe d'hommes, certains en uniforme, d'autres en civil. Lorsqu'il m'a vue, il s'est arrêté de parler et s'est immédiatement dirigé vers moi.

— Ah ! Enfin ! Tara, dis-moi, est-ce que tu vas bien ? Est-ce qu'on t'a bien traitée ?

— Jan, merci ! Oui, je vais mieux.

— Tu es certaine, on ne t'a pas brutalisée ?

— Non, pas vraiment. Il y a seulement le policier là-bas, ai-je ajouté en lui désignant du menton le vieux grisonnant à la moustache, qui m'a serré le bras très fort.

J'ai relevé ma manche et nous avons pu constater que de légères marques bleutées encerclaient mon biceps gauche. Jan a pris un air révolté.

— Tara, a-t-il déclaré en vrillant son regard dans le mien, je te promets que je m'occupe de tout. Dans moins d'une demi-heure, tu seras sortie d'ici. Ne t'inquiète plus, je règle cette affaire à l'instant.

— Merci, Jan, j'apprécie beaucoup ton aide.

— Ce n'est rien, va rejoindre les autres maintenant, j'en ai juste pour quelques minutes.

Il m'a laissée avec Danti, qui m'attendait un peu plus loin, en compagnie de Mathieu et d'Émilien. Je n'avais même pas remarqué qu'ils étaient là, tous les trois. Je n'avais d'yeux que pour Jan ; il avait répondu à mon appel silencieux, il me libérait. Quel homme !

— Avec tous les contacts que Jan a dans la police, je savais qu'il vous ferait sortir d'ici en moins de deux. C'est pour cela que je l'ai rejoint aussitôt après avoir reçu le coup de fil d'Émilien.

— Merci, Danti, me suis-je entendue murmurer.

Je me suis tournée vers Émilien pour le remercier également, mais mes paroles sont restées bloquées dans ma gorge en le voyant dans un état plutôt déplorable. Il avait les vêtements en désordre et les cheveux complètement ébouriffés. Sous l'épaisse monture de ses lunettes, je devinais un cerne brunâtre, comme si son œil droit avait été durement frappé. J'ai regardé Mathieu, mais ce fut pour constater qu'il n'était pas dans un meilleur état : il avait la lèvre inférieure rougie et enflée, les vêtements défaits, même sa chemise avait perdu quelques boutons.

— Mais que t'est-il arrivé ? ai-je demandé d'un ton inquiet, tout en essayant de toucher sa lèvre blessée du bout des doigts.

Mathieu a légèrement reculé la tête.

— Ça, ce n'est rien, on s'est juste enfargés dans nos mots, puis dans nos poings. C'est petit, une cellule à deux, m'a-t-il répondu en jetant un coup d'œil fielleux à Émilien.

Une animosité réciproque semblait s'être installée entre les deux amis, je n'ai donc pas insisté. De toute façon, Mathieu avait déjà changé de sujet, cherchant probablement à détourner l'attention.

— Qu'est-ce qu'il a, ton bras ? m'a-t-il demandé sur un ton sentencieux.

— C'est le policier qui me l'a serré, il m'a fait des bleus.

— On dirait bien qu'il va payer pour son manque de délicatesse…

J'ai levé les yeux vers le groupe d'hommes et de policiers, là où se dirigeait le regard attristé de Mathieu. Jan s'adressait à un homme en complet, qui devait être le supérieur du vieux moustachu, tout en pointant le policier en question. Je savais très bien que le vieil agent de police n'était pas responsable de mon désarroi. Mon arrestation était attribuable à Damien qui avait les preuves de mon innocence, mais qui avait refusé de s'en servir.

## 9

Pour que Mathieu et moi puissions entrer chez Damien sans difficulté, un des hommes de Jan a retenu Tony dès que celui-ci a ouvert la porte. Nous avons monté quatre à quatre les marches du redoutable escalier. Au deuxième étage, je me suis arrêtée, laissant Mathieu continuer seul jusqu'au quatrième. J'avais remarqué une porte entrouverte. Je l'ai vivement poussée, faisant ainsi sursauter Damien, assis derrière son bureau. La loupe qu'il tenait à la main est tombée au sol. Il s'est empressé d'étaler des papiers devant lui, comme s'il cherchait à soustraire quelque chose de ma vue.

— Je ne comprends pas, Damien, ai-je crié, rouge de colère. Pourquoi veux-tu me laisser moisir en prison ? D'accord, c'était bête de ma part de partir avec une voiture qui ne m'appartient pas. Mais je t'ai laissé plusieurs messages, tu savais très bien que je ne l'avais pas volée, tu aurais pu prévenir ton client, tu aurais pu faire quelque chose pour moi.

Toujours derrière son bureau, assis dans un imposant fauteuil de cuir grenat, Damien me regardait, le menton appuyé sur sa main gauche, les doigts de sa main droite tambourinant le bois massif de sa table de travail. C'est d'un ton détaché qu'il m'a adressé la parole.

— On voit bien que ce n'était pas nécessaire puisque tu es là devant moi et non pas à moisir en prison, pour reprendre tes propres mots.

J'ai sorti de mon sac une liasse de billets de banque que j'avais retirés d'un guichet automatique une demi-heure plus tôt, tandis que Jan était allé chercher deux de ses hommes au cabaret.

— Tiens, ça devrait couvrir le prix du logement, de la nourriture ainsi que des quelques heures de ton précieux temps que tu as si généreusement accepté de m'accorder depuis mon arrivée, ai-je dit d'une voix toujours aussi rageuse.

D'un geste brusque, j'ai lancé la liasse sur le bureau. L'argent a glissé jusqu'à Damien tout en déplaçant quelques papiers. Il m'a semblé voir des éclats brillants percer de ce désordre, mais ce qui a surtout attiré mon attention, c'est la photo dans le cadre qui s'est renversé. Elle représentait deux hommes, bras dessus, bras dessous. Deux hommes possédant à peu près les mêmes traits, des jumeaux. L'un était la copie conforme de celui qui se trouvait devant moi, l'autre était l'exacte réplique de Damien, le Damien que j'avais bel et bien connu des années auparavant. J'étais interloquée. J'ai pris le cadre entre mes mains, je me suis assise ou plutôt effondrée sur le fauteuil derrière moi.

— Je savais bien que Damien ne pouvait pas avoir tant changé. On ne peut pas passer d'une personnalité si enjouée et avenante à un tempérament acariâtre et sans-cœur. C'est tout simplement impossible.

Je parlais bien plus à moi-même qu'à mon interlocuteur. D'ailleurs, je ne le regardais même pas, j'avais les yeux rivés sur la photographie de Damien et son frère. Même si ce cliché me faisait comprendre bien des choses, il me plongeait plus dans le doute et le questionnement.

— Mais pourquoi ? Pourquoi m'avoir fait croire que tu étais Damien ?

— Pour rien, pour m'amuser un peu. Damien a toujours parlé de toi avec tant d'admiration. Je crois que c'est toi qu'il aurait dû épouser et non pas ta tante.

— Et puis, c'est sans importance, je quitte cette maison.

J'ai remis le cadre à sa place, je me suis avancée vers la porte. J'ai entendu un bruit de verre brisé et j'ai deviné que Damien, plutôt son jumeau, venait de marcher sur la loupe qu'il avait échappé tout à l'heure. Je me suis vivement retournée vers lui en lui disant qu'il n'avait pas à me suivre, pas plus que Tony d'ailleurs.

— Mais voyons, de quoi parles-tu ? m'a-t-il demandé d'une voix faussement empreinte de curiosité.

— Je vous ai vus, Tony et toi, hier. Mathieu aussi a vu Tony. Alors n'essaie pas de me faire croire que tu ne sais pas de quoi je parle. Je sais que vous nous avez suivis.

— Tony et moi, intéressant, je dirais même que tu es très perspicace.

Cet homme me faisait maintenant peur. Je préférais m'éloigner le plus possible de lui, ne plus jamais le revoir. J'ai précipitamment quitté la pièce. Jan m'attendait sur le palier. Cela m'a rassurée de le voir là, de le sentir prêt à prendre ma défense. Je lui ai dit que je montais faire mes bagages et que je revenais immédiatement. Dans l'escalier abrupt, j'ai croisé Mathieu qui descendait avec sa maigre valise et sa trompette. Nous étions un peu coincés dans ce lieu étroit. Ses yeux d'un bleu orageux ont croisé les miens alors que la conversation du dessous montait jusqu'à nos oreilles.

— Ah ! Jan Van Der Linden, j'aurais dû me douter que vous ne pourriez pas rester éloigné d'une fille comme Tara… tant qu'elles sont adorables… et qu'elles ont moins de trente ans…

Jan a ignoré les propos du jumeau de Damien et a poursuivi sur une tout autre lancée.

— Fabrice Dubois, comment vont les affaires ? Dites-moi, le petit resto-bar sur la plage, il fonctionne bien ? Et en ce jour de pluie, particulièrement, il y a beaucoup de monde à la plage, non ?

Son regard trouble toujours fixé sur moi, Mathieu m'a fait remarquer que Jan semblait plutôt provocant, pour ne pas dire carrément arrogant. Je lui ai seulement répondu que j'allais faire mes bagages et que je le rejoindrais à la voiture. Je suis montée jusqu'au quatrième étage, avec le sentiment de supporter un bloc de béton sur mes épaules. J'ai ramassé, abattue, les quelques effets que j'avais sortis de ma valise qui, une fois bouclée, débordait plus que lors de mon arrivée. Heureusement, Jan est apparu sur le palier comme je quittais la chambre.

— Donne-moi ça, Tara, je m'occupe de tout descendre.

— Jan, merci, tu me sauves encore une fois la vie. Mes forces sont à plat et je pensais jeter tous mes bagages du haut de l'escalier.

Jan m'a souri avant de se pencher pour prendre ma valise.

— Attention, c'est très lourd.

— Ne t'en fais pas, ma jolie, j'ai suffisamment de force pour deux.

Il s'est emparé de ma lourde valise et de mon sac de voyage, qu'il a soulevés comme s'ils étaient aussi légers qu'une plume. Si je lui dis que je suis trop lasse pour descendre, peut-être me prendra-t-il dans ses bras ? J'en avais envie, mais je me suis contentée de le suivre en pensant que je pourrais m'empêtrer encore une fois dans mes vêtements et tomber dans ses bras. Mais non, je ne suis pas ce genre de fille, je ne sais pas provoquer les occasions, je ne sais que les regarder passer.

Une fois dehors, je me suis dépêchée jusqu'à la voiture, car la pluie battante tombait. Je me suis assise sur le siège arrière où étaient déjà installés Mathieu et un employé de Jan. L'autre homme occupait le siège du passager. Jan s'est glissé derrière le volant. En quittant définitivement cette maison princière mais si peu accueillante, j'ai senti la tension baisser dans ma tête, dans mon corps. Des larmes ont silencieusement roulé sur mes joues. Mathieu s'est approché de moi et a passé un bras autour de mes épaules. Instinctivement, j'ai posé ma tête sur sa poitrine, j'avais besoin de réconfort. Je serais probablement restée calée dans l'étreinte de Mathieu si je n'avais croisé le regard de Jan dans le rétroviseur. J'ai repris une certaine contenance et j'ai essayé de me refaire une figure en essuyant mes larmes. Jan ne me regardait plus, c'est Mathieu qu'il fixait maintenant dans le rétroviseur. Les deux hommes s'échangeaient des étincelles pleines de défi. En les voyant se toiser de la sorte, j'ai senti comme un courant électrique passer dans mon corps et se répandre dans tous mes organes internes. Je venais enfin de gagner la première place. Autour de moi, il n'y avait plus de belle Italienne, ni de belle Indonésienne ou, du moins, elles n'avaient plus autant d'importance. J'avais la certitude que je pouvais, moi aussi, être la belle étrangère. Je l'éprouvais à l'instant. Même après avoir passé quelques heures en prison, sans maquillage ni coiffure, habillée des mêmes vêtements que la veille, j'étais l'enjeu d'une bataille silencieuse qui se faisait à coups de regards hostiles dans un rétroviseur. J'en ressentais beaucoup de fierté. C'est l'âme et l'esprit bien imprégnés d'orgueil que je me suis calée dans le siège de la voiture.

En jetant un coup d'œil par la vitre, j'ai vu que la pluie avait cessé. Le jour baissait mais, dans le ciel bleu foncé, les rayons d'un soleil couchant perçaient à travers les nuages gris.

# 10

J'étais installée au cinquième étage d'un magnifique hôtel cinq étoiles. Ma chambre était spacieuse, confortable. Même si le mobilier était empreint de noblesse, je n'y voyais aucune trace d'excès ou d'opulence. La clientèle qui fréquentait cet hôtel se composait principalement de gens d'affaires qui avaient besoin de commodité et non pas de faste ou d'apparat. J'étais satisfaite, j'avais enfin une chambre convenable que je n'avais pas à partager. J'y trouvais l'intimité et la solitude qui me manquaient depuis le début de ce voyage. Je prévoyais donc passer une soirée en solitaire, car j'avais vécu trop d'événements ces derniers jours ; j'avais besoin de ressasser tout cela et de tenter de me retrouver.

Je sortais à peine de la douche lorsque j'ai entendu frapper à ma porte. J'ai vite enfilé un peignoir et je suis allée ouvrir. Je suis restée bouche bée, stupéfaite. Je me trouvais devant un énorme bouquet de roses qui se composait d'au moins cinq douzaines de fleurs. Celles-ci étaient d'un blanc pur quasi parfait, sauf celles du centre qui étaient tendrement rosées. Une fois revenue de ma surprise, j'ai indiqué au garçon la table basse devant la fenêtre. Alors qu'il y déposait le bouquet, je cherchais mon porte-monnaie dans mon sac. Mais le garçon est retourné vers la porte en me disant que ce n'était pas nécessaire, Mr. Van Der Linden s'était aussi chargé du pourboire.

Sur la carte, Jan avait écrit quelques phrases charmantes qui disaient que la couleur de ces roses avait la limpidité de mes yeux et que leurs pétales exhalaient le délicat parfum de ma peau. Des phrases toutes faites et vides de sens car, après la journée que j'avais passée, ma peau devait avoir un parfum bien plus prononcé que délicat. J'ai tout de même abandonné mes plans solitaires pour cette soirée à laquelle on me conviait ; j'étais flattée et j'avais envie d'en entendre plus. Dans son message, Jan m'indiquait qu'il m'attendait au restaurant de l'hôtel. Je pouvais donc prendre tout mon temps, il n'était pas pressé. Je me suis dépêchée de sécher mes cheveux, de me maquiller et de m'habiller. Après quoi j'ai patienté une quinzaine de minutes avant de descendre, car je ne voulais pas qu'il me croie pressée de le rejoindre.

Lorsque je me suis présentée au restaurant, l'hôtesse m'a accueillie en m'appelant par mon nom avant même que je me sois nommée. Elle m'a conduite à une table un peu à l'écart, tout près d'une fenêtre, où était installé Jan. Il arborait cette attitude détendue et naturelle qui soutenait si bien son charme. Sous l'éclairage tamisé de la pièce, il était encore plus séduisant qu'il ne l'était une heure et demie plus tôt, lorsqu'il m'avait laissée à la porte de ma chambre. Il portait une chemise d'un blanc irréprochable, légèrement ouverte au col ; son veston, de couleur céladon, tombait parfaitement sur ses épaules et s'agençait impeccablement à ses yeux pâles et profonds, desquels émergeait parfois un éclat d'émeraude. En me voyant arriver, il a posé, devant lui, son verre à demi vide et s'est levé pour m'accueillir.

— Bonsoir, Tara. Dis-moi, la chambre te convient, tu y es bien installée ?

— Oui, la chambre est parfaite, merci, et merci aussi pour les fleurs, elles sont magnifiques.

— Oh ! ce n'est rien, seulement une touche d'agrément dans la chambre un peu sobre que je t'ai allouée, m'a-t-il dit tout en fermant son ordinateur portable. J'aurais aimé pouvoir t'offrir mieux, mais les meilleures chambres sont occupées. Que veux-tu ! Les affaires vont bien !

— Mais je t'assure que la chambre est vraiment très bien, je suis plus que satisfaite.

Il m'a lui-même tendu un menu et a commenté quelques plats en m'expliquant que c'était les meilleurs. J'avais très faim. Je n'avais rien mangé depuis les frites que nous avions avalées en début d'après-midi ; le reste de la journée avait été une suite d'événements qui m'avaient coupé l'appétit. Mais maintenant que tout rentrait dans l'ordre, mon estomac aussi me rappelait à l'ordre. Alors que j'hésitais entre le sauté de volaille au basilic et la darne de saumon poêlée, Jan m'a demandé de l'excuser le temps d'aller lui-même choisir une bonne bouteille de rouge au cellier. Il s'est levé en ramassant ses papiers et son ordinateur.

— Je vais en profiter pour me débarrasser de tout cela. Pas question de travailler lorsqu'on a la chance de prendre un bon repas en si agréable compagnie.

J'ai baissé les yeux en lui souriant timidement. J'étais perturbée par la galanterie de Jan. Ses intentions étaient évidentes et je ne savais pas trop comment réagir. Il me plaisait énormément, mais dès que j'étais près de lui, le visage de Félix revenait me hanter. J'avais beaucoup de difficulté à imaginer un moment d'intimité avec Jan, mais, en même temps, j'en avais tellement envie, tellement besoin. En étais-je capable ? Étais-je prête à purger mon âme et mon corps, les débarrasser de tout ce qui pouvait me rappeler Félix ?

— Ah ! c'est ici que tu te caches ? Tu aurais pu m'appeler avant de venir, on aurait pu manger ensemble !

J'ai levé les yeux du menu et j'ai vu Mathieu qui approchait.

— … oui… eh bien…

Un peu mal à l'aise, j'évitais son regard interrogateur. Il se tenait debout devant moi et souriait en grimaçant légèrement à cause de sa lèvre blessée. Je ne savais vraiment pas quoi lui dire. Heureusement, Jan est revenu avec la bouteille de vin.

— Bonsoir, Mathieu. Alors, tu es bien installé, toi aussi ? Tiens, prends une chaise, assis-toi, je vais faire apporter un autre couvert.

Mathieu a posé les yeux sur la bouteille de vin que Jan tenait à la main et sur le verre à demi vide sur la table, devant la place que Jan avait quittée momentanément. Son regard, d'un bleu ténébreux, a glissé jusqu'à moi, et c'est en me fixant à se brûler la rétine qu'il a refusé l'invitation.

— Non merci, je n'ai pas faim. Je vais aller tout de suite au cabaret. Il faut que je parle à Émilien avant qu'il ne monte sur scène. On a des choses à régler tous les deux, a-t-il terminé en touchant sa lèvre tuméfiée de son doigt.

— Très bien, comme tu veux. Mais attends, je vais faire venir une voiture pour te conduire, a ajouté Jan.

— Non, ça va, je vais marcher. Le grand air me fera du bien, j'en ai vraiment besoin.

Mathieu a tourné les talons et nous a quittés sans nous dire au revoir. Je l'ai regardé s'éloigner, la tête penchée en avant, les épaules et le dos voûtés. Lui qui était devenu si grand et si fier, toujours droit, la tête toujours haute. Dans cette démarche vacillante, j'ai reconnu son maintien d'avant, celui qu'il prenait quand il était gamin et que je le repoussais avec une remarque cinglante ou carrément méchante. Une bouffée de remords m'est remontée à la gorge. Mais Jan m'a mis un verre dans la main, me disant qu'il s'agissait d'un Pinot noir, un vin exquis qui vieillit bien. À peine avais-je approché le verre de mes lèvres que déjà d'agréables effluves de cerise se répandaient autour de moi. Ils ont pénétré mes narines et tous mes pores, laissant à mes sens une sensation de fraîcheur. Je n'avais pas encore goûté à ce vin que déjà je le trouvais exceptionnel et délectable. Lorsque le liquide rouge et parfumé a roulé dans ma bouche, glissé sur ma langue et coulé lentement au fond de ma gorge, tout mon corps fut parcouru d'un frisson de contentement. J'ai complètement oublié Mathieu. Je n'ai plus pensé qu'à Jan qui m'offrait des fleurs en abondance et un vin si noble et raffiné que son goût était au-delà de toute description.

Nous avons laissé le souper s'éterniser. Jan parlait beaucoup, même s'il était limité en conversation. C'est-à-dire qu'il n'avait que deux sujets de prédilection. Ses affaires et son argent. J'avais tenté à quelques reprises de changer de propos, il m'avait alors parlé de sa villa au bord de la mer, qu'il n'occupait que deux ou trois jours par semaine. Il y allait généralement en début de semaine, les jours où le cabaret était fermé ou peu achalandé. Il y donnait justement une réception ce dimanche, il serait ravi de m'y voir, il m'y ferait conduire en voiture. Puis il était revenu à son argent, à son cabaret, à ses bars, à ses hôtels. Il semblait si fier de tout ce qu'il possédait, de tout ce qu'il avait accompli. Il était parti de presque rien et, à peine une vingtaine d'années plus tard, il avait acquis plusieurs bars et hôtels dans un grand nombre de villes des Pays-Bas, ainsi qu'en Belgique et au Luxembourg. Son cabaret d'Amsterdam était son préféré, il en avait hérité d'un vieil oncle mort sans enfants. À l'époque, ce n'était qu'un petit bar miteux duquel il ne savait pas trop quoi faire, il avait pensé le vendre. Mais il avait finalement choisi de le remettre à neuf et d'en faire quelque chose de plus original. Au fil des ans, il avait acheté les commerces qui le bordaient pour l'agrandir.

— Je pourrais facilement me départir de tout le reste, tout vendre, mais le cabaret, je ne pourrais jamais. J'espère le garder jusqu'à ma mort et le léguer…

Jan a jeté un coup d'œil à sa montre et a suspendu sa phrase pour s'exclamer en constatant qu'il était déjà passé minuit.

— Nous devrions aller rejoindre les autres au cabaret avant la fin de la soirée. De plus, j'ai des gens à rencontrer là-bas, je ne voudrais pas les faire attendre plus longtemps.

En ce vendredi soir, le cabaret était plein à craquer. J'ai aperçu Mathieu assis seul à une table tout près de la scène. Il semblait radieux, je suppose qu'il devait avoir réglé son différend avec Émilien. Mais lorsqu'il a ouvert la bouche, j'ai su que c'était l'alcool qui le rendait de si bonne humeur ; il était vraiment plus qu'éméché.

— Alors, ç'a été long ton souper, tu as sûrement bien mangé. À moins que tu n'aies pas avalé que de la nourriture.

— Quoi !

— Ah ! Ne fais pas l'innocente !

J'étais à la fois outrée et abasourdie par ses paroles. Non mais… je n'ai pas eu le temps de répliquer à ses propos cinglants. Une blonde, très jeune et bien roulée, est venue se joindre à nous. Les cheveux platine, les lèvres pulpeuses, les formes généreuses, elle était habillée d'un bustier doré qui ne cachait que le minimum et d'une jupe si courte qu'elle n'avait pas intérêt à se pencher. Aussitôt qu'elle nous a rejoints, Mathieu l'a prise par la taille.

— Eh ! Tara, je te présente Cassidy. C'est une jeune Américaine de passage en Hollande, elle est danseuse ici, au cabaret, ça lui permet de prolonger son séjour.

— Bonjour, Cassidy, ai-je dit d'un ton faussement enjoué.

Cassidy m'a fait un sourire forcé et s'est tournée vers Mathieu en disant, d'une voix criarde et perçante, qu'elle avait retrouvé la pommade spéciale qui cicatrisait toute blessure en un rien de temps. Elle a mis un peu de crème sur le bout de ses doigts et a appliqué elle-même le produit sur la lèvre de Mathieu tout en se pressant contre lui ; lui en profitait pour passer et repasser, sur le dos nu, sa main qu'il a même laissé glisser jusqu'à une fesse. Cassidy a poussé un petit cri amusé en sursautant légèrement tout en gardant le sourire aux lèvres.

Assise seule avec ces deux exaltés, je me sentais de plus en plus mal à l'aise. J'avais envie d'aller rejoindre Jan au bar, mais comme il discutait sérieusement avec deux hommes en complet, je n'osais pas le déranger. Lorsque la musique s'est arrêtée, Cassidy nous a précipitamment quittés, car elle entrait sur scène dans quelques minutes.

— T'as vu comme elle est mignonne. C'est une vraie Américaine, elle vient du Texas, t'as entendu son accent. Elle est vraiment chouette, cette fille.

Je ne savais pas si j'étais soulagée de la voir s'en aller : rester seule avec Mathieu n'était pas une avenue plus agréable, il allait encore m'envoyer quelques platitudes auxquelles je ne trouverais pas de réponse.

— Alors, qu'est-ce que tu en penses ?

— Qu'est-ce que j'en pense… ?

— De Cassidy !

— Oh ! Cassidy ! Une vraie Texane, ai-je improvisé, il lui manque seulement le chapeau de cow-boy et le drapeau américain.

— Le chapeau de cow-girl, tu veux dire, parce que cette fille-là, c'est du vrai.

— Pas sûre, moi, je ne pense pas que le triple D existe de façon naturelle.

Mathieu a eu un petit sourire narquois et, tant bien que mal à cause de son état d'ébriété fort avancé, il s'est approché de moi.

— C'est de la jalousie que j'entends ici, Tara Vallières.

Par chance, Émilien est venu nous rejoindre, ce qui a mis un terme à cet échange qui devenait désagréable. Cependant, au bout de dix minutes, la situation s'était aggravée : Émilien était aussi enivré que Mathieu. Dans l'état où il était, je ne sais pas comment il avait réussi à trouver les notes sur son saxophone. Il restait assis à côté de Mathieu et tous les deux s'amusaient à se donner des coups de coude chaque fois qu'une danseuse passait tout près, sur le devant de la scène. De vrais enfants d'école. Lorsque Danti a fait son entrée, Mathieu s'est abstenu de tout commentaire, mais ceux-ci foisonnaient lorsque Cassidy présentait aux clients du cabaret sa poitrine, format américain, recouverte seulement de quelques plumes roses et duveteuses. Eh oui ! Les amis d'enfance s'étaient réconciliés. Mathieu avait déplacé l'intérêt qu'il éprouvait pour Danti vers Cassidy.

J'en avais assez, je me suis levée, j'ai salué les deux gars qui m'ont distraitement répondu et je me suis dirigée vers la sortie. Une fois à la hauteur de Jan, j'ai ralenti le pas, mais je n'ai pas osé l'aborder tellement il était absorbé dans sa discussion. C'est lui, cependant, qui m'a retenue doucement par le bras.

— Mais où vas-tu ? m'a-t-il demandé avec intérêt.

— Jan, je suis désolée, mais il est très tard. La journée a été exténuante, je crois que je vais rentrer dormir.

— Mais ne t'excuse pas, je comprends. Seulement, je ne peux pas te raccompagner, je ne pourrai pas me libérer avant quelque temps encore.

— Oh ! ce n'est pas grave, je peux rentrer seule.

— Non, il n'en est pas question, je vais te faire reconduire.

Jan a fait signe à Rijck, un des hommes qui nous avait accompagnés chez Fabrice. Celui-ci nous a rejoints en deux enjambées et a accepté de me conduire à l'hôtel. Je l'ai suivi jusqu'à l'extérieur, où tombait une pluie légère. Il m'a indiqué une voiture garée juste devant l'entrée du cabaret. Il en a fait le tour pour s'installer derrière le volant. Lorsque j'ai ouvert la portière du passager, j'ai senti quelqu'un m'enlacer fermement par la taille et me tirer vers l'arrière. J'ai jeté un regard terrorisé à mon chauffeur, qui ne semblait pas comprendre plus que moi ce qui se passait. Je ne savais pas qui tentait de m'emmener à l'écart. J'étais incapable de bouger. En moins de quelques secondes, j'ai compris qu'on essayait de m'enlever. Je ne sais pas si c'est mon instinct de survie qui s'est réveillé, mais j'ai crié. J'ai sorti dans un seul cri tout ce que j'avais dans les poumons. D'un bond, Rijck a glissé sur le capot de la voiture pour venir me secourir, alors que le portier du cabaret a vite quitté son poste pour lui prêter main-forte. Dans la mêlée qui a suivi, j'ai été brutalement plaquée contre la voiture. Quelques os ont craqué sans que je me préoccupe de mon état. Je n'avais qu'une idée en tête : m'enfuir. Oubliant mes membres endoloris, je tirais, poussais, griffais. J'ai réussi à me dégager, alors que mon agresseur prenait un violent coup de poing sur la mâchoire. J'étais à peine libérée qu'une brusque poussée m'a projetée sur le sol mouillé. Pendant quelques minutes, j'en suis restée étourdie et affaiblie. Rijck s'est empressé auprès de moi, laissant le ravisseur aux seules mains du portier. Celui-ci a reçu un violent coup de coude, qui lui a certainement brisé le nez, et un coup de genou en plein ventre qui l'a immobilisé complètement. Profitant de ce moment de répit, l'agresseur s'est enfui.

# 11

En glissant dans l'eau chaude et parfumée, j'ai senti plusieurs petites brûlures et des centaines de picotements là où ma peau était égratignée et éraflée. Décidément, ce pays avait un effet plutôt néfaste sur mon corps ; j'aurais intérêt à rentrer à Montréal dès que possible. Pourtant, toutes ces péripéties provoquaient en moi une fébrilité qui était loin de me déplaire. Il est vrai que mes mésaventures de la journée s'étaient, malgré tout, bien terminées. J'avais une certaine veine, car en y pensant bien, je voyais que tout cela aurait pu tourner au drame, la tentative d'enlèvement surtout. Oui, j'avais eu peur, et j'avais encore peur, mais Jan avait posté un gardien à la porte de ma chambre et m'avait assurée qu'au moins un agent de sécurité allait me suivre en tout temps. Jan savait atténuer les peurs. Savait-il aussi effacer les ravages d'un amour déchu ? Il fallait rester pour le savoir. Et rester, j'en avais grandement envie, même si les risques étaient importants. Ma vie était peut-être en danger : je ne savais rien des intentions du frère de Damien, pas plus que je ne connaissais quoi que ce soit de l'individu qui avait essayé de m'enlever. Encore une fois, Jan avait tout pris en charge et s'assurait d'éclaircir cette affaire.

J'ai fermé les yeux et ai tenté de me détendre, mais mille images tournaient sans cesse dans ma tête. Je voyais le commissariat, le frère de Damien, la mêlée devant le cabaret. J'avais la tête lourde. Je sentais des élancements dans mon bras droit et dans mes épaules. Tout le reste de mon corps était courbaturé. Ce n'était pas d'un bain que j'avais besoin, c'était toute une mer qu'il m'aurait fallu, une mer aux vagues légères qui m'auraient bercée comme le vent porte une feuille d'automne ternie et brisée. Une mer douce qui m'aurait nettoyé le corps et l'esprit à coups de flots salés jusqu'à ce que toute douleur s'évanouisse, jusqu'à ce que je m'évapore.

Ce bain à la lavande qui devait me relaxer ne faisait que m'agiter davantage. Je suis sortie de la baignoire. La télévision porterait peut-être mon attention sur autre chose et m'aiderait à reprendre le contrôle de mes pensées. À peine m'étais-je installée dans le grand lit, la télécommande à la main, que j'ai entendu quelques coups discrets à la porte de ma chambre. Je me suis empressée d'aller ouvrir, persuadée que c'était Jan qui revenait.

J'étais plutôt déçue de me trouver face à Mathieu. Il m'avait joliment désappointée ce soir. D'autant plus qu'il ne s'était pas informé de mon état à la suite de l'agression que j'avais subie. Il était resté à l'écart, probablement occupé à cuver son vin sous une table. Les mains derrière le dos et la mine déconfite, il me regardait, l'œil quelque peu vitreux. Il est entré dans ma chambre en parlant d'une manière décousue tout en répandant autour de moi des relents d'alcool bas de gamme.

— Tara, je… je suis désolé. Je viens… heu… d'apprendre ce qui t'est arrivé, je ne comprends pas, j'étais près de la scène, je ne sais pas… je me suis aperçu de rien, tu comprends, je… heu… je… pouvais pas savoir ce qui se passait dans mon dos, pis j'étais concentré sur les fil… sur… sur le spectacle. Je…

— C'est bon, Mathieu, tu n'as pas à t'excuser. On a fait une déposition à la police qui fera ce qu'elle peut pour retracer l'individu. Même si moi je ne l'ai pas vraiment vu, il y avait quelques témoins qui ont pu le décrire. Puis Jan était là et s'est occupé de tout.

— Jan ! Jan ! Jan et ses contacts dans la police, pis dans la mafia et dans le crime organisé tant qu'à y être. Tout le monde semble le vénérer par ici.

— C'est quand même lui qui te loge gratuitement dans un superbe hôtel, tu pourrais lui être un peu reconnaissant.

— Désolé de m'en prendre au *sugar daddy*, mais ma chambre est loin d'être aussi belle que la tienne.

Mathieu, qui tenait difficilement debout, est allé s'asseoir dans le fauteuil trônant sous la fenêtre, près de la table basse dont le centre était garni de l'énorme bouquet de roses. En se calant dans son siège, il a jeté un coup d'œil sur les fleurs et il a fermé les yeux en grimaçant.

— Et on dirait bien qu'il est passé par ici avant moi.

J'ai eu envie de le provoquer, juste un peu.

— Et après… ça te dérange ?

Mais provoquer Mathieu, c'était s'aventurer sur un terrain glissant.

— Non, ça ne me dérange pas du tout… tant qu'il reste une place pour moi ! m'a-t-il répondu en me regardant fixement.

Je tentais de trouver une réplique cinglante ou du moins pertinente, mais Mathieu ne m'en a pas laissé le temps, il s'est empressé d'enchaîner.

— Si tu modifiais tes critères deux mille fois au lieu de mille, j'arriverais peut-être à y correspondre.

— Mathieu, tu perds ton temps, je préfère les hommes matures, pas les gamins qui s'enivrent à la première occasion.

Un sourire condescendant s'est dessiné sur ses lèvres.

— Gamin ! Tu devrais te regarder un peu, à côté de Jan, c'est toi la gamine. Pis je peux t'affirmer que ce n'est pas la maturité que tu recherches.

— Je crois que je sais mieux que toi ce que je préfère chez un homme.

— Peut-être que tu penses que tu sais, mais tu ne sais pas, car tu ne te vois pas.

— Et qu'est-ce que tout cela peut bien signifier ?

— Moi, je te vois, Tara, je te regarde aller depuis trois jours, à tourner autour de Jan et de son portefeuille.

— Pardon ! me suis-je exclamée, outrée.

— Oui, Jan et son portefeuille. Puis le gars de Montréal, j'ai bien vu qu'il avait une Porsche.

— Mathieu, tais-toi, tu as trop bu et tu ne sais plus ce que tu dis.

— J'ai peut-être trop bu, mais je sais encore ce que je dis. Et ce que je vois dans ton p'tit jeu, c'est un penchant pour les comptes en banque bien garnis.

J'étais consternée. Il ne connaissait presque rien de moi. Pourquoi émettait-il de tels commentaires à mon sujet ? J'ai senti une secousse dans mon abdomen, le tonnerre commençait à gronder au fond de moi. Ma voix a jailli violemment. Mathieu avait touché une corde sensible.

— Tu ne sais même pas de quoi tu parles. Ma relation avec Félix n'a jamais rien eu à voir avec l'argent. Même que j'aurais préféré l'avoir sans argent. Ainsi, je serais sûrement encore avec lui ; je ne serais donc pas ici à écouter les jugements non fondés sur mes choix en matière d'hommes provenant d'un gars trop saoul et trop gelé qui, lui, tourne autour de la copine de son meilleur ami depuis trois jours.

Mathieu a tourné la tête et m'a répondu d'un ton rude, sans même me regarder.

— L'histoire avec Danti, c'est déjà réglé et je préférerais que tu ne te mêles pas de ça.

— Ah ! ai-je lancé d'un ton furieux.

Il avait maintenant réussi à me mettre tout à fait en colère. Je me suis promptement dirigée vers la porte que j'ai ouverte brusquement.

— Tu peux partir, Mathieu O'Neil ! Si je n'ai pas à me mêler de tes histoires, alors mes histoires te concernent encore moins. Pars ! Maintenant !

Il s'est avancé d'un pas nonchalant, l'œil hagard, mais à la fois frondeur. Il a haussé les épaules et est sorti de la chambre, mais il est revenu sur ses pas avant que je n'aie refermé la porte. Il s'est penché vers moi pour me parler discrètement à l'oreille.

— Jan t'a dit qu'il a une fille, qu'elle a ton âge et qu'elle ne veut plus le voir depuis des années ? Quel genre de père est-il ? Quel genre d'homme peut-il bien être pour que sa propre fille le rejette ainsi ?

Je n'en avais que faire des divulgations de Mathieu, peut-être inventait-il tout cela seulement pour me décontenancer davantage.

— Tu sais, Mathieu, on est tous différents. À une certaine époque, je n'avais plus envie de voir mon père, je ne le comprenais pas, nous avions des points de vue opposés. Mais j'ai fini par surmonter nos divergences. Il n'est peut-être pas tout à fait le père que j'aurais voulu, mais il compense autrement, alors j'ai appris à l'accepter tel qu'il est. Tu vois, ça peut arriver à tout le monde des histoires de ce genre, ça ne veut rien dire.

— Alors, si je comprends bien, faute d'avoir l'amour d'un père, il faudrait se contenter d'autre chose, de son argent, par exemple. Est-ce que c'est ce que tu fais avec ton père ? Je ne sais pas, mais on dirait que c'est ce que tu as tendance à faire avec les hommes que tu prends dans ton lit.

Mathieu restait dans le cadre de la porte, le regard voilé, le sourire légèrement narquois. Attristé ou amusé ? Insaisissable. Si impertinent. Il était allé trop loin, j'avais envie de le battre, de le frapper à coups de poing, à coups de pied. Je l'ai poussé de toutes mes forces à l'extérieur de la chambre. Il en a perdu l'équilibre. Le garde de sécurité, qui était posté dans le couloir pour ma protection personnelle, s'est empressé de le soutenir avant qu'il ne tombe. Moi, j'ai claqué la porte et je me suis effondrée sur le lit. Les propos de Mathieu amenaient en moi tout un questionnement dont je n'avais pas besoin. Je ne voulais plus penser, je rêvais du noir complet, du néant, mais il y avait trop de bruit, de grincements dans ma tête, le vide était impossible. Ce n'est qu'aux sons et aux éclats brillants de la télévision que j'ai pu enfin m'endormir, refoulant ainsi mes pensées sombres pour laisser la place à d'autres, plus joyeuses, transmises par le biais d'un écran lumineux.

# 12

Quand j'ai ouvert les yeux, la lumière du jour perçait faiblement les rideaux fermés. Je me suis levée difficilement, j'avais les muscles endoloris et le corps tout raidi. J'avais dû dormir quelques heures, mais d'un sommeil agité, en rien réparateur. Les événements de la veille avaient habité mes rêves, m'empêchant de récupérer complètement. J'étais un peu anxieuse, ne sachant si Jan avait réussi à faire un peu de lumière sur la tentative d'enlèvement. J'avais envie d'aller le rejoindre. Je ne voulais pas rester seule. Je savais qu'il avait une chambre au dernier étage de l'hôtel. C'était son appartement privé, là où il logeait les soirs où il ne pouvait rentrer chez lui, à sa villa. Toutefois, je ne voulais pas l'importuner, s'il avait des réponses, il me les donnerait sûrement sans tarder. Puis ce que je voulais, au fond, c'était voir et entendre des gens autour de moi. Prendre un café à une terrasse. Observer le va-et-vient des clients, des serveurs, des piétons. Écouter les bruits de la ville. Voir la vie. Il fallait que je sorte.

Alors que je traversais le grand hall d'entrée, suivie de mon garde du corps, la jolie préposée à l'accueil m'a appelée en me faisant signe de m'arrêter. La jeune femme était la même que la veille, lorsque Mathieu et moi étions arrivés à l'hôtel en compagnie de Jan. Je n'avais pu saisir ce que ce dernier lui avait dit, car il lui avait adressé la parole en néerlandais, mais j'avais eu le sentiment qu'il la complimentait. Elle avait semblé confuse, mais ravie des propos qu'il lui avait tenus. Elle lui avait souri de toutes ses dents blanches alors que le rouge lui était monté aux joues. Elle m'avait plutôt agacée.

Elle est sortie de derrière son comptoir, m'a rejointe d'un pas rapide et m'a remis un message en me disant, le regard pétillant, que c'était de Mr. Van Der Linden. J'ai ouvert l'enveloppe en la remerciant. Jan m'écrivait qu'il avait des affaires à régler à l'extérieur de la ville, qu'il allait probablement rentrer très tard, mais ferait un crochet par le cabaret en fin de soirée et souhaitait m'y retrouver. Il ajoutait qu'il aurait préféré passer toute cette journée à mes côtés, car la compagnie d'une jeune femme charmante et éclatante était de loin enviable à celle de deux ou trois hommes vêtus de complets grisâtres. J'ai souri amèrement en me disant que j'espérais bien que ma présence soit plus agréable que celle d'hommes d'affaires. Comme je rangeais la note dans mon sac, on appelait mon nom de nouveau. C'était Danti qui venait vers moi, le sourire aux lèvres.

— Bonjour, Tara, j'espère que tu as réussi à bien dormir, malgré les événements d'hier.

— En vérité, j'ai plus ou moins bien dormi. Comme je n'arrivais plus à fermer l'œil, j'ai donc préféré sortir.

— Ça tombe bien puisque je venais te proposer un après-midi entre filles. Nous pourrons aller faire du *shopping*, car il faut nous trouver des robes parfaites pour la soirée chez Jan demain.

Magasiner avec Danti n'est pas de tout repos. Il y avait toujours un petit quelque chose qui n'allait pas avec ce que j'essayais. Soit que la robe était trop longue, trop courte, pas assez décolletée, trop bouffante. Au bout d'une heure, j'en avais ras-le-bol et Danti m'exaspérait plus que jamais. À un certain moment, j'ai pensé l'étrangler avec une jolie ceinture de soie fuchsia. J'avais même solidement enroulé chaque bout de la ceinture autour de mes mains. Mais juste avant qu'elle entre dans ma cabine d'essayage, je me suis rappelé la cellule où j'avais passé quelques heures la veille et j'ai vite perdu l'envie d'éliminer Danti.

— Tara, je peux entrer ? Je crois que j'ai trouvé ce qu'il nous faut.

— Mais tu n'as même pas vu comment me va la robe bleue !

— Laisse-moi entrer, je vais regarder rapidement, mais je suis certaine qu'elle n'ira pas, je te dis que j'ai trouvé encore mieux.

— Danti, j'en ai marre d'essayer des robes, je te jure que la bleue ira.

— Non, elle n'ira pas, je l'ai su dès que je t'ai vue la décrocher de son cintre. Allez ! Ouvre la porte, que je te donne celle que j'ai choisie.

— OK, mais attends un instant, il faut que je cache toutes les ceintures. Si j'en ai juste une seule à portée de main, je risque de l'utiliser pour t'étrangler.

Danti a éclaté de rire, un beau rire clair et sonore.

— Je sais que je suis exigeante, mais tu verras, demain tu me remercieras à la vue de toutes ces femmes tirées à quatre épingles. Et je t'informe qu'elles seront toutes après Jan.

— Danti, je ne te suis pas du tout, ai-je répliqué en sortant de la cabine d'essayage. Hier, tu voulais m'envoyer en croisière romantique avec Mathieu et aujourd'hui, tu veux que je m'habille pour plaire à Jan.

Danti a souri en me lançant un regard découragé.

— Tara ! Est-ce que j'ai besoin de te rappeler que tu es à Amsterdam, que tu es jeune et célibataire ?

— Je suis censée faire quoi avec tous ses atouts ?

— Mais tu t'amuses !

— Ah ! Je m'amuse, ai-je répété sur un ton déluré, une nuit avec Mathieu, une nuit avec Jan.

— Pourquoi pas !

— C'est toi qui me dis ça ! Toi, la fille super éprise de son Émilien.

— Maintenant, je suis amoureuse, mais avant de rencontrer Émilien, crois-moi, j'en ai bien profité. Quand on fait le métier que je fais, ce ne sont pas les occasions de s'amuser qui manquent.

— Et tu t'es beaucoup amusée… avec Jan ?

La belle Indonésienne a eu un léger moment d'hésitation. Elle ne voulait rien avouer, mais son brusque changement de sujet ne faisait que confirmer mes doutes.

— Cette conversation est terminée, a répliqué sans équivoque ma compagne. On a encore du boulot, car le *shopping*, c'est du sérieux.

C'est environ une demi-heure avant la fermeture des magasins que nous avons finalement repéré, dans une friperie qui offrait des vêtements griffés à prix réduit, des robes magnifiques, des perles rares. Pour Danti, une Versace, fraîche et légère. D'un rose clair, elle rehaussait le teint foncé et la chevelure noire de l'Indonésienne. Sans manches ni bretelles, elle mettait en évidence la beauté satinée de sa gorge et de ses épaules. La bande de tissu diaphane qui encerclait la taille laissait voir la sveltesse du corps tout en dévoilant l'anneau d'argent au nombril. La jupe ample et virevoltante, qui s'arrêtait au-dessus du genou, charmait et agaçait à la fois. C'était exactement ce qu'il fallait pour une réception chez Jan. Une robe possédant beaucoup d'élégance, un brin de désinvolture, une bonne dose de coquetterie et une note aguichante.

Les fêtes chez Jan, c'est tout cela à la fois. C'est-à-dire très sophis-
tiquées, mais frivoles ainsi qu'idylliques et parsemées, ici et là, de
rebondissements émoustillants. Une bonne partie du gratin amstellodamois y accourt, tout un chacun cherche à s'y faire inviter, on y
trouve toute sorte de monde, de toutes les sphères d'activité, de toutes
les couches sociales. Une réception chez Jan, c'est un événement, on
en parle même dans les journaux à potins ! Après tout, Jan a une
certaine notoriété dans la ville, il est un riche homme d'affaires…
célibataire. J'ai donc intérêt, moi aussi, à dénicher la tenue idéale,
car d'après ce que me raconte Danti, j'aurai de la concurrence. Après
cette longue et astreignante séance d'essayages, qui laissait dans la
cabine une bonne vingtaine de robes ne répondant pas tout à fait
aux critères fixés par ma compagne, j'en ai enfin enfilé une qui
possède toutes les qualités recherchées par Danti. D'un designer
américain que je ne connais pas, Carmen Marc Valvo, elle est unique
et exceptionnelle. La vendeuse m'a expliqué que ce designer a
maintenant une clientèle établie auprès des vedettes internationales,
telles Catherine Zeta-Jones, Lucy Liu ou Beyoncé.

Par chance, cette robe-ci a été achetée par une *star* de la télévision
néerlandaise, lors d'un séjour à New York, le printemps dernier ;
elle ne l'a portée qu'une seule fois pour un cocktail de bienfaisance.
Bourgogne aux moirés charbonneux, la robe est à la fois raffinée et
fascinante. Sa taille empire et sa coupe au genou lui donne une
touche très *classe*, alors que son corsage vaporeux, son décolleté
profond et ses fines bretelles en font une tenue indéniablement sexy.
Très ajustée sur mon corps, cette robe dessine mes hanches avec
élégance tout en m'enveloppant d'un magnétisme charmant. J'en
suis ravie.

La boutique étant située tout près du *woonboot*, Danti m'a proposé
de l'accompagner chez elle, histoire de nous détendre un peu avant
d'aller au cabaret. D'Egelantiersstraat, nous avons pris à droite sur
une rue qui enjambe l'Egelantiersgracht. J'aime passer par-dessus

les canaux de la ville. Les ponts me suspendent entre deux mondes : celui de l'eau et celui du ciel. Où irais-je ? Vers les sombres profondeurs inconnues des eaux ou au-delà de la clarté des vastes cieux ? J'aime les ponts d'Amsterdam. Partout, ils me donnent le choix de poursuivre un chemin ou de m'arrêter. M'arrêter pour toujours, ici, suspendue entre deux mondes.

Quelques gouttes d'eau se sont mises à tomber, Danti a pressé le pas jusqu'au Prinsengracht, mais ce n'était qu'une fausse alerte. Devant la Westerkerk, les gouttelettes de pluie se sont arrêtées. Nous avons ralenti le pas, nous avions déjà les pieds en bouillie après tout ce magasinage. En me pointant l'église et sa haute tour, Danti m'a appris que Rembrandt y repose depuis plus de trois cents ans. Il y fut inhumé le 8 octobre 1669, quatre jours après sa mort. Malheureusement, il est enterré dans un caveau anonyme, personne ne sait donc l'emplacement de sa dépouille. Depuis des siècles, Rembrandt dort, on ne sait où exactement. Perdu au milieu des morts.

Quand nous fûmes rendues à l'intérieur du *woonboot*, j'ai jeté mes paquets sur une chaise et je me suis effondrée sur le divan en pensant que je dormirais bien au moins trois cents ans moi aussi. Mais à peine m'étais-je assise que Danti m'a emmenée à son atelier, à la cale.

— Ce matin, je me suis réveillée avec une esquisse en tête. Cela m'arrive assez souvent, mais parfois ce que je vois, ou plutôt ce que je ressens, est si vif et si éclatant que je dois immédiatement le reproduire. Je suis incapable de me concentrer sur rien d'autre que les images qui se forment dans mon esprit, qui me parlent et me harcèlent tant que je ne leur ai pas donné vie. Je sais que cela peut paraître étrange, mais lorsque je dessine ou que je peins, j'ai le sentiment non pas de créer, mais de procréer. Après, c'est difficile de me séparer de mon bébé. Mais celui-ci, je te le donne sans aucune retenue, car tout en lui donnant vie, je savais déjà que je le faisais pour toi, que je n'étais que la mère porteuse.

Danti m'a tendu une grande feuille de papier épais sur laquelle apparaissaient de longs traits de crayon noir, puis bleu. En arrière-plan, les lignes noires représentaient une étroite rue, un large trottoir, quelques maisons hautes et anciennes : un cliché de la ville d'Amsterdam, la nuit. En avant-plan, dessinés en bleu, un homme et une femme semblaient avancer, la main dans la main. De tous ces traits grossiers et hachurés, il ressortait une harmonie indéniable. Comme si la sérénité et la quiétude avaient été emprisonnées dans cette image ; capturées dans le seul but de leur permettre de vivre librement dans un milieu qui leur serait propre, un monde de confiance, d'abandon de soi, de paix. Dans une de ces silhouettes, c'est moi que je reconnaissais, cela m'apaisait ; même si dans l'autre je voyais Mathieu.

— L'autre soir, en rentrant du *coffeeshop*, mon regard vous a photographiés à mon insu, puis ce matin, la photo est ressortie au bout d'un rêve, un rêve pour toi.

— Merci, Danti, c'est magnifique.

Je n'ai rien ajouté de plus. Pourtant, ce simple cadeau est si lourd de sens, j'y retrouve la paix de l'esprit. Cette paix que je recherche depuis quelque temps. Je suis si émue que j'ai envie de serrer Danti dans mes bras. Je n'en fais rien, l'étalage de sentiments, ce n'est pas mon fort. Mais je vois dans ses yeux et dans son sourire qu'elle saisit combien je suis touchée par son présent et je comprends aussi qu'à cet instant même Danti et moi sommes devenues des amies. Elle n'est plus la vulgaire danseuse ou la fille trop belle que je jalousais quelques jours plus tôt ; elle est Danti, une jeune femme heureuse et comblée qui sème, comme elle le peut, le bonheur autour d'elle.

— Je vais te l'emballer pour qu'il ne s'abîme pas.

Elle a pris de mes mains la feuille de papier qu'elle a roulée et insérée dans un tube de plastique. Nous avons quitté l'atelier en silence pour remonter à l'étage. Nous y avons trouvé Émilien et Mathieu qui arrivaient à l'instant. Ils avaient l'air en meilleure forme que la veille au soir. Je pense qu'ils avaient fait trêve d'alcool pour quelques heures.

— Bonjour ! Alors, vous avez trouvé quelque chose de convenable pour demain ? a demandé Danti avec entrain.

— Bof ! Je chercherai demain, aujourd'hui, j'ai préféré montrer un peu plus la ville à Mathieu, lui faire découvrir d'autres quartiers.

— Émilien, tu n'auras pas le temps demain.

— J'aurai le temps, ce n'est pas compliqué, je n'aurai qu'à ouvrir la porte de ma garde-robe et je trouverai une chemise et un pantalon en moins d'une minute.

Danti a haussé les épaules en soupirant. Pour lui changer les idées, je suppose, Émilien l'a promptement enlacée en lui disant combien elle lui avait manqué durant toutes ces longues heures d'errance. Ils étaient beaux tous les deux, si amoureux, j'en avais mal. Ils se sont embrassés devant nous sans retenue, sans gêne.

J'ai posé mon regard sur Mathieu qui n'avait encore rien dit. Il était appuyé sur le cadre de la porte, silencieux, si grand dans l'exiguïté du *woonboot*. La tête penchée, il jouait avec le goulot d'une bouteille d'eau qu'il tenait à la main. Il portait une chemise de coton indien, qui était moins horrible que toutes les autres. Il a levé les yeux sur moi, ses yeux bleus pleins de tristesse, sans plus. Danti et Émilien en étaient maintenant à se chuchoter des mots inaudibles. J'ai ramassé mes paquets et j'ai rejoint Mathieu. Son regard s'est éclairé un peu, il m'a souri légèrement, presque timidement.

— Je crois qu'on ferait mieux de les laisser, lui ai-je dit.

— Oui, tu as raison.

En sortant, j'ai entendu Danti qui nous disait faiblement de rester, qu'on allait manger ensemble, et Émilien qui lui suggérait de nous laisser partir si tel était notre souhait. Nous avons poursuivi notre chemin. Mathieu marchait vite, et j'avais de la difficulté à le suivre tant j'avais mal aux pieds. Je l'ai donc laissé aller à son rythme. Il a filé le long du Prinsengratch pour s'arrêter devant une vitrine. Lorsque je l'ai rejoint, il est resté immobile durant un long moment, regardant les violons dans la vitrine du luthier.

Je n'ai jamais été doué pour les instruments à cordes, c'est quand même bizarre, parce que l'instrument avec lequel j'ai appris la musique, c'est le violon. J'avais juste cinq ans quand j'ai commencé à en jouer, et j'ai pris des leçons pendant quatre ans avant que quelqu'un se rende compte que je n'arriverais à rien avec un violon. J'ai arrêté. Ce n'est que quelques années plus tard que je me suis réconcilié avec la musique. C'est un prof à la polyvalente où j'allais qui m'a encouragé à joindre le *band* de l'école. J'ai essayé quelques instruments, puis je me suis passionné pour la trompette, va savoir pourquoi, je ne pourrais même pas te l'expliquer moi-même. Pourtant, même si ça fait plus de douze ans que j'ai touché à un violon, ça me manque. C'est fou, hein !

— Tu pourrais réessayer, peut-être que tu réussirais mieux maintenant.

— Non, je ne suis pas doué avec les instruments à cordes.

— Mais tu ne m'avais pas dit que tu jouais de la guitare ?

— Oui, mais je suis nul, je me débrouille beaucoup mieux avec une trompette, et je ne suis pas si mal au piano aussi.

Mathieu a tourné la tête vers moi, laissant de côté les violons qu'il n'avait pas quittés des yeux depuis que je l'avais rejoint. Son regard était calme et profond, telle la mer au milieu d'une nuit paisible.

— Tara…

— Oui ?

— Je… je voulais te dire que… tu avais raison, hier soir, j'avais trop bu et je ne savais plus ce que je disais. Je suis sincèrement désolé, j'ai été bête.

J'ai baissé les yeux et j'ai haussé les épaules en soupirant légèrement. Mathieu m'avait blessée, la veille, en me tenant des propos aussi cinglants. Mais la brouille n'a pas de place ici ni maintenant. C'est le dessin de Danti : il m'a réconciliée avec moi-même, mais aussi avec Mathieu.

— C'est correct, c'est passé, c'est oublié.

— Merci !

Du Prinsengratch, nous avons remonté le Leliegratch jusqu'au Torensluis, puis nous avons poursuivi notre chemin en silence le long du Singel, ce canal en forme d'anneau qui encercle une partie de la ville. Je pensais au dessin de Danti et j'avais presque envie de prendre la main de Mathieu. Je n'en ai rien fait, je craignais de ne pas ressentir la sérénité et la quiétude de l'illustration, de ne pas retrouver l'harmonie. J'ai serré le tube de plastique dans mes mains, ce dessin n'est sans doute qu'une illusion.

En rentrant à l'hôtel, nous avons retrouvé Rijck qui venait relever le garde du corps qui m'avait suivie toute la journée. J'ai demandé des nouvelles du portier qui l'avait aidé à faire fuir mon assaillant. Malgré son nez cassé et ses deux côtes fêlées, Constantijn ne se portait pas trop mal. Il était chez lui, au repos. Je pensais aller le visiter pour le remercier, Rijck a approuvé et lui a téléphoné pour le prévenir. Mathieu a préféré retourner à sa chambre. Je suis montée avec lui pour déposer mes paquets. En me quittant, il m'a fait un clin d'œil, je me suis mise à rire, ce geste était comme une fantaisie après ce moment paisible que nous venions de passer. L'espièglerie est revenue s'installer sur le visage de Mathieu, apparaissant dans ses yeux, dans son sourire. J'étais confuse encore une fois, confuse et troublée ; lui, franc ou furtif ? Insondable.

Plus tard dans la soirée, après ma visite à Constantijn, j'ai enfilé la robe que j'avais achetée dans l'après-midi et je me suis étendue à plein ventre sur le lit en tenant à deux mains le dessin de Danti. Je l'ai examiné durant de longues minutes. Oui, ce n'est qu'une illusion : une paix si grande n'existe pas dans notre monde souffrant. J'ai remis le dessin dans son étui et je me suis regardée dans le grand miroir de la salle de bains portant *la robe parfaite*. Celle qui doit me permettre de séduire un homme que je connais à peine. Pourtant, ce soir, je n'ai plus vraiment envie de charmer Jan, je n'ai même plus envie de le voir, pas plus que je veux voir Mathieu. C'est Félix qui me manque. J'aimerais qu'il me voie dans cette robe qui m'a coûté près de deux semaines de salaire, oui, oui, pour une robe d'occasion. Je l'ai enlevée, j'ai enfilé un t-shirt et un vieux pyjama confortable. Je n'irai pas au cabaret, non je n'ai pas envie de voir Jan.

J'ai allumé la télévision et je suis tombée sur un vieux film avec Fred Astaire et Ginger Rogers, *The Gay Divorcee*, un film léger et réjouissant. J'ai toujours aimé regarder des films en noir et blanc. J'ai l'impression d'être transportée ailleurs, pas seulement à une autre époque, mais dans un ailleurs lointain où règne une atmosphère indéfinissable qui semble prisonnière du noir et blanc, mais qui se répand au-delà de l'écran pour envelopper le téléspectateur et tout ce qui l'entoure. Je me suis retrouvée au milieu d'un vieux film en noir et blanc à regarder deux danseurs qui se mouvaient dans une harmonie impeccable.

Mathieu m'a ramenée sur terre en frappant à ma porte.

— Tu viens au cabaret ? Émilien et Danti travaillent ce soir.

— Non, je ne crois pas, regarde-moi, je ne suis même pas arrangée.

— Voyons, Tara, t'es belle, même en pyjama. Mais si tu préfères t'habiller avant de sortir, je vais t'attendre.

— Merci, mais je vais rester ici ce soir, j'ai trouvé un bon film à la télé, en version originale en plus.

— Tara, c'est un film en noir et blanc !

— Oui, j'adore les films en noir et blanc, surtout les comédies musicales.

— On est à Amsterdam, un samedi soir, et toi, tu préfères rester à l'hôtel pour regarder un vieux film en noir et blanc.

— Oui.

Il est parti, l'air découragé. Je suis retournée à mon film, mais me suis endormie avant la fin. J'ai été réveillée au beau milieu de la nuit par une musique qui jouait à tue-tête. En sortant dans le couloir, j'ai vu Rijck, toujours à son poste. Il m'a pointé la chambre de Mathieu. J'ai frappé très fort à la porte, c'est Cassidy qui m'a ouvert. La pièce était complètement enfumée, Jolanda était là aussi avec les deux Sénégalais, ils jouaient de leur tam-tam tous les trois. Mathieu était debout sur le lit, sans chemise, portant seulement son jean défraîchi et jouant de la trompette. Il y avait deux ou trois autres personnes que je ne connaissais pas. Tout ce beau monde semblait dans un état second, l'esprit engourdi par la fumée.

— Tara, a crié Mathieu en me faisant signe d'entrer, il est temps pour toi de te replonger dans l'univers de la jeunesse. Laisse tomber les films en noir et blanc et les vieux mecs, viens te joindre à nous.

— Non, je suis juste venue vous dire que vous faites trop de bruit, vous m'avez réveillée.

— Quoi ? Allez, viens.

— Non, je veux juste aller dormir.

— Tu veux boire quelque chose ? Eh ! Cass, il reste des bouteilles dans le minibar ?

Cassidy s'est servi de son pied pour ouvrir la porte du minibar et a fait non de la tête à Mathieu. Mais ce dernier ne l'a pas vu, il était retourné à sa musique. Moi, j'ai préféré retourner à ma chambre. Dans le couloir, j'ai croisé deux membres du personnel qui se dirigeaient vers la chambre de Mathieu. Je me suis glissée rapidement dans mon lit, la musique a cessé peu après. J'ai entendu des bruits de portes qu'on ouvre et qu'on ferme, quelques paroles dites à voix basse, d'autres échappées sur un ton plus élevé, puis plus rien. J'ai pu me rendormir. J'ai rêvé de moi et de Mathieu marchant dans la nuit, la main dans la main, mais dans l'ombre de nos corps la silhouette de Félix se superposait à celle de Mathieu.

Au matin, le rêve n'était plus que des images floues, du brouillard et Félix qui s'estompait d'heure en heure. Ses traits devenaient rudimentaires, son ombre pâlissait, se dissipait, son visage s'effaçait. J'ai eu un soubresaut, une dernière secousse, un regain d'énergie avant le vide, le néant. J'avais besoin d'entendre sa voix, de créer une résonance permettant de perpétuer l'instant, de prolonger Félix.

J'ai pris le téléphone et j'ai composé son numéro. J'entendais la sonnerie dans mon oreille, un coup, deux coups et…

— Allo !

— …

— Allo ! ai-je entendu, un peu plus fortement dans le combiné. Est-ce qu'il y a quelqu'un ?

— …

— Tara, c'est toi, n'est-ce pas ?

À elle seule, la caresse savoureuse de sa voix m'apaisait. J'oubliais où j'étais et tout ce que j'avais vécu au cours des derniers jours. J'écoutais en silence. J'écoutais et j'avais comme une envie de perdre le contrôle, je voulais de nouveau m'abîmer dans l'abysse qu'est son amour. Un amour sans fond, sans fin où je dérive doucement, comme bercée par un léger roulis de vagues.

— Tara, je ne sais pas à quoi tu joues, mais tu dois cesser immédiatement ce petit jeu. Tu risques de le regretter, si tu t'engages sur cette route, je te le dis, Marie-Ange…

J'ai coupé la communication. Marie-Ange, je l'avais oubliée. Oui ! Je sais, je suis d'un pathétisme épouvantable, mais j'avais tout à fait oublié l'existence de Marie-Ange. C'est seulement maintenant que je me rappelais cette garce, que je comprenais aussi que Félix ne m'avait jamais aimée. Il n'y avait jamais eu d'amour, que du vide, un bien grand vide. Mais moi, j'avais tant besoin d'amour, tant besoin d'aimer. L'amour, je voulais le hurler, je voulais le vivre en plein jour.

# 13

Jan ne m'avait pas envoyé n'importe quelle voiture, c'était une limousine. Blanche, chic et spacieuse. Les deux banquettes de velours bleu clair pouvaient accueillir chacune quatre personnes. Rijck et moi étions, pour le moment, les seuls passagers. Lorsque nous nous sommes garés devant le cabaret, tout près de deux limousines identiques à celle que nous occupions, j'ai su que nous serions plusieurs convives à nous rendre chez Jan. Parmi les gens qui attendaient devant l'entrée, j'ai vu Danti, plus éclatante que jamais dans sa robe Versace. Elle s'est immédiatement avancée vers la voiture où j'étais déjà installé. Lorsque j'ai ouvert la portière, elle a fait un signe à Émilien et à Mathieu.

— Tara est ici, leur a-t-elle crié, elle est dans la voiture.

Elle s'est assise sur la banquette, face à moi.

— Nous nous demandions où tu étais, nous craignions que tu n'aies changé d'idée et que tu aies décidé de rester à l'hôtel encore ce soir.

— Non, je ne savais pas que tout le monde se réunissait ici. Jan m'a laissé un message me disant qu'une voiture me prendrait à l'hôtel.

— Vous feriez mieux de vous tasser au fond, nous a dit Émilien en s'installant à côté de Danti, Niakar et Sédar arrivent et, étant donné leur taille, ils auront besoin de beaucoup d'espace.

En jetant un coup d'œil par la portière ouverte, j'ai vu les deux grands Noirs qui se dirigeaient vers nous, chacun avec son tam-tam sous le bras. Jolanda les suivait de près en compagnie de Mathieu et de Cassidy. Cette dernière était habillée d'un petit bustier et d'une jupe qui affichait fièrement les couleurs et les étoiles du drapeau américain.

— Tiens donc, Cassidy arbore ses couleurs nationales, ai-je laissé échapper à voix haute.

— On a tellement ri quand on l'a vue arriver, je crois qu'on devrait lui offrir un chapeau de cow-boy.

Je me suis esclaffée, Émilien avait vu juste.

— C'est exactement ce que j'ai pensé la première fois que je l'ai rencontrée.

— Je pense que son pays lui manque, a ajouté Danti d'un ton compatissant.

Oups ! Danti n'aime pas qu'on se moque des gens ni de leur accoutrement ridicule. J'ai détourné la tête pour ne pas voir le léger reproche dans son regard. Dehors, j'ai aperçu une jeune femme, vêtue d'un simple déshabillé, s'approcher de Mathieu. Elle lui a retenu le bras pour l'empêcher d'avancer. Cassidy et Jolanda se sont aussi arrêtées. Une discussion s'est engagée, je ne pouvais entendre ce qui se disait. Au bout d'une minute ou deux, Mathieu est parti vers une autre limousine avec Cassidy et la fille en déshabillé. Jolanda, l'air grave et vexé, a accéléré le pas pour rejoindre ses deux confrères musiciens qui s'apprêtaient à s'asseoir près de moi. Elle s'est calée dans la banquette, m'a détaillée impertinemment des pieds à la tête, sans que je sache pourquoi, et s'est mise à griffonner dans un calepin qu'elle a sorti de son sac. Les chauffeurs ont fait démarrer les trois voitures et Rijck a ouvert une première bouteille de champagne qui reposait dans un énorme seau à glace encastré à même une des banquettes. Lorsque nous sommes arrivés à Scheveningen, ville au bord de la mer où Jan possédait cette villa dont il m'avait parlé deux jours plus tôt, nous avions déjà vidé quatre bouteilles de champagne. Moi, je n'avais bu que deux verres qui brouillaient déjà mon esprit, les Sénégalais, quant à eux, avaient, je crois bien, vidé une bouteille chacun. Niakar, assis à côté de moi, tentait de me donner un cours de tam-tam en accéléré, mais rien n'y faisait, j'avais peu de talent pour la musique. Il faut dire aussi que mon professeur n'avait aucune aptitude pédagogique, il souhaitait plus me caresser les mains de ses longs doigts ou me frôler la jambe avec son genou. J'ai été soulagée lorsque Rijck nous a pointé un muret de briques rouges au bout du chemin, nous signifiant ainsi que nous étions arrivés chez Jan.

On accédait à la propriété par un immense portail de fer forgé. Une longue et large allée, où étaient déjà garées plusieurs voitures, conduisait à la résidence de trois étages. Quelques marches menaient à la porte d'entrée encadrée de colonnes. Les murs de stuc blanc de la villa ainsi que son toit d'ardoises lui donnaient un air du Sud, alors que ses portes et ses volets bleu roi lui conféraient une noblesse indéniable. De jeunes arbres bordaient l'allée principale et plusieurs massifs en fleurs s'étalaient sur toute la façade de la maison.

La limousine a bifurqué à droite, dans une petite allée, et s'est arrêtée juste devant le garage, au-dessus duquel nous pouvions voir une immense terrasse. Jolanda, les deux Sénégalais et moi n'avions encore jamais vu cette maison, contrairement à Rijck, Émilien et Danti. Si eux restaient de glace, nous nous extasions devant toute cette magnificence. J'étais si impressionnée par la somptuosité de la villa que c'est à peine si j'ai remarqué Mathieu descendre de la limousine, juste devant nous. Cassidy, bien accrochée à son bras, tentait de chasser du revers de la main, telles des mouches importunes, la fille en déshabillé et deux de ses copines, tout aussi dévêtues. Ce début de soirée était pourtant frais, car j'avais pensé à me couvrir les épaules d'un boléro de velours ; Jolanda, tout aussi prévoyante, portait un blouson de jean par-dessus son chandail orange et son pantalon Capri aux rebords effilochés. Je ne sais pas si c'étaient ses vêtements ou ceux des autres femmes qui la décourageaient, mais la musicienne a jeté un coup d'œil méprisant à cette horde de femmes quasi dénudées qui se pressaient autour d'un Mathieu splendide, enfin convenablement vêtu d'un pantalon noir et d'une chemise bleu clair qui devait s'agencer parfaitement à ses yeux. Cependant, je ne pouvais en être certaine, car Mathieu ne voyait que les quatre vénus qui l'entouraient, alors que moi, je n'avais eu droit à aucun clin d'œil, pas même à un regard. Je m'en moquais bien, d'une minute à l'autre j'allais revoir Jan. C'est avec empressement que j'ai suivi la troupe jusqu'à l'intérieur de la villa.

Du grand hall, on accédait directement à une immense salle de banquets encore éclairée de la lumière du jour qui décroissait. Une multitude de portes-fenêtres s'ouvraient sur toute la longueur du mur du fond, permettant aux invités de sortir à leur guise sur une galerie couverte et chauffée. Je me suis avancée dans la pièce, m'arrêtant au pied d'un majestueux escalier. Sur ma gauche, un quatuor à cordes jouait un air classique que je connaissais, mais que je n'aurais su nommer. Sur ma droite, plusieurs jeunes femmes et jeunes hommes en chemises blanches s'affairaient derrière un long comptoir. La pièce était peu meublée, seulement quelques tables bistro, quelques chaises, la plupart inoccupées. J'observais la cinquantaine de convives discutant par petits groupes, debout, un verre à la main. J'ai aperçu Jan, tout au fond, près des portes-fenêtres, il portait un pantalon charbon et une chemise bourgogne qui s'agençaient parfaitement à ma robe, comme s'il avait su, comme s'il l'avait voulu. Dès que mon regard s'est posé sur lui, il s'est tourné vers moi comme si ma présence s'était d'elle-même révélée. Il m'a pointé le bar d'un geste discret, un geste juste pour moi que personne d'autre n'aurait pu voir, pas même les trois femmes avec lesquelles il discutait. Lâchant à peine le contact visuel, Jan a pris gentiment congé des trois dames.

Alors qu'il tentait de me rejoindre, plusieurs de ses convives l'arrêtaient, Jan les saluait poliment, mais rapidement, me quittant à peine de ses yeux verts dans lesquels il me semblait voir se balader des anges, des ombres, des êtres enlacés ; moi, lui, d'autres. Une mer douce et déchaînée, qui me procurerait la paix après m'avoir exorcisée. Arrivé tout près de moi, il m'a souri franchement, sans rien me dire, se contentant de me détailler de son regard grisant, satisfait. Il a commandé un verre qu'il m'a tendu aussitôt qu'il fut prêt.

— Un cocktail de *markisa* pour toi et, plus tard, pour toi et moi, mais enfin, j'espère bien.

J'ai pris le verre, un peu étonnée et amusée, sans savoir de quoi il s'agissait. Le cocktail était frais et sucré.

— C'est bon, n'est-ce pas ?

— C'est délicieux.

— Pas aussi délicieux que toi, j'en suis certain.

J'ai eu un petit rire excité, telle une gamine. Oh ! Je suis en train de faire une Cassidy de moi-même. J'ai replongé mon nez dans mon verre, dans l'espoir d'y trouver une certaine contenance.

En coulant dans ma gorge, le cocktail de *markisa* laissa une fraîcheur apaisante qui disparut subitement, car Jan venait de poser sa main sur ma taille. Une flambée de chaleur s'est répandue dans tout mon corps.

— Je suis désolé pour hier, je n'ai pas pu te rejoindre au cabaret en fin de soirée, car j'ai été occupé jusqu'à très tard dans la nuit.

143

— Oh ! ce n'est rien, je ne suis pas allée au cabaret hier soir.

— Non ! Ah bon !

Jan est resté perplexe, son regard a balayé la salle, a hésité sur Rijck, puis a glissé vers Mathieu où il s'est attardé avant de revenir se poser sur moi et s'animer d'un reflet verdoyant.

— Allez, viens, j'ai quelque chose pour toi.

Il m'a conduite tout en haut de l'escalier, dans un bureau spacieux. Il m'a laissée près de la porte sur un fauteuil luxueux puis il s'est dirigé vers une armoire verrouillée dans laquelle il a fouillé pendant plusieurs secondes avant de sortir un écrin de velours gris tourterelle qu'il est venu ouvrir devant moi. Il contenait un magnifique collier fait de trois chaînes d'or blanc serties de diamants ronds, mais ce qui lui donnait tout son éclat, c'était le saphir bleu qui en ornait le centre. Jan a passé le collier autour de mon cou. Je n'aurais su dire ce qui me brûlait le plus, ses doigts frôlant ma nuque ou le bijou pesant lourd sur ma gorge.

— Il est à toi, pour ce soir. Ne va pas trop loin, je l'ai depuis peu et il n'est pas encore assuré.

J'ai rapidement compris que Jan avait marqué son territoire. Tout ce que les gens voyaient sur moi, c'était le saphir qui m'embrasait la gorge en propageant son feu dans tout mon corps et sur ma peau rougissante. Un fer rouge aurait eu un effet à peine plus accentué. J'étais la prise de Jan. Il me montrait à tous, me présentait à des gens dont j'oubliais aussitôt les noms, souvent compliqués. J'ai même rencontré sa mère.

La mère de Jan était une octogénaire grande et ronde, encore belle, encore jeune de cœur. Elle bougeait tout le temps, elle parlait sans arrêt. Ne pouvant rester immobile un seul instant, elle passait d'un groupe de gens à un autre, sa longue robe bleu pâle tournoyait sans cesse autour de ses chevilles. Un des Sénégalais, Niakar, je crois, s'apprêtait à la photographier, mais Jan semblait s'y opposer. Toutefois, il flattait si bien l'ego de Mrs Van Der Linden que celle-ci a insisté auprès de son fils. Le musicien a donc pris un cliché de la mère de Jan, qui posait tel un top-modèle. Les flashs l'éclaboussaient, elle semblait ravie.

Jan a de nouveau posé sa main brûlante sur ma taille et nous avons continué les présentations. Nous avons fait le tour de la salle. J'ai rencontré une cantatrice allemande, les quatre membres d'un groupe rock néerlandais très en vogue ; leur succès de l'heure était numéro un dans tout le pays. J'ai aussi eu le « bonheur » de faire la connaissance des Satin Dolls : Missy, Sassy et Fussy, les trois filles en déshabillé. Elles allaient nous offrir une délicieuse prestation, à ce qu'il paraît, un peu plus tard au cours de la soirée. Fussy était la préférée de Mathieu, il ne l'avait pas lâchée d'une semelle depuis notre arrivée, au grand dam de Cassidy. J'ai également fait la connaissance de plusieurs hommes d'affaires, de beaucoup d'amis, tant masculins que féminins, ainsi que d'une Canadienne d'Ottawa, dont les grands-parents avaient fréquenté la famille royale néerlandaise lorsqu'elle était en exil au Canada durant la Seconde Guerre mondiale. En apprenant que j'étais aussi canadienne, elle s'est mise à parler du pays. Elle m'informa qu'elle n'y avait pas mis les pieds depuis six ans, car elle ne pouvait plus supporter le froid cinglant de l'hiver, pas plus que les chaleurs humides de l'été.

— Les Pays-Bas m'offrent un climat idéal. Puis il y a tant de beaux grands hommes ici. À peine débarquée de l'avion, je savais déjà que je ne voudrais plus partir.

C'était évident qu'elle avait l'œil sur Jan, c'en était presque gênant. Elle m'exaspérait. Jan a pris poliment congé d'elle, je crois qu'elle l'excédait aussi, du moins, je l'espérais.

Il faisait maintenant presque nuit. Jan a demandé aux musiciens de s'arrêter. Il a pris leur place sur la scène et a invité ses convives à sortir un instant sur la galerie où de grandes torches, plantées à même le sol, avaient été allumées. On pourrait ainsi disposer les tables pour le repas que le chef Orkid terminait de préparer. En entendant ce nom, les invités ont applaudi, certains ont même poussé des exclamations joyeuses. Un groupe de jeunes, auquel Mathieu, Émilien et Danti s'étaient joints, se sont mis à scander le nom du chef cuisinier.

— Orkid, Orkid, Orkid…

Il ne fallut pas longtemps pour que tous les imitent.

— Orkid, Orkid, Orkid…

Orkid semblait avoir toute une notoriété parmi les invités qui tapaient des mains et même du pied, et qui martelaient son nom de plus en plus fort.

— ORKID, ORKID, ORKID…

Après quelques minutes de ce tapage, nous avons pu voir arriver dans la grande salle un jeune homme coiffé d'une toque blanche de cuisinier. Tout le monde s'est tu, alors que les applaudissements redoublaient. Orkid paraissait bien jeune pour un chef à la renommée déjà toute faite, mais la jeunesse semble une caractéristique chez les Indonésiens. Avec ses yeux et ses cheveux très noirs ainsi que sa peau mate et dorée, il n'y a pas de doute, Orkid est bel et bien indonésien. Il est monté sur la scène, mais a dû patienter près d'une minute avant de pouvoir prendre la parole. Sa cuisine doit être exceptionnelle. Orkid s'exprimait dans un mélange de néerlandais et d'indonésien, c'était à n'y rien comprendre. Danti m'a expliqué que le chef énonçait les plats, connus de la plupart des Néerlandais, qui mijotaient à la cuisine. Orkid a terminé son discours en faisant rire et applaudir davantage les gens autour de moi ; même la mère de

146

Jan est devenue tout excitée après avoir entendu les dernières paroles du cuisinier. J'ai voulu demander à Danti de quoi il s'agissait, mais elle se dirigeait déjà vers le balcon où plusieurs personnes attendaient qu'on réaménage la salle de réception. Orkid est retourné à sa cuisine pour mettre la dernière touche au repas, je suppose, alors que Jan était occupé à donner des ordres à gauche et à droite. J'ai suivi les autres convives à l'extérieur.

La galerie était immense, elle faisait toute la largeur de la maison et se prolongeait sur la droite, en formant un L. Un toit en pente légère la couvrait et protégeait les grands canapés de toile pourpre à l'aspect moelleux qui avaient été mis à la disposition des gens. Une douzaine de colonnes de pierre retenaient le toit en bordant la galerie ; on se croyait presque dans la cour intérieure d'une retraite quelconque, un vieux monastère ou un ancien couvent. Plusieurs plates-bandes ainsi que des massifs de plantes et de fleurs partaient d'un coin de la galerie, s'étalaient sur toute la gauche et s'enfonçaient jusqu'au fond de la cour arrière, intensifiant l'effet de réclusion. Les grandes torches plantées un peu partout créaient un éclairage chaleureux et laissaient flotter dans l'atmosphère un halo ardent. Au centre du jardin, plusieurs chaises longues aux coussins invitants étaient disposées sur une terrasse de dalles blanches. Des gens avaient pris place sur les chaises ; d'autres, plus téméraires vu le temps frais, avaient enlevé leurs chaussures pour y baigner leurs pieds dans l'eau de la piscine. Personne ne s'était encore aventuré jusqu'au bout de la galerie, presque au fond du jardin, où l'on pouvait voir monter, dans l'air frais du soir, des nuées de vapeur provenant d'un spacieux spa.

La mère de Jan, toute pétulante, s'est avancée vers moi. En passant son bras autour de mes épaules, elle m'a fait sourire à la caméra de Niakar. Elle m'a quittée aussitôt. Niakar est resté un instant devant moi à prendre d'autres clichés avant de suivre la vieille dame. Jolanda, qui était tout près de moi, m'observait sans

147

gêne, me détaillant comme elle l'avait fait dans la limousine. Sa désinvolture commençait à me mettre mal à l'aise. Je me suis dérobée à ses étranges regards en rejoignant Danti, assise sur une des chaises de la terrasse. Lorsqu'elle m'a vue arriver, la belle Indonésienne m'a souri et m'a fait une place à côté d'elle sur la chaise longue. Cependant, je n'ai pas eu le temps de m'asseoir, car j'ai senti la main brûlante de Jan se poser une fois de plus sur ma taille. Il s'est penché si près de ma figure que j'ai cru qu'il allait m'embrasser, comme ça, juste là, devant tous ces gens. Mais non, il n'en a rien fait.

— Tu t'amuses bien, Tara ?

— Bien sûr, tout est tellement beau et agréable ici.

— Tiens, un autre verre pour toi. J'ai encore quelques détails de logistique à régler. Puis je serai tout à toi.

Alors qu'il s'éloignait, je voyais toutes ces femmes qui l'arrêtaient pour le saluer, lui faire la bise, le toucher. Un tel homme ne pourrait jamais être tout à moi. Je suis restée debout, regardant le verre que je tenais à la main.

— Qu'est-ce que c'est, un cocktail de *markisa* ? ai-je demandé.

— Je ne sais pas les sortes d'alcool qui y sont mélangées, m'a répondu Danti, mais *markisa* est le mot indonésien pour dire « fruit de la passion ».

— « Fruit de la passion » !

— Oui, « fruit de la passion », a-t-elle répété en souriant.

J'ai pris une gorgée de ce cocktail et je pensais que Jan avait envie de passion, j'avais envie de passion. Dans ce grand jardin envoûtant, rempli de gens séduisants et voulant séduire, nous avions tous envie de passion. La cantatrice allemande glissait des yeux doux vers Sédar, un homme en smoking faisait des cabrioles devant Mrs Van Der Linden. Cassidy chuchotait doucement à l'oreille de Mathieu qu'elle avait réussi à soustraire aux mains de Fussy. Cette dernière s'en consolait bien en riant bruyamment au milieu d'un groupe d'hommes en cravate et nœud papillon. Niakar avait rangé son appareil photo, il s'était retiré avec Jolanda, près du spa. Un des membres du groupe rock s'était joint à nous et discutait avec Émilien. Une autre fille des Satin Dolls, Missy ou Sassy, je ne sais pas, s'est approchée et s'est accrochée au bras du jeune rockeur. La conversation passait de l'anglais au néerlandais et vice versa, j'en perdais de grands pans. Toutefois, il me semblait qu'Émilien parlait encore des voleurs de bijoux qui auraient récidivé la veille, très tard en soirée, à Den Haag, une grande ville tout près d'ici.

Au milieu de cette fête, je me sentais bien, je n'avais plus besoin de Félix, j'avais Jan. Une sensation de plénitude m'a lentement envahie, j'ai fermé les yeux pour bien y goûter. En douceur, le temps s'arrêtait. J'ai perçu une présence dans mon dos, une main sur ma taille, mais ce n'était pas celle de Jan ; elle était moins large, les doigts plus minces, mais cette main m'enflammait tout autant. Peut-être est-ce simplement moi qui suis en feu ce soir.

Mathieu m'a légèrement éloignée de la piscine et a porté sa main à ma gorge, là où le saphir brillait comme une étoile. Il a caressé le bijou du bout de son doigt.

— Il ne faudrait pas que tu tombes à l'eau ; avec une telle pierre au cou, tu serais incapable de remonter à la surface.

Voilà les premiers mots qu'il m'adresse aujourd'hui. Je suis un peu déçue, mais je n'ai pas envie de me laisser aigrir par l'amertume. Je lui ai donc souri.

— Tu as raison, Mathieu, mais je suis certaine que tu n'hésiterais pas avant de plonger à l'eau pour venir me repêcher.

— Oui, mais je ne sais pas si j'aurais le droit car, vois-tu, tu portes le collier d'un autre. Moi, je n'ai pas les moyens de rivaliser avec de tels cadeaux.

— C'est vrai qu'il est imposant, ce bijou, il doit valoir une fortune, a dit Cassidy, qui venait de s'immiscer dans notre conversation.

— Il vaut bien deux ou trois clichés, a ajouté Niakar qui nous avait, lui aussi, rejoints.

Il a pris quelques photos du saphir. Les flashs me faisaient cligner des yeux et attiraient l'attention des autres convives qui posaient leurs regards sur moi, mais surtout sur le collier. Je n'avais pas l'habitude de tant d'attention. J'ai eu un malaise, tout léger, mais personne ne l'a vu ; seul Jan l'a remarqué. Il a mis sa main sur le bras du Sénégalais, lui signifiant ainsi qu'il avait pris suffisamment de photos pour ce soir.

# 14

C'était un repas de fête. Au centre des tables, les plats de crevettes, d'agneau, de poulet, de bœuf étaient toujours pleins ; on les remplaçait dès que les quantités de viande diminuaient légèrement. Les assiettes de brochettes diverses – de légumes, de tofu et de *tempeh* –, grillées ou marinées, abondaient également. Tout était servi avec du riz jaune, le *nasi kuning*, le riz des grandes occasions. Je découvrais des mets nouveaux, lointains et exotiques, aux noms tout aussi flamboyants et savoureux : le *gado gado*, accompagné de *kroupouk*, le *sambal goreng*, qui me brûlait la gorge, le *rendang* et le *satay ayam* arrosé d'une succulente sauce aux arachides dont j'abusais. Je goûtais presque à tout, ne voulant rien manquer. Étrangement, plus je mangeais, plus je me sentais légère. Mon estomac s'emplissait, mais mon corps s'allégeait, chaque bouchée me libérait. L'alcool devait m'embrumer l'esprit, c'est vrai que je buvais beaucoup, Jan s'assurait que mon verre soit toujours plein de vin rouge, un vin corsé, qui adoucissait certains plats épicés de la cuisine indonésienne.

Pour accompagner ce repas plantureux, sur la scène, une frêle harpiste jouait avec tendresse de son instrument. Autour des tables, les discussions allaient bon train, enterrant le son blanc et pur de la harpe qui contrastait avec l'ambiance allègre de la salle de banquet. Assise tout près de la scène, j'étais capable de fermer mes sens aux bruits environnants et d'emprisonner en moi la mélodie aérienne qui provenait de la harpe. Les cordes vibraient dans tout mon corps, faisant naître en moi une douce fébrilité. Au bout d'une heure, deux heures, trois heures, je n'aurais su dire, la harpiste a disparu en catimini, alors que l'unique projecteur qui l'éclairait perdait graduellement de son intensité. La scène n'est pas restée longtemps dans la pénombre. Elle s'est subitement illuminée pour laisser apparaître un homme en smoking, âgé d'une cinquantaine d'années, un chanteur de charme qui savait charmer. On aurait dit qu'il chantait pour nous toutes, même s'il quittait à peine Mrs Van Der Linden des yeux. Entre les notes et les mesures, entre les couplets et les refrains, il inventait des mélodies et des mots qui complimentaient les dames et qui se moquaient gentiment des messieurs, même de Jan. Le *crooner* créait ainsi une diversion qui invitait les convives à lui porter leur attention pour délaisser leur assiette et leur conversation. Lentement, le repas s'achevait. J'étais soulagée, je ne pouvais plus supporter la Canadienne, assise près de moi, qui ne cessait de me prendre à témoin lorsqu'elle parlait aux autres invités des congères, des quarante degrés au-dessous de zéro, avec facteur éolien, et des tempêtes hivernales du Canada. Elle avait beau avoir quitté le pays depuis six ans, elle n'avait toujours pas trouvé un autre sujet de conversation.

Après le repas, les tables et les chaises ont disparu. Des canapés identiques à ceux de la galerie ont été disposés ici et là le long des murs de la grande salle. Pour permettre aux gens de danser, un grand espace avait été libéré devant la scène, sur laquelle les membres du groupe rock s'étaient installés. La musique a monté d'un cran. Les rockeurs néerlandais nous en ont mis plein les oreilles. Je ne comprenais aucune parole, mais leur musique était entraînante et me donnait le goût de bouger. Les Sénégalais avaient le rythme dans la peau et un plaisir fou à faire danser toutes les femmes, l'une après l'autre. Je n'y ai pas échappé, pas plus que Danti, Cassidy, la cantatrice, Mrs Van Der Linden et toutes les autres. Les robes tournoyaient au gré des danses et des mouvements. Toutes et tous étaient sur la piste à remuer des hanches. Jan dansait avec moi et avec d'autres qui s'insinuaient entre lui et moi, surtout la Canadienne, qui ne semblait pas vouloir s'accorder un répit.

Lorsque tout le monde s'est trouvé hors d'haleine, les lumières, déjà tamisées, ont baissé encore un brin, la musique s'est adoucie. Fussy a rejoint les musiciens sur la scène, elle a entonné, de sa voix claire et légère, une ballade langoureuse. Sur la piste de danse, des couples se formaient. Ils se laissaient bercer par la douce mélodie. Jan était plus loin, la Canadienne accrochée à son cou. Elle avait finalement réussi, juste au bon moment, à l'éloigner de moi. Jan dansait avec une autre femme ; j'étais encore mise au rancart. Mais non ! Ici, personne n'est mis de côté. J'ai senti quelqu'un me caresser le bras d'une main, m'enlacer la taille de l'autre et m'entraîner parmi les couples au milieu d'une danse langoureuse. Et moi, je l'ai laissé faire, sachant que ce n'était pas le bon gars, parce que même Jan n'était pas le bon gars. J'aurais bien pu danser avec n'importe quel homme présent à cette fête, ils n'étaient tous qu'un, un seul homme qui personnifiait les autres, ceux que je n'avais encore jamais remarqués, ceux que je ne pourrais jamais aimer, ceux qui n'étaient pas Félix. J'ai passé mes bras autour du cou de Mathieu, il m'a étreinte un peu plus fort, rapprochant nos corps qui n'avaient jamais été si près l'un de l'autre. Des frissons m'ont parcourue tout entière et, une fois de plus, j'ai senti le temps s'arrêter. J'étais comme une gaze allant au gré du vent, aérienne, transparente. Le sol se dérobait sous mes pieds. Mathieu a resserré son étreinte ; mais j'avais déjà choisi Jan, et Jan m'avait déjà choisie.

— Mathieu, tu te trompes de fille ! lui ai-je dit doucement à l'oreille. Regarde Cassidy, assise toute seule là-bas. Tu devrais aller la rejoindre, car sinon je vais finir par tomber sous ses regards meurtriers.

J'ai arrêté de danser, j'ai éloigné mon corps de celui de Mathieu qui a jeté un coup d'œil vers Cassidy. Il a hésité. Il a remarqué Jan, enfin débarrassé de la Canadienne, qui s'approchait. Il a compris que ses chances de succès étaient plus grandes avec la jeune

Américaine. Il est allé la retrouver. Jan m'a enlacée à son tour et je me suis abandonnée dans ses bras.

— Pardon, m'a-t-il dit, j'ai été retenu, malgré moi.

— Ça va, moi aussi j'ai été retenue.

Les Satin Dolls ont enchaîné les ballades, étirant le temps dans une tendre langueur. Des couples se faisaient et se refaisaient. Mathieu était hésitant, indécis. Il passait de Cassidy à Jolanda et de Jolanda à la Canadienne, qui devait bien avoir une bonne quinzaine d'années de plus que lui. Mais les différences d'âge n'existent pas là où le temps s'arrête. Je le voyais tout autour de moi : la cantatrice et Sédar qui s'évanouissaient dans l'ombre du jardin, le *crooner* et Mrs Van Der Linden ; la mère de Jan dansait, comme si elle avait encore vingt ans, avec un homme qui avait l'âge de son fils. Et moi, me livrant complètement dans les bras de Jan qui n'avait pas d'âge. Dans cet instant de temps figé, je n'avais plus d'âge.

La ballade a pris fin. Elle a été enchaînée par une chanson au rythme plus accentué. J'étais incapable de suivre la musique. J'étais renversée. Si près de Jan, je perdais mes moyens, je me suis laissée tomber sur un canapé. Jan nous a rempli encore deux verres de vin, alors que j'avais trop bu, que j'étais déjà saoule et que mes jambes ne me supportaient plus. J'aurais voulu que la réception s'arrête et que tous ces gens disparaissent pour que je puisse enfin être seule avec Jan, mais celui-ci trouvait que la fête perdait de son entrain ; il faisait le tour de la salle et tentait de faire renaître l'enthousiasme parmi ses invités. Je le suivais des yeux, si séduisant, je voulais qu'il me prenne encore dans ses bras, qu'il me serre contre lui et qu'on s'égare dans un brouillard neigeux tel celui qui se levait dans mon esprit.

— Cesse de le regarder ainsi, on te croirait presque amoureuse.

— Amoureuse ! ai-je dit en riant nerveusement. Non ! Moi, je ne suis plus capable d'amour.

Mathieu s'est assis tout près de moi. Son regard n'était pas espiègle ni nuageux, seulement incertain et scrutateur.

— Pourquoi tu ne serais plus capable d'amour ?

— Parce que j'ai laissé mon cœur à Montréal, je ne suis plus qu'une sans-cœur, donc incapable d'amour.

— Et quand tu rentreras à Montréal, tu le récupéreras, ton cœur ?

— Je ne pense pas, je crois que je l'ai perdu à jamais.

— Si tu n'avais pas cette chaîne au cou…

Mathieu s'est arrêté de parler et s'est mis à rire. Un rire nerveux, presque timide. Il m'a regardée de ses yeux bleus, si clairs, si limpides, ils riaient eux aussi.

— Je sais que je vais regretter tout ce que je vais te dire, j'ai trop bu et j'ai abusé de la sauce aux arachides, mais je vais te le dire quand même. Si tu n'avais pas cette chaîne au cou, je t'emmènerais loin d'ici et je te montrerais qu'un cœur, ça se reconstruit.

Si je ne portais pas le saphir de Jan… Mais non, je ne partirais pas avec Mathieu pour reconstruire mon cœur… Et qu'est-ce qu'il entend par reconstruire un cœur… Je ne sais pas… oui, peut-être que je partirais avec Mathieu, mais non… Mieux encore, je pourrais rester avec Jan et partir avec Mathieu… J'avais trop bu, moi aussi, et j'avais abusé de la sauce aux arachides.

— Mais qu'est-ce qu'il y avait dans la sauce aux arachides ?

— Personne ne te l'a dit ?

— Non !

— Orkid est surtout renommé en raison de la marijuana qu'il ajoute à sa cuisine.

Il est vrai qu'à lui seul le vin n'aurait pu me rendre si volatile, si étourdie. J'avais peine à garder les yeux ouverts, je les ai fermés, j'avais peine à garder ma tête droite, je l'ai appuyée sur l'épaule de Mathieu. Nous sommes restés ainsi l'un contre l'autre. Nous étions si alanguis, tellement avinés, nous ne parlions pas, nous murmurions, sans même nous regarder.

— Si tu couches avec Jan, moi, je couche avec Cassidy.

— Mais vas-y, tu vois bien que c'est juste ça qu'elle attend. Oh ! mais avant, tu devrais t'assurer qu'elle est bien majeure, parce que je ne suis pas sûre qu'elle ait dix-huit ans et on ne connaît pas les lois concernant le détournement de mineures dans ce pays. Je ne pense pas que tu aies envie de te retrouver encore une fois en prison.

— T'en fais pas, Cassidy est majeure. Mais si j'étais toi, je m'abstiendrais de faire référence à l'âge, parce que toi, ton *sugar daddy*, tu as intérêt à vérifier qu'il a pris sa petite pilule bleue avant, sans quoi Cassidy aura plus de fun que toi.

J'ai ri, je n'étais même pas choquée, je riais, tout simplement. J'ai ouvert un peu les yeux, j'ai vu Émilien qui venait vers nous avec son saxophone. Les lumières ont un peu gagné en intensité, ce qui a fait geindre quelques couples enlacés sur les divans tout autour. Mathieu s'est levé sans rien dire, il a suivi Émilien, ils se sont installés sur la scène avec les Satin Dolls et Fussy, qui chantait une vieille chanson de Def Leppard.

Comme s'il savait, comme s'il connaissait déjà le numéro, Mathieu s'est approché du microphone et de Fussy, il l'a prise par la taille et, ensemble, ils ont poursuivi la chanson. Je ne savais même pas qu'il chantait. Fussy était radieuse, Mathieu était radieux. Ils semblaient animés d'une passion, la chanson leur allait bien.

L'ambiance était survoltée, certains invités s'étaient remis à danser. Moi, à l'autre bout de la salle, je regardais Mathieu. Il n'était pas seulement radieux, il était beau. C'était peut-être en raison de la distance entre nous, ou de toutes ces femmes autour de lui, je ne sais pas, mais il était beau. Et moi qui n'avais rien remarqué depuis le début, je regrettais presque ma cécité. Mais à peine Jan s'était-il assis à mes côtés, sur le grand canapé, que j'avais déjà oublié mes regrets, car Jan remplissait encore mon verre, et moi, je le laissais faire parce que je me sentais bien, parce que j'aimais cette ivresse qui m'alourdissait et m'allégeait à la fois, cette ivresse qui permettait au brouillard de s'infiltrer en moi, un brouillard salutaire qui m'engourdissait et qui voilait légèrement mon regard. Je ne voyais plus que ce que j'avais envie de voir, je n'entendais plus que ce que je voulais entendre. Mathieu, là-bas, sur la scène et sa voix qui s'éteignait avec la fin de la chanson.

Après un court instant, un rythme de tam-tam a surpris mon oreille, s'y est introduit et s'est répandu dans tout mon corps. Jolanda, son tambour bien coincé entre ses cuisses, avait pris la place des Satin Dolls. Le rythme n'émanait pas que de son instrument, mais aussi de toute sa personne, comme si elle était elle-même née de la musique. Elle donnait le ton à Émilien et Mathieu qui jouaient chacun de leur instrument. Deux ou trois autres musiciens du cabaret les accompagnaient. La musique remplissait la salle, elle se déversait en moi, entrant par tous mes pores, par tous mes sens, tel le vin que Jan me servait et que je buvais encore. M'enivrant davantage, je sombrais dans une ébriété si nébuleuse et si amollissante que je n'ai même pas vu Rijck qui venait vers nous pour nous informer de ce qui se passait à l'extérieur. Je n'ai remarqué que Jan qui se levait d'un bond et qui se dirigeait prestement vers les portes-fenêtres. Je l'ai suivi lentement, espérant ne pas tituber, ni révéler l'ivresse à laquelle je m'abandonnais.

Les quelques personnes qui se trouvaient dehors étaient réunies sur la terrasse tout près de la piscine et regardaient le toit de la villa avec intérêt. Je me suis approchée doucement et me suis assise sur une chaise longue, étant incapable de rester plus longtemps debout. Un air d'opéra semblait provenir du ciel. J'ai aperçu la cantatrice se mouvoir théâtralement sur la toiture en chantant à pleins poumons dans la nuit étoilée. Alors que Niakar escaladait une des colonnes de pierre, Jan tentait de le convaincre de redescendre, mais le Sénégalais ne l'écoutait pas, il avait maintenant atteint le toit du balcon. C'est alors que nous avons pu voir Sédar sortir la tête d'une lucarne du troisième étage, puis y passer tout son corps. Il marchait délicatement sur les tuiles d'ardoise, allant à la rencontre de l'Allemande. Juste au moment où il allait la saisir par la taille, nous avons entendu un cri derrière nous, suivi d'un grand splash. Nous nous sommes tous retournés d'un bloc, Mrs Van Der Linden venait de tomber dans la piscine. Le *crooner* a plongé immédiatement pour aller la repêcher. Plusieurs invités, croyant que le signal venait d'être donné, se sont dévêtus en poussant des cris de joie et ont sauté nus dans la piscine. Jan a aidé le chanteur à sortir sa mère de l'eau. Les poings levés dans les airs, celle-ci injuriait le ciel en néerlandais et refusait toute aide. Après quelques secondes, peut-être une minute, elle s'est agenouillée sur les dalles de la terrasse, a croisé les mains sur sa poitrine en fermant les yeux et s'est mise à murmurer une prière inaudible. La vieille dame avait probablement abusé du vin et de la sauce aux arachides, elle aussi.

Jan avait réussi à l'entraîner vers la villa où il faisait plus chaud, mais à peine avait-il atteint les portes-fenêtres qu'un fracas provenant du toit nous a tous fait lever la tête. En tentant de faire passer la cantatrice par une lucarne du troisième étage, Sédar avait perdu pied et glissait le long de la toiture. Il a pu s'agripper avant d'atteindre le bord, mais quelques tuiles d'ardoise se sont fracassées sur le toit du balcon, juste là où se trouvait toujours Niakar. Celui-ci, en essayant de se protéger la tête contre l'avalanche qui s'abattait sur lui, a perdu l'équilibre. Il est tombé à la renverse, a chuté le long du toit et est venu choir sur le sol, aux pieds d'un groupe d'invités complètement enivrés qui le regardaient sans bouger. Jan a laissé sa mère aux soins du *crooner* et s'est empressé de porter secours au Sénégalais qui, heureusement, n'avait rien de cassé et riait de bon cœur. Le fou rire s'est emparé rapidement de tout le monde et la cantatrice, toujours perchée sur le toit, s'est remise à chanter. Ce n'est qu'après une bonne vingtaine de minutes que Sédar, avec l'aide de Jan qui l'avait rejoint sur le toit, est enfin arrivé à la faire entrer à l'intérieur de la villa.

Engourdie par la fraîcheur de la nuit et par l'alcool qui circulait dans mes veines, je me suis allongée sur la chaise longue où j'étais déjà assise. Je restais là même si j'avais froid, même si j'entendais des gémissements doux, tout près, où deux corps nus à la peau humide s'ébattaient amoureusement dans l'herbe.

— Tara… Tara, est-ce que ça va ?

C'était Danti qui me secouait doucement le bras.

— Émilien et moi allons retourner en ville. Veux-tu rentrer avec nous ?

Je voulais lui demander si Mathieu partait aussi, mais j'ai retenu la question, me contentant de lui répondre que je préférais rester.

— Très bien, mais viens dans la maison, il fait un peu froid ici.

À l'intérieur, l'éclairage avait encore baissé et la soirée se transformait en une torride sensualité. En voyant Mathieu, j'ai eu la réponse à la question que je n'avais pas osé poser à Danti. Lui et Jolanda étaient toujours sur scène, celle-ci marquait le rythme avec son tambour, alors que Mathieu fredonnait un air de Bob Marley. Il ne semblait pas prêt à quitter la fête.

Sa voix pénétrait toutes les fibres de mon corps et faisait vibrer jusqu'à mon âme, comme s'il avait voulu ne chanter que pour moi. Pourtant, son regard ne quittait pas Jolanda ; elle en rayonnait de joie. Et Cassidy ne remarquait rien du jeu qui se jouait juste derrière son dos, trop occupée qu'elle était à danser seule, devant la scène, en se caressant sensuellement.

Quelques couples dansaient aussi, d'autres s'embrassaient, certains commençaient même à se dévêtir. Je n'avais pas l'habitude de tant de laisser-aller, j'avais presque envie de partir avec Émilien et Danti. Mon regard a croisé celui de Jan, qui descendait le grand escalier avec la cantatrice et Sédar. Dès qu'il a posé le pied sur la dernière marche, la Canadienne s'est emparée de son bras et a tenté de l'entraîner sur la piste de danse. Je n'allais certainement pas la laisser faire. J'en avais assez d'attendre mon tour. Je me suis interposée entre elle et lui.

— Jan, tu danses avec moi

— Ah non ! C'est avec moi qu'il s'apprêtait à danser, a répliqué l'espèce d'outarde du Canada.

Jan avait le sourire aux lèvres, cela lui plaisait d'être l'enjeu d'une guerre maintenant ouverte. Qui allait l'emporter ? La Canadienne ou la Québécoise ?

— Mesdemoiselles, excusez-moi, mais je dois vérifier si ma mère se remet de son bain forcé.

— Mais elle va très bien, regarde comme elle semble s'amuser, lui ai-je dit en lui montrant sa mère toute souriante au bras du chanteur de charme.

— C'est vrai, mais je dois encore m'assurer qu'elle puisse rentrer chez elle en toute sécurité.

Jan s'est dirigé vers sa mère, mais à peine avait-il fait trois ou quatre pas qu'il s'est ravisé et a rebroussé chemin ; il m'a prise par la taille en mentionnant que sa mère pouvait bien se débrouiller sans lui. En le suivant sur la piste de danse, j'ai pris un malin plaisir à jeter un regard vainqueur vers ma rivale.

Jan m'a fait faire quelques pirouettes et demi-pirouettes sur les dernières mesures de la chanson. Puis il m'a serrée tout contre lui. Il me toisait de son regard pétillant et brumeux, j'avais aussi le regard pétillant et brumeux. Il a baissé son visage vers le mien, je me suis haussée sur la pointe des pieds, et c'est là qu'il m'a embrassée, au beau milieu de la salle de réception, encore à moitié pleine d'invités. J'ai fermé les yeux, je ne sentais plus rien, sauf ses lèvres sur les miennes et mon cœur qui battait à m'en éclater la poitrine. La Canadienne pouvait bien s'en retourner à ses tempêtes et à ses bancs de neige, pour elle, tout était fini. J'avais toute la place !

# 15

Le jour commençait doucement à poindre lorsque Jan et moi avons enfin quitté cette fête qui tournait sérieusement à la bacchanale. Sur un des fauteuils pourpres de la salle de réception, la Canadienne se remettait de sa défaite en livrant son corps presque nu aux caresses d'un des membres du groupe rock néerlandais. Alors qu'à l'extérieur, tout près de la piscine, étendue sur une chaise longue, Fussy embrassait voracement un homme tandis qu'un second palpait avidement toutes ses courbes féminines. Scène qui se répétait un peu plus loin, sur une autre chaise de la terrasse, mettant en vedette la cantatrice allemande et les deux Sénégalais. Mathieu, quant à lui, était bien installé dans le spa, presque en pâmoison devant Cassidy qui lui dévoilait son imposante féminité et Jolanda qui étalait la sveltesse de son long corps complètement dépouillé de ses vêtements insipides.

Cet étalage de peau moite et de désir à vif me rendait tout à fait mal à l'aise. Jan l'a vite compris. Il m'a offert un coin de paradis : une chambre retirée où rien ni personne ne pouvait interrompre une parfaite intimité. Autour de moi, tout était blanc et duveteux. Je voyais des pans de ciel, ici et là. J'ai même marché sur des nuages avant de m'étendre enfin sur un amas de flocons molletonneux. Je voyais mon reflet dans les glaçons scintillants qui descendaient du ciel. Des ailes d'anges me frôlaient discrètement tandis que de ses mains Jan me caressait virilement. Après m'avoir dévêtue tel un affamé, il m'avait embrassée avec appétit, bien plus insatiablement qu'il ne l'avait fait sur la piste de danse, un peu plus tôt. Maintenant que nous étions seuls, il n'avait plus aucune retenue. Ses mains

glissaient de mes seins à mon ventre, de mes hanches à mes cuisses ;
ses lèvres se détachaient des miennes par instants pour se perdre
sur ma gorge, mes épaules, ma poitrine et laisser des étincelles de
plaisir sur mon corps galvanisé. Je me perdais dans l'urgence de ses
caresses et dans l'insistance de son désir. J'oubliais tout. J'oubliais
Félix. Pour y arriver, c'était la seule avenue que j'avais voulu
prendre : laisser un autre homme me toucher et le laisser me
toucher ainsi jusqu'à me pénétrer.

Jan s'est arrêté un instant, éloignant son corps du mien, il m'observait dans toute ma nudité, dans toute ma fébrilité charnelle. Son
regard était brûlant, fiévreux. Ses yeux verts aux reflets embrasés
me grisaient tout autant que les mots étrangers qu'il murmurait.
J'étais ivre d'une bonne ivresse que j'aurais voulu emprisonner en
moi à tout jamais. Une ivresse libératrice. Je pouvais enfin m'abandonner dans un amour plaisant, un amour sans heurt ni blessure.
Un amour éteint qui n'aurait jamais l'occasion de naître et qui de ce
fait ne portait aucun risque de souffrance. Je me livrais donc sans
peur, sans retenue à cet homme presque inconnu qui semblait avoir
tant soif de mon corps. Ses mains s'activaient rageusement sur moi,
j'en palpitais. J'étais prête à me répandre. Pourtant, je voulais le
garder encore sur moi, encore en moi. Je laissais mes doigts courir
sur sa peau luisante, sur son corps puissant et déchaîné. Si solide, si
robuste, je n'aurais pu rêver mieux. Il se faisait de plus en plus insis-
tant, son élan est devenu tout à fait électrisant, j'étais près de l'extase.
Mais Jan avait une force inépuisable, il a redoublé d'ardeur, amenant
l'euphorie à un degré presque insoutenable. J'entendais mon sang
battre à mes tempes, j'ai senti mon corps se tendre et se tordre. Dans
un spasme de plaisir intolérable, nous avons enfin cédé.

Après avoir grogné de contentement, Jan s'est laissé rouler sur le
dos. Il n'est pas resté longtemps étendu près de moi. Il s'est levé et
s'est rhabillé sans hâte. Les yeux mi-ouverts, j'observais sa nudité,
son physique vigoureux, ses larges épaules marquées de rayures

rosées probablement tracées par mes propres ongles. Mais Jan n'avait certainement rien senti de mes ongles éraflant sa chair, il était si grand, si costaud, une force presque palpable émanait de lui. J'aurais voulu le garder près de moi, me serrer contre cette force, m'en imprégner. Devenir solide et résistante à mon tour et avoir la possibilité de me fortifier par moi-même, sans aucun soutien, sans aide extérieure. Incarner la puissance et braver toutes les intempéries, tous les obstacles qui pourraient se placer sur ma route, les défier et les surmonter aisément, naturellement. Je ne voulais plus m'enfoncer, je désirais m'ériger, exister pleinement.

Après s'être vêtu, Jan a fait le tour du lit, il a remonté l'édredon de duvet jusqu'à mes épaules et a déposé un long baiser sur mes lèvres.

— Ne m'attends pas, ma jolie, dors un peu. Je vais aller mettre tout ce beau monde dehors et nous resterons seuls tous les deux aussi longtemps que tu voudras.

Même si je ne voulais pas qu'il parte, je ne l'ai pas retenu, je l'ai laissé quitter cette chambre céleste qu'il m'avait offerte pour que je me donne à lui en retour. Cette chambre suspendue entre le ciel et la terre, tel un pont d'Amsterdam. J'y resterai toute ma vie, toute l'éternité, j'y attendrai Jan en y attendant Félix.

Je ne sais pas si Jan est revenu. Mon corps, courbaturé par les mouvements de danse, les mouvements de l'amour, s'est enfoncé dans cet amoncellement de nuages moelleux qui me servait de lit. Mon esprit, embrouillé par l'alcool que j'avais bu et par la marijuana que j'avais prise involontairement, s'est laissé sombrer dans la griserie des sons et des images qui allaient et venaient dans ma tête. J'entendais des bruits feutrés transportés par le vent. Je voyais des couleurs floues, pâlies par les voiles qui les recouvraient. Puis tout s'est obscurci, tout s'est apaisé. Il ne restait que le noir et le silence du sommeil.

Peu à peu, mes sens ont repris du service, mes narines ont perçu une odeur de café. Je n'ai pas ouvert les yeux immédiatement. J'imaginais Félix à côté de moi, tournant délicatement, pour ne pas me réveiller, les pages du roman qu'il lisait. Je me suis étirée et j'ai légèrement ouvert les yeux, le sourire aux lèvres, prête à laisser Félix m'enlacer et m'embrasser, prête à le laisser m'aimer. Mon sourire s'est figé, il n'y avait personne à côté de moi. J'étais seule dans une chambre inconnue, dans un lit inconnu. Lentement, des fragments d'images, des morceaux d'événements sont remontés dans ma tête encore alourdie de sommeil. Peu à peu, j'ai réussi à tout remettre en place, à me souvenir de la villa, de la réception, de l'alcool, de la musique, de Jan, du plaisir que nous avions partagé. J'ai oublié Félix et j'ai souri.

L'esprit maintenant libéré des diverses substances que j'avais pu consommer la veille (enfin presque libéré), j'ai remarqué que la pièce dans laquelle je me trouvais était une chambre ordinaire. Tout de même grande et luxueuse, mais non pas céleste ni angélique, comme j'avais pu le croire. Il est vrai que tout y était blanc : le tapis épais, les fauteuils, le voile de mousseline suspendu à un ciel de lit cristallin. Les rideaux aussi étaient de mousseline blanche, ils recouvraient les portes-fenêtres par lesquelles entraient la lumière du jour et le bleu du ciel. J'ai repoussé les couvertures, ce qui m'a fait frissonner. Les portes étaient entrebâillées, le vent y passait et gonflait les rideaux. J'ai enfilé le peignoir blanc que j'avais trouvé sur un des fauteuils, il m'allait parfaitement, comme s'il avait été déposé là juste pour moi. En voulant fermer les portes-fenêtres, j'ai constaté qu'elles s'ouvraient sur la grande terrasse au-dessus du garage, j'y suis sortie. Deux des trois limousines blanches étaient encore garées dans l'allée. Plusieurs invités n'avaient donc toujours pas quitté la villa, pourtant le soleil était haut dans le ciel, il devait bien être midi, peut-être même plus. J'ai entendu une porte s'ouvrir, des pas dans l'allée. Je suis précipitamment retournée à l'intérieur, je ne voulais pas être vue. Puis guidée par l'arôme de café, je suis sortie de la chambre qui ne donnait pas sur le couloir, mais sur un salon très chaleureux. Je n'avais même plus le souvenir d'être passée par là la veille. Une petite table était placée devant une porte-fenêtre conduisant aussi sur la terrasse. Sur cette table, une cafetière laissait échapper une vapeur odorante. Je me suis empressée de remplir une des deux tasses déposées tout près. J'ai pris quelques gorgées avant de m'aventurer dans le couloir.

La pièce où j'étais se trouvait face au grand escalier, j'entendais le va-et-vient de plusieurs personnes au rez-de-chaussée. Heureusement, d'où j'étais, on ne pouvait pas me voir. J'ai repéré le bureau où Jan m'avait remis le collier la veille. J'ai instinctivement porté la main à ma gorge, le saphir y était toujours, mais son poids n'était plus aussi lourd à porter. En m'avançant vers le bureau, j'ai entendu la voix de Jan. Sa voix, qui faisait monter en moi des bouffées de chaleur. Je me suis arrêtée dans le cadre de la porte, grande ouverte. Mathieu était là aussi, penché sur un papier qu'il lisait avec intérêt. En posant les yeux sur moi, Jan s'est levé de sa chaise et m'a fait signe d'entrer. Il était beau et déjà impeccable, douché, rasé, coiffé, habillé d'un pantalon de denim noir et d'un pull de coton beige. J'avais envie de me pendre à son cou et de laisser ses mains courir encore une fois sur mon corps. Mes pensées badines ont vite été interrompues par le bruit que Mathieu a fait en se levant à son tour. J'ai voulu repartir, mais il m'avait vue, pieds nus et en peignoir, dans le cadre de la porte. Jan et lui ont échangé quelques mots et se sont serré la main. La sonnerie du téléphone s'est fait entendre, Jan a fait le tour du bureau pour prendre l'appel, alors que Mathieu s'est avancé vers moi. J'ai reculé un peu pour le laisser sortir de la pièce. Il était affreux, échevelé, les yeux rougis et cernés, la chemise à moitié boutonnée et mal rangée dans son pantalon. Passer une nuit à tenter de satisfaire deux femmes, il y a de quoi être éreinté ! Toutefois, son allure lamentable ne semblait pas le moindrement nuire à son attitude fière et arrogante.

— Tara ! T'as pu dormir un peu ?

— Oui ! Et toi ?

Il n'a pas répondu à ma question, il a juste eu un petit sourire en coin en pointant le collier que j'avais encore au cou.

— Je vois que tu es toujours enchaînée.

Je ne savais plus quoi penser, je ne savais plus comment le prendre, j'étais tannée, fatiguée, je n'en pouvais plus de ses sarcasmes. Et le poids du collier s'est fait subitement sentir sur ma gorge. J'aurais voulu l'arracher. J'ai inventé n'importe quoi dans l'espoir de le faire taire.

— Oui, mais je l'aime, cette chaîne.

— C'est vrai, j'ai déjà remarqué : plus elles valent cher, plus tu les aimes.

— Écoute, Mathieu, je pense qu'à partir d'ici nous devrions poursuivre ce voyage chacun de notre côté. De toute façon, nous n'avons rien d'intelligent à nous dire.

— Tes vœux sont déjà exaucés car, vois-tu, ton *sugar daddy* y a pensé avant toi, je pars demain pour le Luxembourg. Bon débarras ! Du moins, momentanément, parce qu'on se reverra certainement à Montréal, dans environ deux semaines. On habite toujours le même quartier modeste, toi et moi, à ce que je sache.

Jan est sorti du bureau, je lui ai remis le saphir que je ne pouvais plus supporter. Mathieu s'est dirigé vers l'escalier en m'envoyant un clin d'œil, non pas moqueur ou espiègle, mais bien conquérant. Oui, il avait raison, « bon débarras » ! Mais c'est lui qui faisait tout pour avoir raison.

Plus tard dans l'après-midi, Jan m'a lui-même conduite jusqu'à l'hôtel à Amsterdam. J'ai pu remplacer ma robe pour une tenue plus confortable et prendre quelques effets personnels. Sans avoir rencontré qui que ce soit, sauf deux ou trois membres du personnel de l'hôtel, nous sommes repartis sans tarder vers Scheveningen. Avant de rentrer à la villa, Jan m'a proposé une promenade aux environs de la plage que j'ai acceptée avec enthousiasme, imaginant une douce ballade dans un cadre tout aussi serein. Mon imagination avait fait fausse route. Même si l'air était frais et le vent, élevé, le soleil brillait ; la plage était animée et le bruit, abasourdissant. Scheveningen était en fait une véritable station balnéaire. Des tas de vacanciers étaient sur place, dans les rues, les boutiques, les restaurants, mais surtout sur la plage. Une plage imposante qui longeait la mer du Nord sur plusieurs kilomètres. Que je regarde devant moi ou derrière moi, elle s'étirait, grandiose, à perte de vue, jusqu'à l'horizon.

Nous avons marché paresseusement dans le sable, contournant les gens étendus au soleil. Nous restions éloignés de l'eau, car avec le vent impétueux, les vagues nous éclaboussaient vraiment. Je les voyais se briser avec fracas sur les pilotis du quai, énorme construction métallique qui s'avançait loin dans l'eau. Cette mer agitée ne semblait pourtant pas apeurer les amateurs de surf, présents en grand nombre ; ils paraissaient plutôt comblés. Je tanguais presque, seulement à les regarder tenter de rester en équilibre à la crête des grandes vagues. J'ai eu un frissonnement, Jan a passé son bras autour de mes épaules. Nous avons poussé notre promenade jusqu'aux dunes, où peu de vacanciers s'aventuraient. Nous y avons croisé seulement un couple à cheval et un groupe d'enfants jouant au foot dans les herbes hautes. Endroit étrange pour un tel sport, mais les enfants s'amusaient réellement, leur joie était sincère. Jan a voulu faire une partie avec eux. Je me suis rendue ridicule, je ne connaissais pas les règles du jeu et le terrain était plutôt accidenté. Les gamins s'esclaffaient bruyamment, Jan riait de son rire puissant et profond, je riais aussi. Même si la partie était fort agréable, nous avons pensé qu'il valait mieux laisser les garçons poursuivre sans nous, je risquais sérieusement de me casser une cheville. Nous sommes retournés vers le centre de la plage. En groupe ou en solitaire, les surfeurs abandonnaient la mer. Le vent s'était calmé, la surface de l'eau n'était plus que de légères ondulations.

Nous nous sommes arrêtés à un restaurant dont la terrasse donnait à même le sable. Le soleil se couchait et s'effaçait doucement en laissant dans le ciel rosé des rayons encore éclatants, et sur la mer violette, des miroitements resplendissants. Le spectacle était féerique. Assise aux premières loges, j'aurais pu m'amalgamer aux intenses couleurs du couchant et disparaître à l'horizon tel un soleil affaibli offrant à la mer sa dernière prestation. Partir en beauté pour revenir plus forte dès le matin suivant. Jan, lui, ne voyait rien du coucher de soleil, ses yeux étant trop occupés à tenter de percer le tissu de mes vêtements. Deviner mon corps nu sous mon jean et mon épais chandail. Peut-être était-ce ma dernière prestation que je lui offrirai ce soir. Pourtant, malgré mon cœur brisé, déchiré, complètement déchiqueté, j'avais encore l'envie d'aimer, l'envie de renaître à l'aube d'un jour nouveau.

# 16

Nous avons passé les jours suivants seuls à la villa. Nous parlions peu, nous faisions souvent l'amour, c'était comme une thérapie de corps, je m'exorcisais. Même loin de tous et de tout, Jan s'occupait de ses affaires à longueur de journée. Les heures de solitude, si le temps était clément, je les passais au bord de la piscine. J'évitais le spa, je craignais y trouver ou plutôt y attraper une bébitte prurigineuse. Si le ciel était nuageux ou l'air trop frais, je m'installais, avec un livre, sur la galerie couverte et chauffée ou sur un des grands fauteuils du petit salon attenant à ma chambre. Jan avait une bibliothèque imposante. La plupart des ouvrages étaient en néerlandais, mais j'y avais trouvé plusieurs titres en anglais et même quelques-uns en français. Je lisais beaucoup. Les soirées, Jan me les réservait. Vers vingt heures, il faisait livrer le souper qu'il commandait d'un traiteur gastronomique qui avait pignon sur rue à quelques mètres de la villa. On aurait dit qu'Orkid, qui avait quitté les lieux le soir même de la réception, avait apporté toute la cuisine et son équipement, de sorte que nous n'avions plus aucun ustensile pour cuisiner. Il va sans dire que ce n'était pas le cas. Mais pourquoi nous serions-nous fatigués à tenter de concocter des plats ordinaires alors que Jan pouvait payer des professionnels pour nous charmer les papilles de mets exquis ? Mets que nous accompagnions toujours d'une généreuse quantité de vin, et parfois d'autres alcools. Les soirées s'écoulaient alors dans un état d'engourdissement et de légère ivresse jusqu'à une heure tardive. Après m'avoir accordé quelques instants d'intimité, Jan désertait le grand lit blanc dans lequel je m'endormais sans lui et me réveillais, au matin, tout aussi esseulée. Je le retrouvais généralement assis à son bureau, devant l'ordinateur ou au téléphone. Une seule fois, je l'ai trouvé dans une tout autre pièce, dans une chambre spacieuse et très luxueuse. La décoration y était de couleurs foncées et de bois massif, c'était la chambre de Jan. Je l'avais cherché en frappant à toutes les portes closes de l'étage, c'est la dernière qui s'était ouverte à la volée. Avant même que j'aie compris ce qui se passait, j'avais été soulevée de terre et déposée sur un lit très large, presque immense. Jan était complètement nu, fraîchement douché, son corps était ruisselant, ses cheveux trempés. Il m'avait rapidement débarrassée de mon peignoir en faisant frémir mon corps sous ses doigts et ses lèvres caressantes. Ce matin-là, nous avons fait l'amour lentement et longtemps. Son lit était chaud, imprégné de son odeur, de la lourdeur de son corps, j'y serais restée éternellement. Mais le téléphone a sonné et peu après Rijck s'est pointé à la villa.

Après m'avoir saluée poliment, il a présenté un magazine à Jan. Celui-ci a eu un mouvement d'humeur dès qu'il a posé les yeux sur la couverture. Il a rapidement feuilleté les pages et, l'air furieux, est sorti promptement de la pièce, après avoir lancé quelques mots en néerlandais à l'adresse de Rijck. Curieuse, j'ai versé un café à notre invité en lui demandant quelle était la cause de cet émoi. Rijck a déposé sur la table, juste sous mes yeux, un autre exemplaire du magazine.

— J'ai pris une copie juste pour toi. Je crois que tu auras envie de la garder. Car, vois-tu, on dirait bien que tu es la vedette de l'heure.

Je suis restée bouche bée, immobile durant quelques secondes, je n'en revenais tout simplement pas : je faisais la première page d'un journal à potins. La photo avait été prise ici même, dans cette villa, le soir de la réception. Je ne pouvais pas lire le gros titre, mais j'y voyais mon nom, Tara Vallières, écrit correctement, en grosses lettres, à côté de celui de Jan Van Der Linden. J'ai jeté un coup d'œil interrogateur à Rijck, mais sous l'effet de la surprise, j'étais incapable de parler.

— Sur la page couverture, on présente seulement Tara Vallières, la nouvelle flamme du richissime célibataire Jan Van Der Linden, mais si tu vas à la page onze, il y a tout un article qui parle de toi.

J'ai ouvert la publication à la page onze. Il y avait d'autres photos de moi, il y en avait même une avec Mrs Van Der Linden et une autre qui présentait le saphir en gros plan. L'article faisait toute une page, mais je n'y voyais que des mots étrangers. Toutefois, j'ai bien reconnu le nom de la journaliste : Jolanda Van Bergen.

— Jolanda ! Je croyais qu'elle était musicienne, je ne savais pas qu'elle était aussi journaliste.

— On ne sait pas ce qu'elle est au juste. Peut-être est-elle journaliste ou peut-être est-elle une joueuse de tam-tam qui a voulu se faire un peu d'argent en écrivant n'importe quoi dans un journal miteux qui ne vérifie pas ses sources.

— Qu'est-ce qu'elle dit de moi ?

Dans son article, Jolanda m'avait mise à nue. Elle me dépeignait comme si elle m'avait connue dans tous mes moindres détails. Je suppose que c'est ce qu'elle faisait toutes les fois où elle m'avait examinée presque effrontément au cours de cette soirée. Elle m'avait observée, décortiquée, disséquée pour arriver à tout savoir de moi. Elle soulignait des choses évidentes, telle la couleur de mes yeux, de mes cheveux, de mon rouge à lèvres. Elle mentionnait aussi ma taille, qu'elle avait vue juste, et mon poids, auquel elle avait ajouté deux kilos, la chipie. Elle décrivait ma robe Valvo, en précisant qu'elle était probablement de seconde main. Elle nommait aussi mon parfum, *Allure Sensuelle* de Chanel. Je doute que ce soit son flair qui lui ait révélé cette information, ce devait plutôt être sa source, Mathieu, qui avait partagé une chambre avec

173

moi avant de se prélasser dans un spa avec elle. Elle dévoilait également mon âge, vingt-sept ans, qu'elle apposait à celui de Jan, cinquante-trois ans. Elle faisait toute une histoire de ma vie, mon enfance sans frère ni sœur, ma mère avocate à Montréal, mon père dentiste à San Francisco, mes quatre chats, mon petit appartement modeste, ma dépendance à la caféine, mon allergie pour la vitesse en voiture, alors que mon ancien prétendant roulait en Porsche. Elle terminait en supposant que Jan était pour moi un héros puisqu'il m'avait libérée de prison à la suite d'une fausse accusation pour vol de voiture. De cela, elle n'en est pas si certaine parce qu'il lui semble bien que j'ai un faible pour les voitures luxueuses, à moins que ce ne soit pour les hommes nantis qui les conduisent.

Les coudes sur la table, le menton dans les mains, j'ai écouté Rijck me traduire tout cet article qui parle de moi. C'en était trop ! Je me suis mise à rire. Dans son regard, je voyais bien que Rijck avait aussi envie de rire, mais il se contenait car Jan approchait. Son air hébété n'a fait que redoubler ma crise d'hilarité. N'en pouvant plus de se retenir, Rijck a éclaté à son tour. Après une minute ou deux à me dilater la rate, je me suis calmée un peu. Jan était toujours debout, à côté de moi, l'air grave.

— Tu sais, Jan, elle avait une bonne source, c'est la vérité qu'elle dit. Il est vrai qu'elle termine sur un ton un peu sarcastique, mais bon, il n'y a pas de quoi en faire un drame.

— On s'en reparlera dans un an, lorsque ça fera la cinquantième fois que tu verras ton nom imprimé dans le journal. Et je n'ai pas cinquante-trois ans, je n'ai que cinquante-deux ans, du moins encore pour quelques semaines.

À voir Jan si irrité, le fou rire nous a repris, à Rijck et à moi. Jan a haussé les épaules et a quitté la pièce, nous laissant tous deux à notre franche gaieté.

Moins d'une heure plus tard, nous étions en route vers Amsterdam. Nous avons fait tout le trajet en silence. À l'hôtel, Jan m'a
laissée à la porte de ma chambre et est parti vers sa suite ou vers le
cabaret, je ne sais pas. Seule, dans une chambre d'hôtel impersonnelle, j'ai ressenti un vague à l'âme me gagner doucement. J'avoue
que ma vie me manquait, Montréal, ma famille, ma copine Ève et
même Félix, lui qui m'avait tant fait souffrir, lui que j'oubliais un
peu plus chaque jour, voilà que son image revenait me hanter. J'ai
pris le téléphone.

— Allo ! a répondu Ève de sa voix enjouée.

— Ève, je suis tellement contente d'entendre ta voix, je me sens
seule et j'ai failli appeler Félix…

— Mais… où es-tu ? Tu es revenue à Montréal ?

— Non, non, je suis toujours à Amsterdam.

— Alors pourquoi te sens-tu seule ? Le beau trompettiste n'a pas
réussi à te faire oublier l'autre bozo ? S'il pouvait aller brûler en
enfer, celui-là. Tu as bien fait de m'appeler, ce n'est certainement
pas le crétin qui t'aurait réconfortée.

— Tu n'es pas obligée d'être méchante avec Félix.

— Écoute, Tara, tu dois passer à autre chose. Si le mignon p'tit
musicien n'est pas assez habile pour t'aider à aller au-delà de Félix,
je te conseille de revenir vite à Montréal. Car, moi, j'ai l'homme
idéal et parfait dans la poche…

— Ève, tu ne vas pas recommencer avec M. Hanks.

— Arrête-moi le Monsieur, ma chère, parce que le sublime
Charles Hanks s'inquiète sérieusement de toi. Lorsqu'il a su que tu
avais eu un accident de voiture nécessitant une absence prolongée,
il s'est empressé de te faire livrer des fleurs.

— Voyons, il aurait fait ça pour n'importe quel employé.

— Non, vraiment pas, j'ai même des preuves. Quand Colette, la directrice au recouvrement, a eu un malaise cardiaque le mois dernier, elle n'a rien reçu. Et Sophie, à la paie, elle n'a rien eu non plus lorsqu'elle s'est cassé la jambe en glissant sur une plaque de glace juste devant notre immeuble. Tu vois, les autres n'ont rien, mais toi, tu reçois un bouquet extraordinaire. Tes fleurs sont vraiment belles dans mon salon.

— Dans ton salon !

— On ne veut pas que qui que ce soit au bureau sache que tu es en voyage et non pas en convalescence comme tu es censée l'être. Alors je suis allée chez toi attendre les fleurs et je me suis permis de les apporter chez moi. J'ai aussi envoyé un mot de remerciement en ton nom à notre noble et éblouissant patron.

— À t'entendre parler, on dirait que tu veux le garder pour toi, le beau M. Hanks. De toute façon, je n'en ai pas besoin. Ici, j'ai un patron encore mieux que Charles Hanks.

— Un patron ! Comment ça, tu t'es trouvé un job ?

J'ai éclaté de rire avant de me lancer dans le récit de toute mon histoire. Évidemment, je n'ai pas parlé de Fabrice qui se faisait passer pour Damien, ni de la tentative d'enlèvement dont j'avais été victime. Je n'ai mentionné que les bons moments du voyage. Lorsque j'ai raconté à ma collègue et amie que je faisais la une d'un journal à potins néerlandais, elle est tout à fait devenue hystérique.

— J'en veux une copie immédiatement. Tu m'entends, Tara Vallières, je veux tous les détails. Si je pouvais mettre ça sous le nez du bozo. Ah ! Ah ! Ah !

— Continue de parler ainsi et c'est certain que je ne t'enverrai rien, Félix n'a pas à voir ça.

— Fais donc à ta tête, je vais sûrement trouver ça quelque part sur Internet.

— Je n'en suis pas si sûre, ce n'est qu'un petit magazine à sensations.

— On verra bien ! Allez, je dois te quitter, j'ai le vil Félix à faire rager et le sublime Charles à faire rêver. Bye !

— Ève…

Elle a raccroché. Mais qu'est-ce qu'elle essaie de faire ? Elle veut gérer ma vie et mes amours. C'est vrai que dans ce domaine je ne suis pas très douée. Mais Charles Hanks, tout de même, je ne crois pas être à la hauteur d'un tel homme. Puis Félix, je doute qu'il se sente menacé par une photo de moi en compagnie d'un autre homme. Au contraire, il sera soulagé de voir que je ne me préoccupe plus de lui et de sa Marie-Ange. Voilà, j'ai appelé Ève parce que j'avais besoin d'une oreille amicale et tout ce qu'elle a réussi à faire, c'est me mettre tout à l'envers.

Plutôt que de sombrer dans une triste mélancolie, j'ai choisi de descendre à la réception où j'ai pris quelques brochures qui vantaient les attraits historiques de la ville. Puis je suis sortie dans la rue. Le temps était nuageux, peu propice à effacer cette amertume qui m'habitait. J'ai regardé les dépliants que je tenais à la main, sans décider ce que j'irais voir, puis je les ai enfouis au fond de mon sac. Sous le ciel couvert, je me suis promenée dans les rues qui sillonnaient la ville et qui traversaient ses multiples canaux. La lumière du jour baissait doucement, mais je ne m'inquiétais pas. Du coin de l'œil, je pouvais voir le garde de sécurité qui me suivait discrètement. La nuit tombait et les maisons s'illuminaient, la ville était belle. Elle s'activait, délaissait sagement les lourds impératifs du jour pour s'abandonner aux douces libertés de la nuit. Et moi, j'avais une tristesse au fond du cœur, une tristesse qui m'avait quittée, du moins je l'avais cru, durant les journées que j'avais passées en compagnie de Jan. Voilà que maintenant elle ressurgissait, me laissant comprendre qu'elle ne s'effacera pas si facilement, qu'une thérapie de corps n'était vraisemblablement pas suffisante.

Il faisait maintenant complètement nuit. J'avais marché une heure, peut-être deux. J'étais devant le *woonboot* couleur de mer, couleur de rêve. J'aurais voulu traverser la passerelle de tôle blanche, m'avancer sur le pont couvert de bleu et frapper à la porte. Je restais de l'autre côté de la rue, j'observais les ombres légères se mouvoir derrière les volets clos. J'attendais. J'espérais. Mais quoi ? À l'intérieur, les lumières se sont éteintes, la porte d'entrée s'est ouverte, Émilien et Danti sont sortis. J'ai voulu m'éloigner, mais il était trop tard, j'avais déjà été repérée. J'ai traversé la rue, faisant comme si j'arrivais à l'instant. Danti m'a aperçue la première, et le sourire aux lèvres, comme à son habitude, elle s'est avancée vers moi pour me faire la bise.

— Tara, quelle heureuse surprise ! Depuis quand êtes-vous rentrés, Jan et toi ?

— Oh ! depuis quelques heures seulement.

— Salut, ça va ? s'est contenté de m'envoyer Émilien.

— Oui, merci, ça va, je ne veux surtout pas vous déranger. J'ai abouti ici sans même m'en rendre compte, en déambulant dans les rues.

— Tu ne nous déranges pas du tout, nous allons au cabaret, nous travaillons ce soir. Tu veux marcher avec nous ? m'a demandé la belle Indonésienne.

— Avec plaisir.

Émilien restait silencieux, alors que Danti parlait sans arrêt, me questionnant sur mon emploi du temps pour le reste du voyage.

— Je n'en ai aucune idée, lui ai-je avoué en sortant les brochures de mon sac.

— Laisse tomber ces brochures, je me charge de te faire visiter tout ce qu'il y a d'intéressant en ville.

— Bon ! Je suppose que je vais perdre ma blonde pour les deux prochaines semaines, a répliqué Émilien sur un ton exaspéré.

— Désolée ! ai-je dit avec une pointe d'innocence dans la voix et le regard.

— Si au moins Mathieu était resté, j'aurais pu faire le tour des *coffeeshops* avec lui pendant que vous auriez visité les musées. Mais non, il a fallu qu'il parte au Luxembourg... et qu'il emmène Jolanda avec lui. Alors même si j'ai trois jours de congé qui approchent, je n'irai surtout pas les déranger.

C'était évident qu'Émilien avait délibérément glissé le nom de Jolanda dans la conversation, dans le seul but de me faire savoir que Mathieu n'était pas parti seul au Luxembourg.

— Et... tu as eu des nouvelles de Mathieu depuis qu'il est au Luxembourg ? ai-je demandé d'une voix hésitante.

— Il m'a envoyé quelques *mails*, il joue de la trompette dans un hôtel qui appartient à Jan. Il fait de l'argent, il aime ça.

— C'est bien, alors ?

— Oui, c'est sûr, mais il était quand même venu à Amsterdam pour qu'on passe du temps ensemble. On ne se verra pas beaucoup finalement, a conclu Émilien en me jetant un regard accusateur.

Émilien était déçu que le séjour de Mathieu ait été écourté et semblait me tenir responsable du départ imprévu de son meilleur ami. Ne voulant pas créer de malaise, Danti s'est empressée d'expliquer le vrai problème.

— Tu sais, Tara, Mathieu compte beaucoup pour Émilien. Ça n'a pas toujours été facile pour lui à l'école quand il était adolescent, et c'est toujours Mathieu qui prenait sa défense quand une bande de voyous voulait le tabasser…

— C'est bon, Danti, tu n'as pas besoin de raconter tout ça, a rétorqué Émilien brusquement.

— Il a longtemps été son seul ami, a ajouté Danti à voix basse. C'est grâce à Mathieu si Émilien a réussi à acquérir un peu de confiance en lui.

— Mathieu, maître de la confiance en soi, je n'en suis pas du tout étonnée, ai-je répondu sur le même ton.

— Ah ! Les filles ! Ce n'est pas parce que vous chuchotez que je n'entends pas ce que vous dites, je suis juste à côté, après tout.

Pour ne pas fâcher davantage son compagnon, Danti s'est empressée d'enchaîner avec tout ce qui lui passait par la tête ; que ce soit à propos de mon séjour à Scheveningen ou bien des musées et des monuments que nous visiterions dans les jours à venir. Émilien, quant à lui, s'est plongé dans un mutisme et n'en est pas sorti jusqu'à notre arrivée au cabaret.

Au cabaret, il n'y avait pas encore de clients, seulement quelques employés qui s'installaient et préparaient l'endroit en vue de la soirée qui allait bientôt s'amorcer. Je pensais m'asseoir à une table et attendre le spectacle, mais Danti, ne voulant pas me laisser seule, m'a entraînée vers les coulisses. Il y avait là toute une fébrilité : les filles se promenaient d'une cabine à l'autre, certaines à peine vêtues de leurs sous-vêtements, cherchant un bâton de rouge, un parfum quelconque ou un bustier à paillettes. Par les portes ouvertes de certaines loges, je pouvais voir les garçons qui, pour leur part, étaient plus calmes, assis confortablement dans de grands fauteuils, sirotant une boisson ou grattant une guitare.

Jan n'était pas au cabaret. Je ne l'apercevais nulle part dans les loges, pas plus que je ne l'avais vu dans la salle en arrivant. Il devait avoir des affaires à régler à l'extérieur ou peut-être qu'il était resté à l'hôtel, dans sa suite, séparé de moi, préférant s'éloigner. Maintenant que nous avions quitté l'oasis de sa villa, peut-être n'avais-je plus d'attrait pour lui et avait-il envie de retourner à ses habitudes.

Danti partageait une loge avec Sheryl, la chanteuse au corps peint que j'avais vue lors de ma première soirée à Amsterdam. Cette fois-ci, Sheryl avait troqué la peinture dorée contre une magnifique robe de mousseline blanche des années 1950, qui lui enlaçait la taille et dont la crinoline gonflait la jupe. Sheryl était une femme d'environ trente ans, à la personnalité réservée et au maintien distingué. Ce qui la rendait difficile d'approche. Cependant, elle était empreinte d'une certaine dose de chaleur.

À peine étions-nous entrées dans la loge que le va-et-vient a commencé. Fussy a poussé la porte telle une tempête tropicale. Sans nous voir, Sheryl et moi, elle s'est dirigée droit sur Danti et s'est mise à la questionner en néerlandais. La belle Indonésienne lui a fait, dans la même langue, une réponse qui ne lui a pas plu, elle est sortie de la loge en s'exclamant avec virulence. Elle semblait même vociférer des injures à l'égard de Missy, dont j'avais pu capter le nom. La tempête venait de se changer en ouragan. Les perturbations se sont poursuivies aussitôt avec l'arrivée de Cassidy, qui a omis de me saluer même si son regard a croisé le mien. Avant même que l'on sache ce qu'elle désirait, une autre fille est entrée dans la loge tel un cyclone, demandant avec empressement un fer à friser. Dans cet incessant tourbillon de femmes agitées, seules

Danti et Sheryl restaient en contrôle. Elles étaient comme des roseaux qui plient avec souplesse et dont les tiges suivent le mouvement des grands vents. Moi, j'avais le vertige à voir toutes ces filles courir, crier et parfois même pleurer. Avant d'être prise de nausée, j'ai prévenu Danti que j'allais m'installer à une table dans le calme de la salle de spectacle. Toutefois, en sortant de la loge, j'ai failli être bousculée par Missy, complètement déroutée, qui était poursuivie par une Fussy tout à fait enragée. Celles-ci m'ont devancée jusqu'à l'extérieur des coulisses, d'où je suis sortie pour trouver Missy debout sur le bar, en larmes, le maquillage défait et une bretelle de sa légère robe arrachée. Fussy, retenue par deux musiciens, tentait, les griffes en avant, d'attraper sa compagne tout en crachant une série de mots qui ne devaient pas être jolis à entendre pour ceux qui les comprenaient. Sassy, appelée à la rescousse, je suppose, est arrivée en courant pour essayer de raisonner la jeune femme hystérique, mais elle s'est écartée brusquement : elle venait de recevoir une gifle qui laissait déjà une trace rosée sur sa joue gauche. Dans ses yeux, j'ai vu la colère la gagner à son tour, mais avant qu'elle ne s'emporte tout à fait, son attention a été détournée par la grande porte du cabaret qui s'ouvrait. Suivi de Rijck et de Constantijn, Jan entrait. Sassy et Fussy se sont calmées d'un coup. Il n'y avait là aucun doute, Jan avait un pouvoir infaillible sur ses employés, ou sur les femmes. Rijck a aidé Missy à descendre du bar et Jan a raccompagné les trois chanteuses dans les coulisses. Il est revenu une dizaine de minutes plus tard et ce n'est qu'à ce moment qu'il m'a aperçue, assise à une table devant la scène, discutant avec Constantijn qui se remettait tant bien que mal des blessures que mon agresseur lui avait infligées lors de la tentative d'enlèvement. Avant de me rejoindre, Jan a fait signe à une serveuse et le champagne nous fut servi sans tarder. Constantijn s'est éclipsé après n'avoir bu qu'un seul verre. Il aurait dû garder le lit, car ses côtes le faisaient toujours souffrir.

Jan et moi sommes restés en tête-à-tête. Le fond de tristesse qui assombrissait mon cœur m'avait enfin quittée. En voyant la lueur verdoyante danser dans le regard de mon amant, j'ai su aussitôt qu'il ne cherchait pas à s'éloigner de moi. Et comme ce premier soir, Jan a passé toute la soirée à mes côtés à remplir mon verre de champagne, à enfiler les tchin-tchin, les rires, les frôlements, mais cette fois-ci il y ajoutait les caresses et les baisers. Tous les gens présents, autant ceux qui avaient lu l'article de Jolanda que ceux qui n'en avaient pas pris connaissance, savaient maintenant que j'étais la nouvelle flamme du richissime célibataire Jan Van Der Linden. Il m'avait exhibée à sa villa au bord de la mer, désormais il m'exposait dans son cabaret, en plein cœur de la ville. Même si cette parade m'intimidait, mon ego en était grandement flatté. Je ne voulais plus rentrer à Montréal, Amsterdam était bien plus riche en spectacles de toutes sortes. Parfois, j'en étais même la vedette.

Ce n'est que bien plus tard dans la nuit, au dernier étage de l'hôtel, allongés l'un contre l'autre dans le grand lit de sa suite, que Jan m'a appris qu'il s'était rendu en début de soirée, avec Rijck et Constantijn, au commissariat de police pour identifier mon agresseur. L'individu avait été arrêté un peu plus tôt dans la journée pour un délit mineur. Il avait trop parlé durant son interrogatoire et avait lui-même avoué être l'auteur de la tentative d'enlèvement à mon égard. Cependant, cette arrestation n'éclairait aucunement toute cette affaire. Le type en question aurait agi sous les ordres d'un tiers qu'il ne connaissait pas et qu'il lui était impossible de reconnaître. On lui avait seulement donné comme instruction de m'enlever, en s'assurant de ne pas me blesser, et de me déposer à l'aéroport.

— À l'aéroport ! On veut donc me faire quitter le pays !

— C'est possible, en effet.

— Mais qui ? Fabrice ? Et pourquoi ?

— La police n'en sait encore rien, Tara. Elle n'a aucune information sur le supposé cerveau de cette affaire, sauf qu'il n'est probablement pas néerlandais puisqu'il parlerait, selon l'agresseur, avec un accent.

— Quel genre d'accent ?

— Peut-être un accent français, belge ou même, bizarrement, allemand.

— Allemand ! Mais il doit dire n'importe quoi ! ai-je répliqué avec colère, la police se moque de nous, Jan.

— Tara, calme-toi. À cette étape-ci, il est encore difficile de déterminer quoi que ce soit. Mais ne t'en fais pas, dès que les policiers auront plus de renseignements, ils entreront en contact avec moi.

Au cours des jours qui ont suivi, nous n'avons reçu aucune information supplémentaire à ce sujet. Tout était rentré dans l'ordre, je ne me préoccupais plus de cette affaire, j'avais même fini par l'oublier. J'étais à Amsterdam après tout. Même si Jan travaillait beaucoup, je ne m'ennuyais aucunement. Je visitais les différents attraits, parfois seule, souvent avec Danti, qui était une guide exceptionnelle. Les soirées, que je passais toujours en compagnie de Jan, débutaient habituellement au restaurant, pour se poursuivre au cabaret et se terminer à l'hôtel, où je partageais officiellement la suite de Mr. Van Der Linden ; tous mes effets personnels y avaient été portés et j'avais maintenant ma propre clé. Lorsque Jan avait à faire à l'extérieur de la ville, il me demandait toujours de l'accompagner. En plus d'Amsterdam, j'avais vu bien d'autres villes, toutes aussi pleines d'attraits les unes que les autres. Évidemment, j'ai visité Den Haag, tout à côté de Scheveningen. J'ai également découvert Rotterdam, dont l'architecture moderne et éblouissante contrastait nettement avec le reste de la Hollande. Les intenses bombardements lors de la Seconde Guerre mondiale ayant détruit une bonne partie de la ville, celle-ci avait dû être reconstruite, non pas à partir de ses vieilles pierres, mais de matériaux nouveaux qui, aux portes du plus grand port du monde, exhibent une des cités les plus modernes d'Europe. J'avais la tête continuellement remplie d'images pittoresques et idylliques auxquelles s'ajoutait le charme incontestable de Jan. Chaque fois qu'il était près de moi, mon corps s'enflammait et ma tête s'égarait. Je ne pensais presque plus à Félix, je vivais au jour le jour, j'ai même oublié de rentrer à Montréal. L'avion que je devais prendre est donc parti sans moi. En vérité, je n'avais pas vraiment oublié, mais lors de la dernière soirée de mon séjour, Jan m'a fait une proposition que j'ai été incapable de refuser.

Après avoir soupé d'un succulent repas où, encore une fois, l'alcool coulait à flots, Jan m'avait fait monter dans une embarcation semblable aux bateaux-mouches qui sillonnent les canaux de la ville, mais plus luxueuse, plus intime aussi, Jan et moi étions les seuls passagers. Il est vrai que la promenade en bateau-mouche est encore plus magnifique de nuit que de jour. Je ne sais pas si c'était à cause de toutes ces lumières qui coloraient la ville de halos irréels ou bien si c'était la compagnie de Jan qui créait cette atmosphère simultanément étrange et merveilleuse, insaisissable et palpable. Peu importe ! En pleine nuit, vue d'un bateau voguant sur les canaux, la beauté d'Amsterdam est saisissante. C'est, à la fois, la plus belle toile, jumelée à une musique divine, arrosée du meilleur vin, accompagnée de magie, de légèreté, de liberté. Je ne savais plus si j'étais ivre d'alcool, de caresses ou de beauté, tout ce que je peux affirmer, c'est que j'étais ivre. Une douce ivresse qui me quittait rarement, que j'aimais entretenir. Au tournant d'une brume alcoolisée, la vie était aussi enchanteresse qu'Amsterdam en pleine nuit. Tout y était flou et éclatant. J'avais le sentiment que le monde m'appartenait, que je contrôlais mon destin. Mes sens s'en trouvaient continuellement rassasiés. Puis tout était devenu encore plus magique lorsque Jan avait passé ses mains autour de mon cou pour y attacher un collier d'or blanc au bout duquel tintaient cinq clochettes de quartz rose, chacune enchâssée dans un bloc de diamants.

— Celui-là, tu peux le porter où tu veux, il est à toi, c'est un cadeau que je désire t'offrir.

Toutefois, il y avait une condition rattachée à ce présent. Si je choisissais de garder le collier, ce n'était pas pour Montréal que je partirais le lendemain, mais pour une tout autre destination. J'ai accepté aussitôt, sans penser aux conséquences, oubliant que j'aurais dû être de retour au bureau le lundi suivant. Mieux valait pour moi perdre mon emploi ; rentrer à Montréal était trop risqué, je pouvais y tomber sur Félix en tout temps et m'y perdre à nouveau. Puis, après tout, l'offre de Jan était fort alléchante.

# 17

À la terrasse d'un restaurant gastronomique, j'étais attablée devant un festin, véritable louange à la mer, qui enchantait mes papilles, alors que mon regard se délectait du paysage méditerranéen que surplombaient le Rocher et le Palais du Prince. Il paraît que les premiers sédentaires à s'être installés sur le Rocher étaient des gens sobres à bien des égards, tout en étant, cependant, infatigables au travail. C'était il y a près de quatre mille ans. Aujourd'hui, dans le fourmillement des plaisirs et du faste qui se déploie sans cesse à Monaco, il est impossible de voir quelque trace que ce soit des Ligures, ces habitants d'autrefois. Sauf, peut-être, dans certains musées des alentours. Depuis la veille, je ne voyais autour de moi qu'un étalage somptueux de luxe, de richesses et de personnalités en vogue. J'avais déjà croisé plusieurs figures connues, dont Bryan Adams et Melody North, top-modèle d'origine norvégienne. C'est à mon grand étonnement qu'ils avaient accepté l'invitation de Jan et qu'ils avaient pris, un peu plus tôt, l'apéritif avec nous. Comme je l'avais déjà remarqué plusieurs fois, Jan, en plus d'avoir l'habitude des musiciens et des belles femmes, aimait leur compagnie et était très à l'aise à converser avec eux. Pour ma part, je n'avais aucun problème face à des gens ordinaires, mais devant un populaire chanteur rock et une top-modèle, tous deux de renommée internationale, j'en perdais mes moyens, j'étais incapable d'aligner plus de deux mots. Je me sentais comme un enfant benêt qui craint de renverser son verre de jus de raisins sur la nappe trop blanche devant les grandes personnes qui discutent entre elles. J'étais nerveuse. Bryan Adams était, quant à lui, d'un flegme imperturbable, alors que Melody North, en plus d'avoir la parole facile, possédait une grâce et une beauté qui s'agençaient bien avec Monaco. Le corps fin et élancé, les cheveux blonds, les yeux noisette et le teint suffisamment doré, elle avait tout pour attirer les regards masculins. Sa robe jonquille au décolleté plongeant mettait en valeur le rubis en cœur qui, suspendu à une longue chaîne de diamants, se balançait avec délicatesse entre ses seins. Aux côtés de Melody North, il va sans dire que je faisais piètre figure. Je devais avoir autant de classe que les Ligures d'autrefois, alors que la jeune mannequin avait toute l'élégance de la défunte princesse Grace. Je fus soulagée lorsqu'au bout d'environ trois quarts d'heure Jan avait prié Melody de nous excuser, une table pour deux nous attendait sur la terrasse ; Bryan Adams, lui, avait déjà quitté les lieux depuis une bonne demi-heure. D'après ce que j'avais écouté du bavardage de Melody, elle ne le connaissait même pas, elle l'avait seulement abordé une vingtaine de minutes avant notre arrivée. Je crois qu'il avait profité de notre présence pour s'éclipser, la jeune femme avait beau être telle une sylphide, elle était du type plutôt accaparant. Heureusement, elle nous a laissés, Jan et moi, souper en tête-à-tête. J'ai vite oublié sa présence et celle de ces belles femmes tout autour, grâce au repas copieux et au décor enchanteur. La mer Méditerranée s'étirait jusqu'à l'horizon tout en faisant rouler ses vagues presque à mes pieds. L'air salin agissait sur moi comme un vent agréable chassant les mauvaises pensées, l'amertume et la mélancolie.

Après le repas, nous avons marché lentement, main dans la main, jusqu'au casino de Monte-Carlo. La veille, à notre arrivée en fin de journée, nous y avions passé plusieurs heures au cours desquelles Jan avait perdu une quantité astronomique d'argent. J'étais restée à ses côtés, sans oser dire quoi que ce soit, respirant à peine, souhaitant que la chance lui sourie. Je n'avais rien de la poulette porte-bonheur qui pousse des cris de joie en sautant sur son soupirant chaque fois qu'il fait un bon coup et rapporte un gros magot. Cette fois-ci, j'ai préféré me tenir loin des tables de roulette, de black-jack ou de craps et laisser Jan être le seul maître de sa chance. Celui-ci a approuvé lorsque je lui ai dit vouloir essayer les machines à sous. Mais avant que je ne parte de mon côté, il a sorti de son porte-monnaie une liasse de billets de banque qu'il a déposée au creux de ma main. J'en suis restée saisie. Durant plusieurs secondes, sans bouger, j'ai regardé les billets de cinq cents euros que j'avais dans la main, puis j'ai levé des yeux étonnés sur Jan.

— Tu iras faire de la monnaie pour les machines.

Quelque peu choquée et confuse, j'ai remis à Jan ses billets de banque.

— Merci, mais j'ai déjà de la monnaie.

J'ai tourné les talons et, encore toute bouleversée par le geste de Jan, je me suis assise devant la première machine à sous que j'ai aperçue. Non mais, tout de même, je n'en étais pas encore à accepter des cadeaux en argent liquide. Et certaines paroles prononcées par Mathieu sont remontées jusqu'à ma conscience : « … ce que je vois dans ton jeu, c'est plutôt un penchant pour les comptes en banque bien garnis ». Pour être garni, le compte en banque de Jan, ça, il devait bien l'être ! Je ne sais pas si l'Univers tentait de m'envoyer un message, mais j'avais à peine déposé une dizaine de pièces dans la machine que celle-ci s'est mise à en cracher par centaines. Ne m'attendant pas à gagner quoi que ce soit, je n'avais même pas pensé à prendre un contenant pour recueillir mes gains. C'est une dame, âgée d'une soixantaine d'années, assise à ma gauche, qui m'a remis quatre des cinq contenants vides qui s'alignaient devant elle.

— Dépêchez-vous à les remplir et à filer, jeune fille, car le type qui jouait là avant vous était fou furieux lorsqu'il a quitté son siège. J'espère pour vous qu'il ne repassera pas par ici, il a bien dû perdre cinq mille euros dans cette machine.

Et moi je calculais que cinq mille euros, ça correspondait à ce que Jan voulait me donner il y avait à peine un instant ainsi qu'à ce qui sortait maintenant de la machine. Je n'ai pas eu assez des quatre récipients de ma voisine, un employé est venu me prêter main-forte, mais avant de le suivre vers la caisse avec mon butin, j'ai pris un de mes *pots of gold*, le plus plein, et je l'ai remis à l'aimable dame, qui, l'œil humide, m'a répondu par un sourire qui contenait bien plus qu'un seul merci.

Une fois mon argent en poche, je me promenais entre les joueurs, certains avaient l'air heureux, la plupart arboraient un visage grave. De loin, à une table de craps où l'émoi était palpable, j'ai aperçu Jan qui affichait un air fier et vainqueur. En voyant la montagne de jetons qui s'entassaient devant lui, j'ai compris que sa chance avait tourné. Cette vague de chance lui venait probablement de Melody North, qui, à chacun de ses bons coups, poussait des cris de joie en lui sautant au cou. J'ai voulu tourner les talons, mais une voix perçante criant mon nom à travers les « oh ! » et les « ah ! » de la foule m'a figée sur place.

— Tara Vallière, non, je rêve, ce n'est pas possible !

Lorsque j'ai vu la grande rousse d'une quarantaine d'années bousculer les curieux agglutinés devant la table de craps pour se frayer un chemin vers moi, j'ai su que mon ouïe ne m'avait pas trompée. La voix que j'entendais était bien celle que j'avais reconnue dès qu'elle avait prononcé mon nom. Pour ma part, je n'étais pas étonnée de rencontrer Isabelle Beauregard à Monaco, mais pour elle, me voir là semblait être quelque chose d'incompréhensible.

— Tara, oui, c'est toi, mais pincez-moi quelqu'un, c'est impossible. Que fais-tu à Monaco ?

Je n'ai pas eu le temps de lui répondre, car elle m'a prise brusquement par les épaules et m'a embrassé les deux joues tout aussi

190

rudement. Puis elle a enchaîné, en parlant toujours de sa voix portante qui attirait l'attention.

— Ah non ! c'est Félix qui t'a amenée. Ah ! le salaud, il aurait pu me prévenir qu'il venait à Monaco. Il sait que j'habite tout près et que je viens souvent y faire mon tour.

— Non, Isabelle, je ne suis pas avec Félix, tu te trompes.

Je parlais doucement en espérant que le faible timbre de ma voix lui ferait baisser le ton, mais elle n'a même pas écouté ma réponse. Elle parlait de plus en plus fort et davantage de regards se tournaient vers nous, dont celui de Jan qui, au-delà de la table de jeu et de la masse de spectateurs qui nous séparaient, me jetait des coups d'œil interrogateurs.

— Où est-il, que je lui dise ma façon de penser à ce chien galeux ?

— Isabelle ! ai-je insisté.

— Où est-il, l'enfant de chienne – oups ! pardon maman, j'ai promis à ma mère de ne plus utiliser cette expression en faisant référence à mes frères – mais où est-il ? Félix ! Félix !

Tout en s'époumonant de la sorte, Isabelle fouillait la foule des yeux en espérant y apercevoir son frère. À la place, elle ne pouvait y voir que les visages curieux des gens qui nous observaient, parmi lesquels celui de Jan qui avait de gros points d'interrogation au beau milieu de ses yeux verts. Isabelle a dû croiser son regard, car elle a subitement cessé de crier.

— Tu vois le type là-bas, le grand brun au sourire envoûtant et au regard ensorcelant, qu'il ne cesse d'ailleurs de fixer sur nous ? Eh bien ! il doit avoir gagné près de trente mille euros en moins d'une demi-heure, m'a-t-elle révélé sur un ton de confidence.

— Oui, mais hier il en a perdu plus de cinquante mille en deux ou trois heures, ai-je ajouté sur le même ton.

— Ah ! tu as remarqué ça, toi. Tu arrives à te rappeler, d'une journée à l'autre, les sommes d'argent que les gens perdent ici !

Du coin de l'œil, je voyais Jan qui ramassait son butin et qui quittait la table de craps.

— Si tu me laissais parler deux minutes, je pourrais t'apprendre que je ne suis pas ici avec Félix, mais bien avec Jan.

— Avec Jan ? Mais c'est qui, Jan ?

Jan s'approchait de nous, Isabelle le regardait avancer sans rien dire. Lorsqu'il a posé sa main sur ma taille, son corps longiligne a frétillé dans sa robe de satin noire.

— Quoi ! Tu accompagnes ce matador qui est là à défoncer la banque du casino avec une nymphette comme Melody North pendue à son cou, pendant que toi, tu es à peine visible à l'autre bout de la table de jeu ! Ah ! Tara, j'ai des leçons à te donner, maintenant ça ne m'étonne plus que Félix n'ait jamais songé à quitter Élena durant toutes ces années.

Isabelle s'est enfin tue lorsqu'un homme au teint hâlé et au corps athlétique l'a enlacée en l'informant qu'on avait pu l'entendre s'égosiller jusqu'aux tables de roulette. Elle a répondu à son cavalier par quelques roucoulements et petits rires voluptueux, avant de nous le présenter : Antonis, un Grec, qu'elle avait rencontré deux ans auparavant, ici même, au Grand Prix de Formule 1.

Nous avons passé ensemble le reste de la soirée et une partie de la nuit dans un chic café, tout près du casino. Jan a commandé une bouteille de leur meilleur champagne et, après avoir rempli nos verres, il s'est lancé dans une discussion d'affaires avec Antonis qui, tout comme lui, s'avérait être propriétaire de plusieurs bars et hôtels. Avec sa famille, il était à la tête d'un grand complexe vacancier dans les îles grecques. Lui et Isabelle, tous deux fort occupés, se faisaient tout de même une obligation de se retrouver ici une ou deux fois par année.

— Toi, tu ne m'as toujours pas dit ce que tu fais à Monaco… et avec lui ? m'a rappelé Isabelle en jetant un regard admiratif sur mon cavalier.

Pour répondre à sa question, je lui ai fait le récit de toutes mes aventures des dernières semaines, de ma rupture avec Félix jusqu'à mon arrivée à Monaco.

— Non ! Sans blague ! Félix t'annonce qu'il a quitté sa femme seulement pour te plaquer à ton tour la minute suivante. Et tout ça, pour une gamine. Ah ! ce qu'il peut être salaud, mon frère, mais je n'aurais jamais cru qu'il l'était à ce point. Je vais l'appeler, il faut que je lui parle dans le creux de l'oreille, à ce fils de garce – oups ! encore une fois, pardon maman – il faut vraiment que je lui dise ma façon de penser à ce… ce… ce serpent venimeux.

D'un geste brusque, j'ai posé ma main sur le bras d'Isabelle.

— Non, je t'en prie, ne l'appelle pas, je ne veux pas qu'il sache que je suis ici. Je ne veux pas qu'il sache.

À voir l'air préoccupé de Jan, j'ai compris qu'Isabelle n'était pas la seule à avoir perçu la détresse dans ma voix. Détresse qui révélait l'ampleur de la peine et de la faiblesse qui m'habitaient.

— Tara, non, ne me dis pas que tu céderais s'il avait l'indélicatesse de venir te relancer jusqu'ici, s'est enquise Isabelle d'une voix remplie d'amertume.

— Bien sûr que non, lui ai-je répondu faiblement en gardant les yeux rivés sur ma coupe de champagne.

Heureusement, Antonis a mis fin à mon embarras en mentionnant qu'il était peut-être temps de rentrer dormir un peu avant le lever du soleil. Ce à quoi nous avons tous acquiescé sans aucune hésitation. En rentrant à l'hôtel au bras de Jan, je ne pouvais m'empêcher de penser à Félix. Malgré ce que j'avais dit à Isabelle, je craignais bien que je céderais si Félix me relançait jusqu'ici.

Par bonheur, durant les jours suivants, avec Isabelle dans les alentours, je n'ai eu ni le temps de m'ennuyer ni le temps de rêvasser. Elle s'assurait que j'étais constamment occupée. Elle a commencé par m'entraîner dans les magasins pour y dépenser les cinq mille euros que j'avais gagnés au casino.

— Il faut t'équiper en accessoires et en vêtements à la fois sophistiqués et sexy qui vont, grâce à leur élégance, assurément éclipser Melody North, si par malheur elle se trouve encore sur ton chemin, c'est-à-dire au cou de ton amant.

— Je ne sais pas si tu as remarqué, Isabelle, mais Melody North n'est pas une femme facile à supplanter.

— Je sais, mais toi, tu es belle comme un cœur, ma chérie.

— Oh ! Tu es trop gentille.

— Mais on a quand même du pain sur la planche. Allez, attelle-toi, a ajouté Isabelle en prenant un ton presque autoritaire.

Nous avons fait des boutiques jusqu'à en avoir des ampoules aux pieds et même des haut-le-cœur. Du coup, il a fallu aller se détendre aux Thermes Marins de Monte-Carlo, tout en se faisant refaire une beauté. Ajoutons à cela plusieurs séances de bronzage sur les plages du Larvotto, qui étaient grandement nécessaires pour parfaire mon teint bien trop blanc. Le tout s'était terminé par le recueille-ment, un pèlerinage en lieu béni. Isabelle ne manquait jamais de se rendre à l'église Saint-Charles et à la cathédrale de Monaco, toujours habillée d'une robe à crinoline avec gants, chaussures, chapeau et sac à main agencés, pour se recueillir auprès de la princesse Grace. Un séjour à Monaco aurait été raté sans une visite à cette grande dame qui, même tant d'années après sa mort, conti-nue de personnifier l'élégance absolue.

Après trois ou quatre jours de va-et-vient entre les plages, les boutiques, les monuments et les tombeaux, nous avons enfin pu avoir une vraie journée de détente sur le yacht d'Antonis. À peine étions-nous bien installés à bord qu'Antonis a fait tourner les moteurs. Le bateau a filé à vive allure aussitôt qu'il a quitté le port. J'avoue que j'étais un peu nerveuse, mais Isabelle, habituée aux sensations fortes, était très calme et décontractée. Elle a sorti de son sac une pile de magazines qu'elle feuilletait alors que je tentais d'admirer le paysage qui défilait un peu trop rapidement. J'ai posé mes yeux sur le sol, ainsi j'étais moins consciente de la vitesse à laquelle nous allions et mon malaise s'est quelque peu allégé. Jan, tout comme Isabelle, n'était aucunement incommodé par la vélocité du bateau, mais paraissait ennuyé par mon teint verdâtre et a préféré rejoindre Antonis à l'avant du yacht. Dès qu'on s'est retrou-vées seules, Isabelle a repéré, parmi ses publications, le journal à potins néerlandais sur lequel j'apparaissais en première page.

— Tu as vraiment une figure photogénique.

— Où as-tu eu ce magazine ? lui ai-je demandé, étonnée.

— Oh ! moi, j'ai des contacts dans bien des milieux, ma très chère.

— Tu ferais mieux de le cacher, Jan n'aime pas se voir en photo.

— Pourtant, il est si séduisant. Vous faites vraiment un beau couple. Peut-être que je devrais en faire parvenir une copie à Félix.

Le coup d'œil furieux que je lui ai jeté n'a pas eu beaucoup d'effet. Décidément, je ne sais ce qu'elles ont toutes à vouloir montrer ces images à Félix.

— Et ce saphir… mais ça doit valoir une fortune…

— Ce n'était qu'un prêt, me suis-je empressée d'ajouter, avant même qu'elle n'ait pu terminer sa phrase.

— Le collier de quartz et de diamants que tu as porté presque tous les jours, c'est un prêt aussi ?

Elle a enchaîné sans même me laisser répondre.

— Il t'a même déjà présentée à sa mère, d'après ce que je vois dans ce magazine. Alors la famille, les bijoux, peut-être a-t-il envie de s'engager, celui-là ?

— Non, pas du tout, crois-moi.

— Oui, c'est vrai, a repris Isabelle en prenant une voix grave. Après l'avoir vu agir hier soir avec Melody North, je dirais qu'il doit plutôt être du genre à courir deux lièvres à la fois. Eh ! tu les attires ou quoi, ces hommes-là ! Et peux-tu bien me dire où tu étais hier soir ?

— J'en ai assez du casino tous les soirs, j'ai préféré rester à l'hôtel.

— Tu devrais savoir qu'on ne laisse pas un tel matador sans surveillance, c'est tout un morceau de viande. Et parmi les sirènes qui lui tournent autour, il y en a une qui me semble très acharnée.

Jan revenait, il s'était approché sans qu'on l'entende. Il m'a légèrement tapoté la hanche, me demandant ainsi de me pousser pour qu'il puisse s'asseoir à mes côtés. Puis d'une voix forte et fière, il nous a fait savoir qu'il avait bien compris les derniers propos d'Isabelle.

— Sachez, mesdames, que tout danger est écarté. La sirène acharnée a quitté Monaco ce matin, une séance de photos l'appelait à Paris !

Pas le moins du monde intimidée par cette réplique, Isabelle en a plutôt profité pour me mettre sur mes gardes.

— Tu vois, Tara, il connaît même son emploi du temps. Il pourrait bien t'amener à Paris d'ici un jour ou deux.

— Paris ! Non, non ! Tara et moi avons encore du bon temps à passer à Monaco. Étant donné qu'Antonis et toi partez demain, je pourrais reprendre celle que tu m'as prise au cours des derniers jours et nous aurons enfin droit à un véritable tête-à-tête, lui a répondu Jan, tout en mettant son bras autour de mes épaules.

— Tu vois, Isabelle, ai-je ajouté le sourire dans la voix, c'est à toi d'être sur tes gardes. Connaissant ton emploi du temps, Jan pourrait bien m'amener jusque chez toi, à Montpellier, d'ici un jour ou deux.

— Ah non ! Bien honnêtement, je préférerais qu'il vienne sans toi.

Isabelle a pouffé d'un grand éclat de rire, qui nous a aussi emporté Jan et moi. Antonis, qui venait d'ancrer le bateau dans une petite crique apparemment connue de lui seul, nous a rejoints alors que nous étions en pleine hilarité et, sans savoir pourquoi, il s'est mis à rire avec nous. Sur cette note de gaieté, nous avons passé le reste de l'après-midi à nous baigner, à manger et à boire bien des cocktails.

J'étais soulagée de voir Isabelle quitter Monaco le lendemain. Je l'aimais bien, mais ce qu'elle pouvait être épuisante. Puis j'avais vraiment envie d'être seule avec Jan. Celui-ci étant un homme de parole, nous avons passé les jours suivants complètement seuls. Nous ne sommes retournés au casino que lors de notre dernière soirée à Monaco. Jan a eu envie de tenter sa chance de nouveau. Aux tables de jeu, j'ai bien essayé de l'encourager, mais je ne contribuais qu'à lui faire perdre un peu plus d'argent. Pour lui, je n'étais pas sa bonne étoile. Je crois qu'à ses côtés il aurait préféré y voir Melody North.

# 18

À travers les vitres teintées de la limousine, je regardais la campagne belge qui défilait sous mon regard. Il avait plu en début de matinée, mais le mauvais temps avait vite fait place à un soleil radieux. J'étais saisie par la beauté du paysage. Le vert éclatant des prairies, encore légèrement trempées, se démarquait à l'horizon du bleu clair du ciel découpé par quelques nuages blancs qui s'évaporaient goutte à goutte. Près d'un mois et demi s'était écoulé depuis mon arrivée en Europe ; ce voyage n'avait cessé de prendre des directions auxquelles je n'aurais jamais pu m'attendre.

J'ai senti la main de Jan qui, détournant mon attention, montait le long de ma cuisse. Je me suis tournée vers lui, sa main libre actionnait le mécanisme permettant de relever la vitre épaisse et opaque entre nous et le siège avant. Il me souriait délicieusement. Il m'a attirée contre lui. Suave, il m'a embrassée. De mes lèvres je goûtais Jan, alors que de mes pensées je buvais Félix. Déjà, Jan me lassait. La magie de la nouveauté s'estompait. Félix remontait de plus en plus souvent à la surface, il habitait mes entrailles depuis trop longtemps, un autre homme ne pourrait jamais le remplacer, seulement s'y superposer. Pourtant, je tenais bon, c'est-à-dire que je ne rentrais pas à Montréal. C'était véritablement le seul moyen de ne pas céder à mon cœur : rester éloignée le plus longtemps possible. Puis avec Jan, c'était agréable, parfois éreintant, souvent essoufflant : on se déplaçait beaucoup. Ainsi, je n'avais pas le temps de m'ennuyer ni de trop penser.

Jan travaillait énormément, je suppose qu'il devait renflouer ses coffres après avoir perdu autant d'argent au casino. Que ce soit le jour à l'hôtel ou le soir au cabaret, il avait toujours des gens à rencontrer, des papiers à revoir et à signer. Nous passions peu de temps ensemble, mais il m'avait tout de même amenée avec lui à Bruxelles, où il s'était rendu pour négocier la vente d'un restaurant qu'il y possédait. Aujourd'hui, il me conduisait au Luxembourg, dans la ville du même nom, plus précisément. Il voulait vendre à ses associés les parts qu'il avait dans un hôtel chic. Oui, j'accompagnais Jan au Luxembourg même s'il savait, même si je savais, que Mathieu s'y trouvait encore.

La main de Jan n'a pas eu le temps de monter bien plus haut que ma cuisse, à peine la vitre avait-elle été fermée que le chauffeur y avait frappé deux coups secs. Ce dernier voulait seulement prévenir Mr. Van Der Linden que nous serions à l'hôtel dans moins de dix minutes. Je suppose qu'il voulait surtout nous empêcher de commencer quoi que ce soit que nous n'aurions pas le temps de terminer. Jan a donc écourté notre baiser et stoppé la progression de sa main. Sans dire un mot, ni pour moi ni pour le chauffeur, il s'est redressé sur la banquette et a repris son ordinateur portable. J'ai tourné la tête vers la vitre. Dehors le paysage se réinventait.

Sur des routes urbaines bordées de parcs verdoyants, mon regard passait d'un monument moyenâgeux à une tour moderne. Je voyais une campagne ancestrale dans une ville nouvelle, une vieille allégorie dans une réalité vive et actuelle. Je n'avais qu'à tourner la tête légèrement pour être plongée dans une autre ère, dans un nouveau lieu. À chaque coup d'œil, la ville se redéfinissait. J'étais en plein décor de cinéma ; j'étais dans une ville incomparable : la ville de Luxembourg.

L'hôtel de Jan était tout aussi majestueux. Dès le hall d'entrée, j'ai vu la sobriété qui émanait du mobilier et de la décoration. Les murs clairs côtoyaient des bois sombres, des tapis fleuris se mariaient au cuir des fauteuils. Cet hôtel cinq étoiles du quartier financier accueillait surtout une clientèle d'affaires, mais son restaurant attirait aussi les habitants des alentours et les touristes. Jan, qui en avait la responsabilité, y avait lui-même instauré les divertissements qui avaient permis d'élargir la clientèle. L'hôtel avait même été agrandi quelques années auparavant, pour permettre à un plus large public de venir applaudir les artistes qui se succédaient sur la scène durant le repas du soir.

Personne parmi les membres du personnel n'a remarqué notre arrivée à la réception. Jan a même dû se nommer pour obtenir la suite qu'il avait réservée. Ici, il ne jouissait pas de la notoriété qu'il avait à Amsterdam. La plupart des employés ne savaient pas qu'il était un des associés. Pour beaucoup, il n'était qu'un client parmi tant d'autres. Notre suite n'avait rien de celle que nous occupions à Amsterdam. Elle était à l'image de ce que j'avais déjà vu dans le hall : sobre et aristocratique. Aucune touche personnelle, aucun apparat superflu.

Jan ne voulait rester que deux ou trois jours au Luxembourg ; il avait donc fort à faire. Dès qu'il fut entré dans la chambre, il a remis un généreux pourboire au jeune chasseur et s'est emparé de son téléphone. De mon côté, j'ai entrepris de défaire ma valise. Mais à peine avais-je sorti trois ou quatre morceaux de vêtement que Jan avait déjà terminé sa conversation téléphonique. Il s'est approché de moi et m'a enlacée sérieusement.

— J'ai un peu plus d'une heure devant moi, m'a-t-il chuchoté à l'oreille avant de déposer un collier de baisers sur mon cou, et je compte bien poursuivre ce que nous avions commencé un peu plus tôt dans la limousine.

Encore une fois, je me suis laissée emporter par cet homme séduisant, celui pour qui je brûlais pourtant moins d'envie, celui qui n'avait pas réussi à effacer entièrement Félix de mes pensées. Les baisers et les caresses de Jan restaient néanmoins tout aussi plaisants et savoureux et j'avais bien envie d'y mordre pleinement. J'ai bu à grandes gorgées ces plaisirs qu'il m'offrait ; tout mon corps, chacun de mes pores s'en est nourri. À cet instant, je ne pouvais pas savoir que c'était la dernière fois que je faisais l'amour avec Jan, mais je me suis abandonnée dans ses bras comme si c'était le cas, comme si, tout au creux de mon oreille, un murmure indéfinissable m'incitait à goûter à fond ce dernier instant.

Bien plus tard, en début de soirée, alors que je traversais le hall pour retrouver mon amant au restaurant de l'hôtel, mon regard, comme celui des gens qui se trouvaient tout autour, fut attiré vers la réception où venait d'arriver quelqu'un à la silhouette élancée, à la démarche confiante. Une jeune femme d'une grande beauté. Je me suis dépêchée de me rendre au restaurant avant qu'elle ne m'aperçoive. Je n'avais pas envie, ce soir-là, de voir mon tête-à-tête avec Jan brisé par la présence de la trop jolie Melody North.

La soirée étant jeune, la salle à manger était encore à moitié vide. Quelques clients, probablement des couche-tôt, étaient déjà sur place, regardant le menu ou savourant un verre de vin. J'ai vite aperçu Jan, installé à une table ronde, tout près de la scène, avec trois hommes à l'air grave et sévère. Mon tête-à-tête était à l'eau. Jan m'a présentée à ses associés. Ses hommes et lui étaient aux antipodes. J'en ai conclu que c'était peut-être une divergence d'idées qui le poussait à vendre ses parts et non un problème d'argent comme je l'avais supposé. À voir leur allure engoncée et la rigidité avec laquelle ils m'ont saluée, je n'ai même pas été étonnée de penser que ce souper aurait été plus rafraîchissant en compagnie de Melody North. Je me suis tout de même abstenue de renseigner Jan sur la présence de la top-modèle en ces murs ; je savais bien qu'il en serait informé assez rapidement, ou peut-être le savait-il déjà. Comme me l'avait fait remarquer Isabelle, il semblait être au courant de son emploi du temps.

Peu après m'être installée à la table, un faisceau lumineux a éclairé timidement l'avant-scène où trônait une harpe. Cet instrument si mystérieux, à la fois lourd et délicat. Bien humblement, la lumière a gagné en intensité et une jeune femme, blonde et frêle, est venue s'installer à la harpe. Son visage m'a paru familier et j'ai vite reconnu la musicienne qui avait accompagné une partie du repas lors de la réception chez Jan quelques semaines auparavant. Dès les premières notes qui se sont échappées de son instrument, quelques personnes ont applaudi. D'autres, comme Jan et ses associés, trop pris dans leurs discussions, n'entendaient pas la mélodie qui provenait de la scène. Moi, je fermais mes sens aux bruits environnants et me laissais bercer par cette musique blanche et pure qui semblait émaner d'une contrée inconnue, d'une époque oubliée. Le présent et la réalité qui m'entouraient s'embrumaient au fur et à mesure que le son de la harpe m'enveloppait. Ma tête puis tout mon corps se sont enfoncés dans une sorte de nuage molletonneux qui, poussé par le rythme ambiant, m'a transportée au-delà des pays, des mers et du temps. Moi, maintenant diaphane, je traversais des cieux inexistants, j'étais portée par une musique réinventée, une musique sans nom, celle qu'on s'approprie, que l'on vole à son compositeur pour la faire sienne, celle qui nous permet de poursuivre notre route ou de carrément en dévier pour se recréer soi-même. Tel un être encore informe, un bébé dans le ventre de sa mère, je voyageais dans un inconnu intangible dans l'espoir d'y renaître nouvelle. Les airs s'enchaînaient, langoureux et mélancoliques, accompagnant parfaitement mes espoirs nouveaux et mes rêveries chimériques qu'entretenait le vin que je buvais, celui que Jan me versait.

Au bout d'une heure, la harpiste et sa musique ont disparu pour faire place à des ombres se mouvant dans le noir, des bruits d'objets qu'on déplace, de gens qui s'installent. L'éclairage, même s'il restait tamisé, s'est intensifié légèrement ; la musique a repris, plus forte, plus nouvelle, effaçant d'instinct tout l'imaginaire que mes sens avaient créé. L'orchestre nous a accompagnés jusqu'au dessert sans que je jette un seul coup d'œil sur la scène. Je ne faisais que tendre l'oreille, cherchant à capter le chant d'une trompette classique. Ce n'est qu'à la toute fin du repas, une fois les assiettes et les bouteilles de vin entiè-rement vidées, le corps alourdi par la nourriture et l'esprit engourdi par l'alcool, que je me suis décidée à observer les membres de l'orchestre. Des hommes, une dizaine, des jeunes et des moins jeunes, habillés d'un pantalon et d'une veste noirs, d'une chemise blanche et d'un nœud papillon : très BCBG.

Tout au fond sur la gauche, Mathieu jouait de la trompette. Un court instant, il a posé sur moi son regard si bleu, si limpide. Il a terminé son morceau et a disparu derrière un rideau noir avec la plupart des musiciens. Seul le pianiste est resté sur scène, où il fut rapidement rejoint par une femme, grande et élancée, très élégante dans sa robe de soirée brillant de mille éclats. D'une voix claire et profonde, elle a chanté un air de bossa-nova. Le pianiste, comme par respect pour cette voix à l'intonation juste et aux vibrations parfaites, a joué doucement, si doucement que nous peinions à entendre ses notes ; peu importait, la chanteuse avait le rythme dans la voix.

Alors que l'interprète entamait un deuxième morceau jazzy et nonchalant, j'ai aperçu Mathieu à l'entrée de la salle à manger. Il était accompagné de la jeune harpiste. D'un signe de la main, Jan les a invités à se joindre à nous.

— Messieurs, a dit Jan en s'adressant à ses associés, vous avez déjà dû faire connaissance avec les deux nouvelles recrues que je vous ai envoyées le mois dernier ?

— Bien sûr, a répondu l'un d'entre eux, leur talent est indiscu-table et mademoiselle sait parfaitement charmer les clients avec cette grâce magnifique qui émane tout autant de sa personne que de sa musique.

— Tara, a ajouté Jan en se tournant vers moi, tu te souviens sans doute d'Édith qui nous avait ravis avec sa harpe et son talent lors de la réception que j'ai donnée, il y a quelques semaines.

J'ai acquiescé d'un sourire que la jeune harpiste m'a rendu en baissant timidement les yeux. Édith semblait bien humble et effacée ; j'ai même vu ses joues se roser légèrement à la suite des compliments qu'elle venait de recevoir d'un de ses patrons.

— Évidemment, a ajouté Jan sans même me regarder, je n'ai pas à te présenter notre trompettiste.

J'ai tourné la tête vers Mathieu, qui me regardait d'un air malicieux. Je n'aurais su dire pourquoi, mais tel était Mathieu, insondable et impénétrable. J'aurais voulu lui répondre avec tout autant de malice, mais, bien malgré moi, j'ai baissé les yeux et c'était maintenant mes joues qui se teintaient de rose. Tandis que Jan avançait une chaise à Édith, Mathieu s'est approché de moi et m'a fait la bise. J'en ai été quelque peu surprise, mais j'ai réussi, avec un peu de maîtrise, à me reprendre et à rendre à mes joues leur couleur naturelle avant que ma gêne ne devienne tout à fait embarrassante.

— Ça va, Tara ? Ça me fait plaisir de te revoir.

— Merci, oui je vais bien…

Nous avons échangé quelques phrases d'usage, rien de plus, car d'autres musiciens venaient se joindre à nous. En moins d'un quart d'heure, presque tout l'orchestre se trouvait à notre table, sauf le pianiste et la chanteuse, qui étaient toujours sur scène. Avec tous ces gens qui parlaient assez fort pour enterrer la musique ambiante, Jan et ses associés n'arrivaient sans doute plus à s'entendre, ils se sont levés et ont quitté discrètement la salle à manger. Je suis restée en bonne compagnie. Mathieu m'a présentée à ses collègues et amis, ils venaient tous d'un peu partout en Europe. Quelques-uns étaient luxembourgeois, tel Jean-Emmanuel, le pianiste. Édith était allemande. Roger, le violoniste, était français. Peter, le contrebassiste, était anglais et Adelle, la chanteuse, était belge. D'autres étaient suisses ou autrichiens. C'était une bien belle brochette cosmopolite. À tour de rôle, ils retournaient sur scène faire leur numéro, après lequel ils revenaient à ma table.

Peu avant la tombée du rideau, tous les membres de l'orchestre ont regagné la scène pour jouer quelques morceaux ; je suis restée avec les deux seules filles du groupe : Édith et Adelle. Très différentes l'une de l'autre, elles semblaient pourtant avoir le même goût en matière d'hommes : elles ne détachaient leur regard de Mathieu que pour se décocher, l'une l'autre, certains coups d'œil fielleux, voire haineux. Au Luxembourg, tout comme en Hollande, Mathieu était-il encore le mâle d'un triangle amoureux ? Mais où était donc Jolanda ? La journaliste au tam-tam ne l'avait-elle pas accompagné jusqu'ici ? On change de pays, on change de demoiselle, pourquoi pas ! Et moi, même si je changeais de pays, je buvais toujours beaucoup trop d'alcool, j'en oubliais un peu Jan et je laissais Peter me courtiser, du moins je croyais qu'il me faisait la cour. Peut-être était-il charmant avec toutes les femmes. C'est un gentleman anglais, après tout.

Le restaurant se vidait, il ne restait plus que deux ou trois tables encore occupées. Leur quart de travail terminé, certains serveurs s'étaient même joints à nous. Les membres de l'orchestre nous ont retrouvés et, tout en douceur, Édith est allée clore le spectacle comme elle l'avait commencé. Peter s'est assis à côté de moi, alors que Mathieu s'est installé tout près d'Adelle. Elle lui a pris la main en lui chuchotant des propos inaudibles à l'oreille. La blonde harpiste ne voyait rien de ce jeu de séduction, elle était emportée par sa musique, comme je l'avais moi-même été un peu plus tôt dans la soirée.

Autour de la table, on tentait de s'entendre sur le lieu où on allait prolonger la soirée. Cela semblait être une habitude, parmi les membres de l'orchestre et du personnel du restaurant, de se réunir chez l'un d'entre eux, un de ceux qui avaient un appartement, car plusieurs musiciens qui venaient de l'étranger habitaient l'hôtel pour la durée de leur contrat, des petites chambres leur étaient réservées. On a fini par choisir l'appartement de Jean-Emmanuel. Il était tout près d'ici, il était grand et rempli d'instruments de musique, c'était l'endroit de prédilection pour la troupe, au moins deux soirs par semaine, c'était là qu'ils aboutissaient tous.

— Allez, Mathieu, tu vas te changer, je vais t'accompagner à ta chambre et nous irons ensemble chez Jean-Emmanuel, a dit Adelle en se levant de sa chaise.

Mathieu la regardait de son sourire malicieux. Il paraissait bien tenté de la suivre, mais il s'est ravisé après avoir jeté un coup d'œil sur la scène.

— Adelle, tu sais bien que je vais attendre Édith.

— Tu fais comme tu en as envie, mais c'est bien dommage pour toi, lui a-t-elle lancé tout en enlaçant lascivement Jean-Emmanuel.

Mathieu a eu un sourire amusé et a laissé l'émoustillante chanteuse partir avec son pianiste.

— Alors, Tara, au moins, toi, est-ce que tu m'attends ?

J'ai pris le bras que me tendait Peter avant de répondre à Mathieu.

— Je ne crois pas. Mais on se verra là-bas !

— OK ! À plus tard, a-t-il laissé échapper dans un soupir.

Au bras du contrebassiste, j'ai suivi cette joyeuse bande menée en tête par Adelle et Jean-Emmanuel. Mathieu est resté seul à la

207

table, attendant qu'Édith, toujours emportée par sa musique, revienne sur terre.

— C'est toujours lui qui attend Édith, m'a chuchoté mon cavalier après que nous ayons fait quelques pas. Elle est tellement discrète et effacée, la pauvre, si Mathieu n'était pas là, on l'oublie-rait tout le temps. Mais là, j'ai l'impression que notre trompettiste commence à en avoir marre de la sensible harpiste. Il est trop sympa, ce type.

— Mathieu, trop sympa !

— Oui, particulièrement avec les êtres plus fragiles.

Vraiment, j'en avais encore à apprendre sur la personnalité de Mathieu.

# 19

Jean-Emmanuel habitait un vieil immeuble de cinq ou six étages. Sa devanture romantique, empreinte d'un goût d'autrefois, rappelait un parfait décor de cinéma. À l'intérieur, un ascenseur aux portes grillagées nous a amenés au sommet par petits groupes. À travers les grilles, nous pouvions voir les étages défiler lentement. À chaque étape de l'ascension, le temps semblait rester en suspens. J'étais au beau milieu d'un instant intemporel, d'un moment à la fois ici et ailleurs, nulle part, toujours et jamais : un vieux film en noir et blanc.

La porte du loft était déjà ouverte, je suis entrée dans une pièce rectangulaire aux dimensions remarquables. Malgré les meubles et les nombreux instruments de musique qui s'y trouvaient, l'espace apparaissait dénudé. L'éclairage, voilé par des bandes de tissu cendré placées sous les lampes du plafond, accentuait davantage l'effet de cinéma. Le noir du piano à queue et le blanc des canapés, qui trônaient en plein centre de la pièce sur un tapis couleur grenat, recréaient sans conteste l'ambiance des vieux films. Outre le tapis, les seules touches colorées étaient celles d'un drapé pourpre qui partait du plafond et descendait jusqu'au sol de chaque côté d'un grand lit, ainsi que celles d'une dizaine d'énormes coussins multicolores étalés par terre autour d'un amas d'instruments de musique.

Peter m'a entraînée vers un long et large comptoir chargé de bouteilles et bordé de tabourets. Je me suis assise sur l'un d'eux, alors que mon cavalier contournait le bar en disant, d'une voix forte, à Jean-Emmanuel qu'il ouvrait une bouteille de rouge.

— Fais comme chez toi, lui a répondu notre hôte en empruntant le même ton, tu sais où sont les verres et les tire-bouchons.

Jean-Emmanuel était au piano et nous jouait un air classique, baroque, je ne sais pas, je ne connais rien à la musique. Assise tout près de lui sur le banc étroit, Adelle fredonnait.

— Et moi, j'ai un goût de pétillant, a dit une des serveuses du restaurant. Qui veut du mousseux ? a-t-elle demandé à la ronde.

La jolie brunette est allée rejoindre Peter derrière le comptoir et s'est emparée d'une bouteille de champagne qu'elle a débouchée avec fracas. Le liquide doré s'est échappé en une vague mousseuse. Des tas de bulles ont éclaté, certaines sont venues se fondre sur mon chemisier à l'étoffe délicate et y ont laissé des petites taches d'or desquelles se dégageait déjà un arôme d'ivresse.

— Qu'est-ce que tu préfères, Tara, du rouge ou du champagne ?

— Pour moi, c'est du rouge.

— Alors, tu es au Luxembourg pour longtemps ? m'a demandé Peter en me tendant un verre plein. Tu es musicienne, toi aussi ?

— Non ! Pas du tout. J'accompagne quelqu'un, je vais repartir dans quelques jours.

— C'est dommage, j'aurais aimé faire plus ample connaissance avec toi. Mais quelques jours peuvent parfois être suffisants pour apprendre à bien connaître une personne.

— Hum ! je ne crois pas, ai-je dit brusquement en détournant la tête.

Mais qu'est-ce qu'il s'imagine, celui-là ? Je le connais depuis à peine une heure ou deux, après tout. Je préférais éviter son regard et faire la sourde oreille.

Le loft s'emplissait de gens. Certains arrivaient je ne sais d'où, je ne me souvenais pas de les avoir vus parmi le personnel de l'hôtel. Plusieurs s'attroupaient autour du piano où Jean-Emmanuel et Adelle mettaient de l'ambiance. D'autres s'asseyaient sur les grands coussins, tout au fond de la pièce, où un grand blond et un petit frisé jouaient de la batterie et de la guitare. Tout près d'eux, quelqu'un allumait la chaîne stéréo qui nous envoyait la voix de Jim Morrison dans les oreilles.

Tout un chacun parlait, jouait ou chantait plus fort que l'autre. Le climat est vite devenu délirant et cacophonique. Des retardataires se sont pointés à la porte, parmi eux Édith et Mathieu. Celui-ci avait changé ses vêtements de scène pour un jean effiloché et une de ses affreuses chemises. Ça lui donnait cette attitude nonchalante, ce petit air taquin qui, malgré tout, lui seyait bien. À peine était-il entré qu'Adelle a abandonné chant et piano pour l'accueillir avec de grands baisers, comme si elle retrouvait un ami perdu depuis des mois. Un éclair rouge est passé dans le regard de la blonde Édith. Toutefois, elle n'a rien dit et a laissé Adelle, la brune, entraîner son cavalier vers le piano. Se renfrognant sur elle-même, la frêle harpiste est allée s'abattre sur un des canapés blancs. J'ai demandé à Peter de remplir un deuxième verre de vin, que je suis allée offrir à la jeune musicienne en prenant place à côté d'elle.

— Il y a des tigresses dans les alentours, on dirait bien ?

— Des tigresses, des sirènes affamées et même des sangsues assoiffées, tout ce que je ne suis pas, a soupiré Édith. Peu importe, mon contrat arrive à échéance. Je ne le renouvelle pas, je vais rentrer en Allemagne.

Je suis restée longtemps avec Édith, nous avons parlé de l'Allemagne et du Québec, de la musique et des musiciens ainsi que des propriétaires de bars et d'hôtels. J'ai appris que j'avais soupé avec le père de Jean-Emmanuel, un des associés de Jan. Nous avons même parlé des hommes mariés et de celles qui s'emparent de ce type d'hommes ; des tigresses, des sirènes, des sangsues…

Peter restait assis tout près de moi. Il tentait de s'insérer dans notre discussion, mais ses commentaires étaient souvent égocentriques et inappropriés. Il commençait à m'ennuyer un peu avec sa main continuellement posée sur mon bras ou sur ma cuisse. Heureusement, il se levait régulièrement pour aller remplir mon verre. Je buvais beaucoup.

Adelle s'était remise à chanter. Elle mettait des mots sur les airs que Jean-Emmanuel jouait au piano ou chantait en chœur avec la chaîne stéréo. Elle dansait aussi, elle se trémoussait, se frôlait ; elle s'approchait et s'éloignait. Elle passait d'un partenaire à l'autre, Jean-Emmanuel et Mathieu étaient ses préférés. Édith les regardait de ses yeux fixes et vides.

— Ils sont comme des vampires, mais au lieu d'avoir soif de sang, ils ont faim de chair. Ils sont prédateurs et proies tout à la fois, chacun s'offre en pâture dans le but de conquérir l'autre, de conquérir les autres. Ils pigent dans tous les plats, passant du premier au deuxième, au suivant et revenant au premier, et ainsi de suite, sans jamais s'arrêter. Ce ne sont que des artistes individualistes, ils ne pensent qu'à eux. Ils doivent vibrer sans cesse, vivre intensément pour ainsi permettre à leur art d'éclore. Mais moi, je ne vois pas d'art ici, je ne vois que des blessures à vif qu'on ne sait pas comment panser. Ce qu'ils ne savent pas, c'est que la musique, ce n'est rien de tout ça, car la musique est bien au-delà de tout ça.

Édith avait des larmes dans les yeux, j'en étais chagrinée. J'ai avalé d'un trait tout le vin qui restait dans mon verre et j'ai envoyé Peter refaire le plein. Jean-Emmanuel avait cessé de joué, le piano se taisait, Adelle ne chantait plus, les sons divers et sans harmonie provenant du fin fond du loft s'étaient arrêtés, seule la voix de John Lennon sortait de la chaîne stéréo.

La pollution sonore libérait mes tympans. Cependant, avec les volutes de fumée dans la pièce et les vapeurs d'alcool dans ma tête, on ne pouvait pas en dire autant de la pollution qui assiégeait ma vue et mon cerveau ; mes facultés s'y embrouillaient. Peter est revenu avec mon verre. Maintenant que Jean-Emmanuel avait les mains libres de tout clavier, Adelle avait délaissé Mathieu. Celui-ci s'est assis sur le fauteuil en s'insérant dans l'étroit espace entre Édith et moi. J'ai dû me coller trop près de Peter pour lui faire de la place. En vrai pacha, Mathieu nous a enserré les épaules à toutes les deux. Il nous a embrassées chacune sur une joue.

— Ma p'tite Allemande et ma p'tite Québécoise ! Ah… que j'aime la diversité culturelle !

— Tu oublies ta petite Belge, a souligné Édith avec délicatesse.

— Mais non, je ne l'oublie pas, je la laisse entre bonnes mains un court instant, juste le temps de m'occuper de mes deux préférées, a répliqué joyeusement Mathieu, tout en resserrant son étreinte autour de mes épaules.

Ce geste a enhardi Peter, qui, assis à ma droite, en a profité pour m'enlacer la taille. J'ai vidé mon verre d'un trait et ai envoyé le contrebassiste le remplir de nouveau.

— Peter, a crié faiblement Édith, tu m'apportes un grand verre de champagne…

— Ah non ! a renchéri Mathieu, rien pour la douce Édith, l'alcool ne lui va pas aussi bien qu'à Tara !

Soupirant bruyamment pour laisser voir son exaspération, Édith s'est levée brusquement et s'est empressée de rejoindre Peter.

— Ce qu'elle peut être chatouilleuse ! Je vais aller la surveiller de près, parce que c'est vrai que l'alcool ne lui va pas aussi bien qu'à toi, a chuchoté Mathieu tout près de mon oreille.

Je suis restée seule sur le grand canapé, j'ai appuyé ma tête sur le dossier, puis j'ai fermé les yeux. Adelle s'est remise à chanter. Qu'est-ce que c'est ? Un air unique, une atmosphère inimitable… ta na na na na na na na… Qu'est-ce que c'est… ? Je buvais beaucoup trop… Peter est revenu avec mon verre… La tête toujours appuyée, les paupières encore closes, je me suis abandonnée, ta na na na na na na na… Mais qu'est-ce que c'est… ? Ah oui ! Pink Floyd… Quelle ambiance feutrée que tout cela crée.

J'ai dû m'assoupir ou peut-être même m'évanouir. Ce n'est que bien plus tard que j'ai senti mes sens se raviver. Mon corps était tout engourdi, j'avais des fourmis dans tous les membres. Mes paupières étaient lourdes. C'est avec peine que j'ai réussi à entrouvrir les yeux : un jour blafard entrait par les fenêtres dépourvues de rideau. C'était déjà le matin. Une bonne partie de la fumée s'était dissipée. Devant moi, Mathieu et deux autres musiciens improvisaient à la guitare. Il n'y avait pas d'autre musique ni de bruit de conversation, la plupart des invités devaient avoir quitté le loft. Au prix d'un grand effort, j'ai pu tourner un peu la tête ; c'est avec étonnement que j'ai vu le canapé sur lequel j'étais assise un peu plus tôt. J'avais changé de place sans même m'en apercevoir. J'étais maintenant quasi allongée sur un des grands coussins colorés. Tout près de moi, Peter, plus hardi que jamais, venait de glisser sa main sous mon chemisier. J'essayai de mettre de la distance entre nous, mais cela semblait plutôt l'encourager. Il m'embrassait maintenant dans le cou. J'ai fait un mouvement brusque pour tenter de me dégager, ce qui ne l'a arrêté que pour un court instant, le temps que je constate que ce n'était pas Peter qui me caressait ainsi mais plutôt Jean-Emmanuel. Je suis restée comme hébétée, paralysée.

Mathieu a dû capter la détresse dans mon regard, car je l'ai vu déposer sa guitare ; en moins de deux, il était debout devant moi. Il s'est courbé pour me tendre une main que j'ai saisie aussitôt. Lestement, il m'a remise sur pied.

— Eh ! Le trompettiste, de quoi te mêles-tu ? a presque hurlé Jean-Emmanuel en se levant à son tour.

— Allez, Tara, je te raccompagne à l'hôtel, m'a dit Mathieu sans tenir compte des propos de notre hôte.

— J'ai un très bon lit, ici, bien meilleur que ceux de l'hôtel, elle peut s'y étendre…

— On s'en va, m'a dit Mathieu en m'indiquant la porte.

Mais Jean-Emmanuel n'avait pas dit son dernier mot.

— Toi, tu restes, m'a-t-il lancé en me retenant par le bras.

Je me suis libérée d'une forte secousse. Mathieu s'est planté devant Jean-Emmanuel, qui s'est mis à le pousser à coups de poing bien placés sous l'épaule. Les quelques convives qui restaient se sont attroupés autour des deux jeunes hommes. Adelle, quant à elle, s'est carrément insérée entre eux et le cours des événements a pris une tout autre tournure. Jean-Emmanuel lui a souri cavalièrement, il l'a collée près de lui tout en la faisant basculer sur le lit. Mathieu a voulu la tirer d'affaire, mais celle-ci ne semblait pas se plaindre de la position dans laquelle elle se trouvait. Même si elle était dans les bras de Jean-Emmanuel, elle a agrippé Mathieu par le col de sa chemise et s'est mise à l'embrasser à pleine bouche en l'attirant aussi sur le lit.

— Ne restons pas ici une minute de plus, vite, sortons, m'a dit Édith en m'entraînant jusqu'au palier.

Peter tenait ouvertes les portes grillagées de l'ascenseur comme s'il nous attendait. Mathieu est sorti du loft juste comme les portes se refermaient sur nous.

— Mais attendez-moi !

Il était trop tard, nous descendions déjà. Édith semblait satisfaite. Une fois dehors, j'ai frissonné ; le jour naissant était bruineux et frisquet. Mathieu nous a rejoints, hors d'haleine ; il avait descendu les cinq ou six étages à la course. Dès qu'elle le vit, Édith a accéléré le pas.

— Mais qu'est-ce qu'elle a ? Je n'ai rien fait, moi.

Pour toute réponse, j'ai frissonné de nouveau, Mathieu m'a tendu son manteau qu'il tenait à la main et est parti au pas de course. J'ai dû me résigner à rentrer seule avec Peter, qui ne semblait pas vouloir me quitter de sitôt. Il m'a suivie jusqu'à la porte de la suite que je partageais avec Jan. Eh ! Jan ! J'avoue que je l'avais totalement oublié depuis la veille. Ce n'est qu'en sortant de l'ascenseur que j'ai pensé à lui : tout le couloir du neuvième étage exhalait le parfum de Melody North. L'odeur a assailli mes narines et tous mes pores. Je me suis dit que j'allais peut-être surprendre Jan en compagnie de la jeune top-modèle. Peter sur les talons, tel un chien de poche, je me suis arrêtée, hésitante, devant la porte neuf cent trois. Elle s'est ouverte brusquement.

— Tara, enfin te voilà, mais où étais-tu ? Je t'ai cherchée dans tout l'hôtel, même dans les jardins.

— J'étais seulement sortie avec Mathieu et les autres musiciens, ai-je dit quelque peu ébahie par la réaction de Jan.

— Oui ! je vois, a-t-il dit en regardant Peter qui s'en retournait déjà vers l'ascenseur. Tu ne dis pas au revoir à ton petit copain ?

Sans même jeter un regard au contrebassiste, je suis rentrée dans la chambre et j'ai refermé la porte.

— Du moins, tu pourrais lui rendre sa veste.

J'ai enlevé le manteau que j'avais sur les épaules et l'ai déposé sur le dossier d'une chaise.

— Ce n'est pas à Peter, c'est à Mathieu. Je le lui rendrai demain. Je suis fatiguée, je vais prendre une douche et me coucher.

Jan ne m'a pas laissée faire un pas de plus, il m'a prise dans ses bras et m'a serrée très fort contre lui.

— Tara, je craignais qu'on t'ait enlevée, comme cela, sous mon nez. Je n'aurais pu le supporter. Ce gardien de sécurité qui a perdu ta trace dès que tu as quitté le restaurant… quel incapable ! Je vais devoir le remplacer…

Je n'écoutais même plus, la tête appuyée sur son torse, je me demandais comment j'avais pu l'oublier toute une nuit durant. Le nez enfoui dans sa chemise, je humais discrètement ses vêtements ; aucun parfum de femme. Étrangement, j'en étais à la fois satisfaite et un brin déçue : d'un homme tel que Jan, j'aurais pu m'attendre à des milliers de fragrances toutes aussi diverses les unes que les autres. Mais non, une seule odeur, la sienne propre. Je ne pouvais pas en dire autant de moi.

Quelques minutes plus tard, en me glissant sous un jet d'eau très chaude, je me suis savonnée, frottée, plus fort que jamais, en me promettant bien de ne plus boire une seule goutte d'alcool tant que je ne serais pas rentrée à Montréal.

# 20

À cette heure tardive, la salle à manger était presque vide. Si on avait accepté de nous servir le petit-déjeuner, c'est bien parce que Jan avait fortement insisté. J'attendais mon café avec impatience. C'était la seule médecine qui pouvait arriver à bout de ce goût d'alcool traînant au fond de ma gorge et des coups de masse qui me fracassaient le crâne depuis que j'avais ouvert l'œil une demi-heure plus tôt. Un œil, juste un seul, et c'était trop. J'aurais voulu rester dans la chambre, cachée sous les couvertures, mais Jan avait rendez-vous avec ses associés. La femme de chambre avait juste le temps de tout ranger pendant que nous irions manger. Puis la mention d'un café noir et fumant m'a facilement fait sortir du lit. Il tardait à venir, ce café, et le crâne allait bientôt m'éclater. En fouillant dans mon sac à la recherche de deux ou trois comprimés, j'y ai, à la place, découvert les verres fumés Prada que j'avais achetés à Monaco en compagnie d'Isabelle, pour remplacer les Christian Dior, offerts par Félix, que j'avais égarés. Je les ai mis sur mon nez. L'éclat lumineux de ce jour de pluie s'est assombri considérablement. J'étais maintenant capable de voir ce qui se passait autour de moi, je n'avais plus à fermer les yeux dès que mon regard croisait une quelconque source de lumière.

Installés tout au fond de la salle dans un coin sombre, Édith et Mathieu avaient l'air d'être au beau milieu d'une discussion silencieuse, une sorte de trêve qui ne faisait rien avancer. Confiant, Mathieu caressait finement la main d'Édith, qui, elle, les yeux baissés, ne semblait pas être revenue de ses émotions de la veille. Sur leur gauche, quelques tables plus loin, Peter a relevé les yeux de son journal, le temps de m'envoyer un signe de la main. Mine de rien, bien cachée derrière mes lunettes noires, j'ai détourné la tête.

— Tu ne réponds pas au bonjour de ton petit copain, a souligné Jan, un brin malicieux.

— Mr. Van Der Linden, seriez-vous jaloux ? ai-je demandé d'un ton hésitant.

Ce qui l'a fait rire d'un grand éclat sonore. Ce fut ma seule réponse. J'en ai déduit que la jalousie n'était pas un sentiment qu'il affectionnait. J'ai laissé Jan s'amuser ainsi à mes dépens, sans même m'en offenser ; mon café arrivait enfin. J'ai pris la première gorgée en fermant les yeux. Un frisson m'a parcouru l'échine comme si j'avais bu un alcool très fort. Ça m'a détendue. À la deuxième gorgée, l'effet revigorant était atténué, mais le goût, encore plus délectable. Déjà, je sentais ma tête décompresser : les coups de masse faiblissaient. J'ai rouvert les yeux, alors que Jan, de son côté, s'étouffait avec sa première ou sa deuxième gorgée. Son café ne passait pas : dans un brouhaha croustillant, Melody North faisait son entrée dans la salle à manger. Ses bracelets qui tintaient et son rire léger qui résonnait ont fait tourner toutes les têtes en seulement trois quarts de seconde. Elle s'est arrêtée devant l'hôtesse, elle lui a remis son parapluie dégoulinant et son magnifique *trench-coat* mordoré tout aussi ruisselant. D'un geste élégant, elle a replacé son sac à main sur son épaule et a redonné furtivement du volume à sa coiffure. Puis, en faisant glisser sur son nez les verres fumés qu'elle portait en ce jour de pluie, elle a jeté un coup d'œil rapide aux alentours et a pointé une table placée au beau milieu de la salle. Melody avait une présence si imposante que probablement personne n'avait remarqué l'homme qui l'accompagnait. Il avait de la gueule, pourtant, et était tout aussi *fashion* que la jeune femme. Tous les deux, ils ont suivi l'hôtesse, qui n'a pas hésité un instant à les conduire à leur table, même si le service du petit-déjeuner était maintenant terminé. En passant près de nous, Melody s'est arrêtée net. Elle a enlevé tout à fait ses lunettes et, peu à peu, ses lèvres au dessin parfait ont transformé leur moue *fashionable* en un magnifique sourire.

— Jan, quelle joie ! s'est-elle exclamée d'une voix innocente.

Heureusement, pendant que Melody faisait son petit numéro à l'entrée, Jan s'était remis de son étranglement, il avait même pris quelques secondes pour soigner son apparence. Il s'était levé, prêt à l'accueillir, avant même qu'elle n'ait ouvert la bouche pour prononcer son nom. Elle lui a fait la bise ; il lui a posé les questions d'usage : « Comment elle allait, si sa séance de photos à Paris s'était bien déroulée, que faisait-elle au Luxembourg… à son hôtel, etc. » Elle cherchait un site rêveur et romantique pour la campagne de publicité qui entourait la mise en marché de son nouveau parfum, *Drizzle*. Elle s'était souvenue de cet hôtel du Luxembourg dont Jan lui avait parlé et avait décidé de venir y jeter un coup d'œil elle-même.

— Manuelo, mon photographe, et moi sommes arrivés hier, en début de soirée. Ce matin, dès l'aube, nous étions déjà à visiter quelques sites. Ils sont tous si romantiques, je n'arriverai pas à choisir. Et sous la pluie, c'est féerique, tout à fait l'ambiance que je souhaite pour *Drizzle*. Jan, vous devrez m'aider à choisir… nous y retournerons ensemble, un peu plus tard.

Jan a souri sans lui répondre. Il s'est simplement tourné vers moi.

— Vous vous souvenez de Tara, n'est-ce pas, Melody ?

Enfin, Melody a daigné poser les yeux sur moi.

— Tara, bien sûr.

Elle m'a détaillée de la tête aux pieds avant de me faire la bise, sans même me toucher ni m'effleurer. Une bise en l'air. Elle a remis ses lunettes sur son nez, les a ajustées à l'aide de son index, a souri gracieusement à Jan avant de faire un mouvement de tête qui a fait danser ses cheveux. Avec les regards de tous les convives présents braqués sur elle, Melody a rejoint son photographe qui l'attendait déjà à leur table. Un murmure s'est élevé dans la salle à manger. Oui ! Une femme comme Melody North, ça fait jaser. À peine s'est-elle assise qu'un serveur lui a apporté une bouteille d'eau pétillante et une coupe de fruits. Elle n'a bu que quelques gorgées, elle a grignoté une fraise et un bout d'ananas et, suivant un genre de gestuelle théâtrale, elle s'est relevée pour sortir du restaurant seulement six ou sept minutes après y être entrée. Dès qu'elle fut hors de notre vue, Jan a fait signe au serveur d'apporter d'autre café. Il n'a fait remplir que ma tasse, me disant de terminer mon repas auquel je n'avais pas encore touché. Il ne pouvait m'attendre, il avait rendez-vous avec ses associés dans quelques minutes. En se levant, il a failli être renversé par Édith, qui se dirigeait vers la sortie telle une tornade balayant tout sur son passage. Jan a dû se retenir un instant à la table pour éviter d'être entraîné à sa suite. Après que cette brève tempête fut passée, il m'a embrassée précipitamment et est sorti à son tour dans le sillage vaporeux précédemment laissé par la pétulante Melody.

— Il est parti vite, ton *sugar daddy*, on dirait bien qu'il était pressé de courir après une belle grande blonde, a remarqué Mathieu en s'asseyant sur la chaise que Jan venait de quitter.

— Puis toi, tu ne devrais pas courir après une autre blonde ? ai-je répliqué en m'efforçant de garder un ton neutre.

Il s'est contenté de hausser les épaules tandis que je grimaçais à la vue de Peter qui se dirigeait vers nous. Mathieu a vite saisi la raison de mon air dépité. Précipitamment, il s'est levé de sa chaise, m'a prise par le bras et m'a entraînée vers la sortie presque au pas de course. Dans le hall de l'hôtel, il s'est mis à courir carrément. Nous avons failli bousculer une jolie femme en tailleur et nous avons presque poussé une des lourdes portes vitrées sur un groupe d'hommes discutant sur le trottoir.

Dehors, la pluie avait cessé, mais la chaussée trempée était très glissante. Courir de la sorte devenait dangereux. En tournant un coin de rue, j'ai vu un banc et m'y suis littéralement jetée. Je n'ai pas tardé à le regretter : le banc était ruisselant d'eau de pluie, j'avais déjà les fesses toutes mouillées.

— C'est bon, je ne crois pas qu'il nous ait suivis, a haleté Mathieu en s'asseyant à côté de moi.

— Non, je ne crois pas non plus, d'autant plus que c'était évident qu'on cherchait à l'éviter.

— Pourtant, il semblait bien te plaire, hier, le bel Anglais, a rétorqué Mathieu, le sourcil froncé.

— Je t'en prie, ne me parle plus jamais d'hier, ai-je lancé dans un seul souffle.

— OK, m'a-t-il dit, le sourire dans la voix, allez viens, je te fais visiter la ville. Si on reste debout assez longtemps, on réussira peut-être à faire sécher nos derrières, a-t-il ajouté, alors qu'il tentait de détacher de son corps le tissu trempé qui adhérait maintenant à sa peau.

Contrairement à ce que j'aurais cru, étant donné mon état de lendemain de veille, courir au grand air m'a fait du bien. Le mal de tête s'estompait doucement. Puis la lumière du jour n'était plus si éclatante ; j'ai pu retirer mes verres fumés pour admirer la ville convenablement. Ce qui est frappant à Luxembourg, c'est la fraîcheur et la propreté. Tout est lavé du jour ou carrément frais peint. Que ce soit les rues, les places publiques, les immeubles ou les maisons, tout est net et étincelant. Des balayeurs, vêtus de blanc, nettoient les rues, déjà impeccables. Les bâtiments, jeunes de quelques décennies ou vieux de plusieurs centaines d'années, brillent de tout l'éclat de leurs couleurs vives ou pastel. Partout des arbres enjolivent le paysage déjà enchanteur, et des fleurs aromatisent l'air déjà parfumé. Luxembourg, c'est plus qu'une simple ville, c'est beau comme un songe, pur comme une poésie. Avec ses plateaux et ses dénivelés naturels, chaque partie de la ville en surplombe une ou plusieurs autres. Ses cours d'eau et ses remparts nous projettent en pleine féerie. Ses vallées et ses boisés nous transportent au cœur de l'Éden. Tout prête au rêve. Ici, nous pourrions croire que les désirs se réalisent, que les chimères se matérialisent.

Mathieu et moi avons flâné longtemps dans les rues et sur les places publiques presque désertes en ce jour couvert et venteux. La pluie s'était arrêtée, mais elle restait suspendue dans l'air partout autour de nous, dans la lourdeur du temps, dans le vent qui frôlait notre peau et qui cherchait à s'infiltrer sous nos vêtements. C'était comme des caresses de la nature, celles que l'on saisissait au passage, celles qui étaient destinées à la ville. Car ici, les formes parfaitement dessinées de la ville se marient avec aisance aux courbes sauvages de la nature, l'une s'étant érigée dans l'autre. Nous nous sommes arrêtés dans un superbe jardin public, aux plates-bandes tout en fleurs et en symétrie. Sous nos yeux s'étendait la vallée de la Pétrusse, libre et farouche. Les cimes des grands arbres dansaient, légères, sous le vent. Sur notre droite, le pont Adolphe se dressait, droit et solide. Nous sommes descendus tout au fond de la vallée, les bruits de la ville se sont éteints, il ne restait plus que le soyeux bruissement du vent dans les arbres. Une douce sérénité m'a envahie.

On aurait dit que nous avions quitté la terre des hommes, que nous venions de pénétrer dans un monde magique et merveilleux où tout était beau et possible. Un monde illusoire, un monde de paix et d'harmonie. Mathieu est allé se planter sous la plus grande arche du pont Adolphe. Le dos et la tête renversés, les bras étendus en croix, cherchant peut-être à s'abandonner à la nature, à ne faire qu'un avec sa grandeur et sa puissance. La pluie s'était remise à tomber, légère, et mouillait son visage. Lorsqu'il a relevé la tête, son sourire était grand et ses yeux brillaient plus que jamais. Tout en lui m'a attirée subitement, fortement. Je me suis approchée, tout près, bien trop près, et le bleu profond de ses yeux est tombé dans mon regard. Quand il a posé sa main sur ma taille, le courant est passé si fort dans tout mon corps que j'ai bien cru qu'il allait m'électrocuter. Il a penché la tête et ses lèvres ont trouvé les miennes, naturellement. Un brasier est né au fond de moi. Nous sommes restés ainsi, enlacés, embrassés, durant de longues minutes. Son baiser était rempli de lumière. Nous étions là, sous la grande arche du pont Adolphe, parmi le vent qui soufflait au ralenti et la pluie qui tombait goutte à goutte. Un instant figé dans l'espace et dans le temps, durant lequel j'ai tout oublié, durant lequel j'étais amoureuse de Mathieu. Mais c'était un instant, juste un instant. Nos lèvres se sont détachées. Mathieu a posé son front sur le mien, et son regard bleu, aussi doux que le ciel, a plongé dans mes yeux clairs. D'une voix à peine audible, il m'a fait sursauter.

— Tu ne sauras jamais… combien je t'aime.

— … je…

— Chut ! je t'aime, c'est tout.

Lorsqu'il a brisé notre étreinte, j'ai eu la sensation qu'il partait avec une partie de moi ou bien, paradoxalement, qu'il me rendait quelque chose que j'avais perdu. L'instant avait été trop fort, trop grand, bien trop grand pour nous. Mathieu est parti en courant, je l'ai vu monter le sentier qui conduisait là-haut à la route, là-haut dans le monde. Je suis tombée à genoux sur le sol mouillé et j'ai pleuré. J'avais froid et j'avais mal. Jamais on ne m'avait embrassée avec autant de puissance, avec autant d'amour. Non ! Jamais ! Pas même Félix.

# 21

Je suis arrivée très tard au restaurant. Jan m'a lancé un regard plein de reproches, Melody m'a offert un sourire crispé, seul Manuelo m'a saluée gentiment. La soirée était déjà bien amorcée, le restaurant était plein à craquer et, sur scène, l'orchestre jouait. Melody parlait sans cesse, j'en étais étourdie. Le vin coulait et coulait encore, j'en étais grisée. Oui ! J'avais déjà oublié que je ne devais plus prendre d'alcool avant mon retour à Montréal. Alors je m'enivrais. Mon esprit s'embrumait, mon corps s'allégeait. Tel un baume sur une blessure, un voile alcoolisé s'étendait sur mes douleurs, me donnant ainsi l'impression d'une douce guérison. J'ai fermé les yeux un moment, éliminant un à un tous les bruits environnants, j'entendais seulement le son d'une trompette classique qui interprétait avec charme une mélodie d'ailleurs. C'est comme si Mathieu ne jouait que pour moi, comme s'il cherchait à me ramener là-bas, dans ce pays lointain où il était une fois. Mais cela n'avait été qu'un moment déjà perdu à jamais. Un moment chavirant, j'en restais bouleversée, voire déséquilibrée. Je ne savais pas comment j'étais rentrée à l'hôtel, comment j'avais fait pour retrouver mon chemin sous la pluie battante. J'étais arrivée complètement trempée, transie, j'avais pris un bain très chaud, puis j'avais dormi. C'est Jan qui m'avait réveillée, en allumant toutes les lumières, en m'annonçant que nous allions souper avec Melody. Je l'avais laissé partir devant, j'étais encore ébranlée par ce que j'avais vécu un peu plus tôt dans la journée. En m'embrassant ainsi, Mathieu avait, sans le vouloir, rouvert les blessures de mon cœur. C'est comme si son baiser m'avait montré tout ce que j'aurais voulu que soit Félix et tout ce qu'il n'avait jamais été.

La trompette s'est tue, les musiciens ont quitté la scène, Jean-Emmanuel est resté seul au piano, la musique m'est apparue soudainement banale.

Un client, *fan* de Melody ou simplement de belles femmes, est venu lui demander un autographe. Ce qui en a encouragé d'autres. Melody appréciait le vedettariat, elle rayonnait. Jan était agacé par ce va-et-vient à notre table. Lorsque Mathieu s'est approché à son tour, mon cœur s'est emballé. Même s'il ne m'a pas franchement regardée, c'est pour moi qu'il venait. Il s'est accroupi tout près de moi.

— Tara, je suis si désolé de t'avoir abandonnée là-bas sous la pluie. Je ne sais pas, c'est comme si je m'étais égaré dans un moment de panique.

— Ça va, ce n'est pas grave.

— Oui, c'est grave, je n'aurais pas dû.

Mathieu semblait légèrement embarrassé, il a jeté un rapide coup d'œil vers Jan avant de me remettre discrètement une clé.

— Viens me rejoindre plus tard, on va parler.

— Mathieu, je ne sais pas…

— S'il te plaît, Tara, j'aimerais ça qu'on parle.

— Qu'on parle…

— Bien oui ! Pourquoi pas ? a-t-il conclu sur une note maintenant espiègle.

Il s'est relevé précipitamment pour retourner derrière la scène. Je suis restée immobile un court instant, le regard vague, puis j'ai senti que Jan m'observait. En levant mes yeux sur lui, j'ai su qu'il venait de comprendre, que quelque part entre hier et aujourd'hui, il m'avait perdue.

La porte du restaurant qui donnait sur la rue s'est ouverte avec force et grand bruit. Une tempête de flashs s'est abattue sur nous. Avant même que je n'aie compris ce qui arrivait, Jan s'était déjà interposé entre Melody et la meute de paparazzis qui l'assiégeait. C'est vrai, Jan n'aime pas qu'on prenne ses femmes en photo. Seul, contre cette bande, il était presque impuissant. Un agent de sécurité est venu lui prêter main-forte et une bousculade s'en est suivie. Des clients se sont indignés, d'autres se sont éclipsés, une serveuse a renversé un plateau, Manuelo a éclaboussé mes vêtements en laissant échapper son verre. J'ai profité de ce tumulte pour sortir en douce du restaurant.

L'ascenseur tardait à venir, j'ai pris l'escalier jusqu'au deuxième étage. Sans hésitation, j'ai déverrouillé la porte deux cent quatre. C'était petit et en désordre. Au centre, un lit défait et deux tables de chevet, une penderie à gauche, une table de travail et une chaise près de la fenêtre. Sur la table, il y avait un ordinateur portable et plusieurs DVD : des concerts, des documentaires, des films. Dans la penderie, il y avait peu de vêtements, la plupart étaient éparpillés un peu partout dans la chambre. Il y avait un costume de scène bien scellé dans un emballage de plastique, deux ou trois jeans, plus délavés les uns que les autres, deux chemises affreuses et celle en coton indien. C'est celle-là que j'ai décrochée de son cintre. Dans la minuscule salle de bains, il y avait quelques serviettes par terre. Sur la barre à douche, Mathieu avait mis à sécher les habits qu'il portait cet après-midi. J'ai enlevé ma jupe et ma blouse, j'ai frotté à l'eau froide les taches de vin rouge. Elles ont pâli, mais sans disparaître complètement. J'ai accroché mes vêtements à côté de ceux de Mathieu et j'ai enfilé sa chemise de coton indien, elle m'allait bien, mais pas aussi bien qu'à lui.

Sur le lit, en partie caché par les couvertures, j'ai trouvé un violon qui reposait tranquillement dans son étui protecteur. Tiens ! On dirait bien que Mathieu avait décidé de se remettre à ses anciennes amours. J'ai déposé le violon sur la table et j'ai apporté l'ordinateur sur le lit. Je n'avais pas consulté mes courriels depuis trop longtemps. Il y en avait près d'une centaine dans ma boîte de réception. Quelques-uns provenaient d'amis, deux ou trois de ma mère, une bonne vingtaine de Michèle. Ma patronne aussi m'avait écrit, ou plutôt mon ex-patronne. Le titre de son plus récent courriel était écrit en grosses lettres : RENVOYÉE. Tout était là, je n'ai pas eu besoin de l'ouvrir pour comprendre que je n'avais plus d'emploi. Il y avait également plusieurs courriels d'Ève, dont les titres ne prêtaient pas à confusion : L'homme parfait et idéal, Notre BIG patron, Celui qui s'inquiète pour toi, etc. Je n'ai pas pris la peine d'ouvrir tous ces courriels. C'était un autre qui m'intéressait, celui qui avait pour destinateur Félix. Il avait été envoyé le jour même. C'est avec beaucoup d'hésitation que je l'ai ouvert. Il l'avait intitulé « *Le Saule pleureur !* »

*Aujourd'hui, au grand vent et sous la pluie, j'ai marché dans la ville, dans les parcs, dans les jardins. J'ai atterri dans une petite forêt de saules, j'ai pleuré avec eux. Partout, des plantes, des insectes, des bêtes, des oiseaux ; moi, au centre, vide dans mon cœur, vide dans mon âme. Un vide que je n'arrive pas à combler depuis que tu es partie. Je suis seul à errer ainsi au milieu de la nature, en plein cœur de la vie et je ne fais que penser à toi, à ton amour dont j'ai tant besoin. Pardon pour tout ce que j'ai fait, pour tout ce que j'ai été incapable de faire. Je sais, je ne t'écris que des fadaises, des mots d'excuse futiles, mais je n'ai d'autres espérances que ton retour. Dis-moi, je t'en prie, qu'il est bon d'espérer.*

*Je t'aime de tout mon être, cœur et âme !*

*Félixxxx*

Ses mots me sont allés droit au cœur et des larmes ont coulé sur mes joues. Pourtant, je ne voulais surtout pas que ce voyage devienne inutile. Non ! Félix ne gagnera pas. J'ai rapidement effacé le message avant qu'il ne me prenne une envie de lui répondre. Toutefois, j'aimais bien entrevoir la possibilité d'avoir enfin Félix pour moi toute seule. Alors qu'au fond de moi je sais bien qu'il y aura toujours une nouvelle Marie-Ange au tournant de chaque chemin. Je ne sais même plus qui perd ou qui gagne à ce jeu.

Je suis sortie de ma torpeur au bruit de la porte qui s'ouvrait. Mathieu n'a fait qu'un seul pas dans la chambre, il m'a vue sur son lit. Un sourire emmiellé s'est dessiné sur son visage. J'ai souri aussi malgré mes larmes, Mathieu me fait du bien.

— C'est ma chemise que tu mouilles ainsi de tes larmes.

J'ai tenté une explication, Melody, les paparazzis, le vin sur mes vêtements... Melody et... Jan...

— C'est lui qui te fait pleurer de la sorte ?

— Non, ai-je dit en soupirant.

Mathieu a hésité un moment avant d'enlever sa veste et de défaire son nœud papillon. Ce look BCBG ne lui allait pas du tout.

— Ce n'est pas moi, j'espère ?

— Non plus... ou... peut-être... un peu... pas vraiment.

— C'est un peu confus tout ça, a-t-il remarqué en s'asseyant sur le lit tout près de moi.

Un instant, j'ai scruté son regard si ardent lorsqu'il le fixait intensément sur moi. Dans ses yeux limpides, je voyais des vagues bleues au milieu desquelles j'aurais voulu me fondre, disparaître à tout jamais. M'anéantir. J'aurais bien voulu connaître la profondeur de l'amour qu'il disait avoir pour moi, sentir son poids sur mon corps jusque dans mon âme.

— C'est Félix qui me fait pleurer.

— Le type de Montréal ! a dit Mathieu d'un ton consterné. Après toutes ces semaines, avec en plus un océan entre vous deux, il arrive encore à te chavirer le cœur.

— Je suis pathétique ! Je le sais. Je crois que je vais oublier les hommes pour quelque temps.

— C'est super ! a repris mon jeune compagnon, qui retrouvait à l'instant toute sa vivacité. Je ne suis pas un homme. Tu te souviens, tu me l'as dit toi-même, je ne suis qu'un gamin.

J'ai éclaté de rire. C'est vrai que Mathieu me fait du bien, mais je savais bien qu'avec lui ça ne serait que passager, tout comme avec Jan, tout comme avec Félix.

Mathieu a penché la tête vers moi pour m'embrasser, j'aurais bien aimé goûter encore une fois à son baiser, mais avant que nos lèvres ne se soient touchées nous avons entendu la porte de la chambre s'ouvrir. Mon ami a fermé les yeux en grimaçant.

— C'est Édith, j'ai un peu oublié que je lui avais déjà donné une clé à elle aussi, m'a-t-il avoué à voix basse.

— Je le savais donc, Mathieu O'Neil, tu n'es qu'un gamin volage, ai-je chuchoté en souriant doucement.

— Ah non ! a tonné Édith en entrant dans la chambre.

Je suppose que le fait de me voir ainsi sur le lit, à moitié nue, appuyée sur un amas d'oreillers, cela a nourri son imagination. Elle n'a même pas regardé Mathieu, c'est à moi seule qu'elle s'est adressée.

— Tout bien réfléchi, je ne trouve plus rien d'étonnant à ce que beaucoup de femmes acceptent les infidélités des hommes : elles sont elles-mêmes inconstantes et infidèles.

Elle a quitté la chambre en secouant la tête de gauche à droite, comme si elle cherchait à démentir la vérité qu'elle avait sous les yeux. Mais elle est vite revenue sur ses pas.

— Tu sais, Tara, j'aurais bien pu trouver des milliers de femmes ici, mais certainement pas toi. Je croyais que nous étions pareilles toutes les deux, je croyais que tu me comprenais. Si j'étais comme Adelle, je sauterais sur toi pour t'arracher les yeux.

— Mais non, a ajouté Mathieu en rigolant, Adelle est plus du genre à sauter dans le lit pour se joindre à nous.

J'ai jeté un regard étonné à Mathieu. Selon moi, l'instant n'était pas à la plaisanterie.

— Bon, je pars, je vous laisse régler ça entre vous.

— Tara, s'il te plaît, ne pars pas, m'a demandé Mathieu.

— Ne pars pas, a répété Édith sur un ton exaspéré.

J'ai ramassé mes vêtements qui séchaient dans la salle de bains et je suis sortie dans le couloir sans avoir pris le temps de m'habiller. J'appuyais sur le bouton de l'ascenseur quand Mathieu est arrivé derrière moi.

— Tara, je suis désolé, j'aurais dû mettre la chaîne à la porte.

— Mathieu ! C'est pas ça, le problème !

— Bien non, on le sait bien c'est quoi le problème, a fortement répliqué Édith qui suivait Mathieu au pas. Le problème, c'est moi.

Édith est subitement devenue hystérique, elle s'est mise à crier en allemand à l'endroit de Mathieu. Ce tapage a attiré la curiosité alentour, des portes se sont ouvertes, des gens, pour la plupart des membres de l'orchestre, sont sortis dans le couloir. Moi, j'appuyais incessamment sur le bouton de l'ascenseur qui tardait à ouvrir ses portes, j'étais de plus en plus mal à l'aise, simplement habillée d'une culotte et d'une chemise. Les choses se sont gâtées quand Adelle et Jean-Emmanuel se sont pointés devant l'ascenseur. Édith s'en est prise à la chanteuse. Une vraie bataille a éclaté. Plusieurs musiciens tentaient de séparer les deux filles qui s'injuriaient de plus belle.

Lorsque j'ai entendu l'ascenseur qui s'arrêtait enfin, j'ai cru que c'était mon échappatoire qui se présentait. Mais c'était un tout autre spectacle qui s'offrait à moi. Melody et Jan, enlacés, étaient si absorbés l'un par l'autre qu'ils ne m'ont pas remarquée immédiatement. C'est la jeune mannequin qui m'a vue la première.

— Ah !

— Bonjour, ai-je simplement dit en affichant mon plus joli sourire.

— Eh ! Tara ! Mais que fais-tu en sous-vêtements dans le couloir ?

Voilà ! Jan met l'accent sur mon aspect ridicule pour tenter de me faire oublier la position dans laquelle je viens de le surprendre.

— Mais qu'est-ce qui se passe ici ? s'est-il exclamé en voyant la scène qui se déroulait derrière moi.

Il est précipitamment sorti de l'ascenseur alors que j'y entrais. Les portes se sont refermées. Melody et moi nous sommes retrouvées au beau milieu d'un tête-à-tête silencieux et intimidant. L'ascenseur a dû bien mettre une demi-heure pour monter jusqu'au neuvième étage. Et j'exagère à peine ! Évidemment, la top-modèle et moi avons voulu sortir de l'ascenseur en même temps, alors que les portes n'étaient pas encore complètement ouvertes, nous sommes restées coincées, l'une contre l'autre, durant une ou deux secondes.

— Oh ! Pardon !

— C'est de ma faute, allez-y, Melody.

— Non, voyons, passez la première et courez vous habiller.

La garce ! Elle cherche juste à m'humilier. Elle s'est dirigée lentement vers sa chambre, je sais qu'elle attend Jan, elle veut s'assurer qu'elle n'a pas perdu sa prise. J'avais presque envie de lui crier que je le lui laissais. Quand j'ai voulu entrer dans ma chambre, je me suis aperçue que j'avais perdu ma clé, je n'avais que celle de Mathieu dans mes mains.

Melody était encore dans le couloir quand Jan s'est enfin pointé au neuvième étage. Il nous a regardé toutes les deux en haussant les épaules, se demandant ce que nous faisions encore là.

— Jan, tu m'appelles, a lancé avec minauderie la jolie jeune femme.

Il lui a fait un léger signe de tête affirmatif avant de se tourner vers moi.

— Alors, tu entres t'habiller ?

— Je ne peux pas, je n'ai pas la bonne clé.

— Bien sûr, se promener d'une chambre à l'autre, ça crée de la confusion.

— Et toi, tu n'es jamais confus, n'est-ce pas ?

— Entre ! m'a-t-il lancé sur un ton catégorique, presque autoritaire, qui lui est propre. J'ai des choses à te dire.

# 22

Jan ne m'a parlé de rien, il a préféré m'envoyer prendre une douche. C'est seulement quand je suis sortie de la salle de bains qu'il a commencé à discuter. Il ne m'a pas parlé de Mathieu, pas plus qu'il ne m'a fait d'aveux à propos de Melody North. De toute façon, j'en avais suffisamment vu dans l'ascenseur pour savoir où il en était avec la trop belle Norvégienne. Puis, honnêtement, ça ne me faisait même pas de peine, Jan n'avait jamais été plus qu'un plaisir passager. Mon amant n'a donc rien dit de nos égarements amoureux. Il m'a plutôt parlé de Damien.

— Tara, lorsqu'on a tenté de t'enlever à Amsterdam, c'était Damien.

— Vraiment !

Jan m'a raconté que Damien se cache. Depuis des mois, il se cache de tous, surtout de son frère, son jumeau qui est prêt à tout pour le retrouver. Car Fabrice veut voler la collection de pierres précieuses de leur oncle et, pour réussir à s'en emparer, Damien est un atout nécessaire. Il a lui-même installé le système de sécurité chargé de protéger le trésor de son oncle. De plus, il est le seul à connaître l'emplacement exact des pierres. Perpétrer ce vol sans Damien est trop risqué. Mais voilà qu'il y a quelques mois Damien en a eu assez du banditisme, cela va à l'encontre de sa nature ; il y avait été entraîné par l'influence de son frère. Un beau matin, il a donc pris la poudre d'escampette, abandonnant son frère et ses complices qui se trouvent à être nul autre que la bande à l'origine des vols de bijouteries dont on parle beaucoup depuis quelque temps et qui fascinent tant Émilien.

Pour faire sortir Damien de sa cachette, Fabrice a eu l'idée plutôt loufoque de m'attirer en Europe. Ce qui, somme toute, avait fonctionné, puisque dès qu'il fut informé de ma présence à Amsterdam, par une amie avec laquelle il avait gardé un contact par courriel, Damien était réapparu deux jours après mon arrivée. Craignant pour ma sécurité, mais voulant rester sous le couvert de l'anonymat, il avait tenté de me faire enlever dans le simple but de me faire prendre le premier avion pour Montréal et ainsi m'éloigner de la menace que représentait son frère. Il va sans dire que ce plan, imaginé en désespoir de cause, avait échoué. Damien s'était alors tourné vers Jan, qui semblait déjà m'avoir prise sous son aile. Il lui avait demandé d'assurer ma sécurité durant toute la durée de mon séjour en Europe.

— Ils sont bêtes ou quoi, les frères Dubois ? Tous leurs plans sont ridicules !

— En effet, mais tout cela n'a plus vraiment d'importance. J'ai parlé avec Damien, et il partira bientôt pour Montpellier. Il a pris un arrangement avec les autorités, c'est-à-dire qu'il perpétrera le vol chez son oncle, mais dans le seul but de faire arrêter Fabrice pour qu'enfin il le laisse en paix. Quant à lui, en échange de sa coopération, il aura une peine allégée.

Toutefois, avant de partir, Damien voulait me revoir. Je me suis rappelé qu'après tout rencontrer Damien était au départ le but principal de ce voyage. C'était Michèle qui m'avait envoyée ici pour régler rapidement toute la paperasse entourant son divorce. Jan avait déjà pris rendez-vous pour le lendemain.

— Je vais t'accompagner demain, m'a-t-il dit.

Son ton était catégorique. C'était clair qu'il ne voulait pas que je voie Damien seule à seul. Puis il a poursuivi sur une note plus douce, même hésitante.

— Et maintenant, Tara, que veux-tu faire ?

J'ai respiré profondément avant de laisser échapper un petit rire nerveux. Je comprenais bien que c'était sa manière d'aborder le délicat sujet de nos incartades amoureuses.

— Je vais prendre une chambre, j'ai besoin d'être seule pour quelque temps, puis demain je verrai.

— Viens un peu ici, m'a dit Jan en m'ouvrant ses bras.

J'ai vu des éclats verdoyants danser dans son regard et se répandre jusqu'à son sourire. Cela m'a rappelé notre première rencontre au cabaret. Avec lui, j'ai vécu des moments que jamais je n'aurais cru vivre, j'ai ressenti des émotions inconnues, parfois vives, parfois douces, toujours appréciables, quelle qu'ait pu être leur nature. S'il n'y avait pas eu Jan, je ne serais probablement pas allée au bout de moi-même. Ou peut-être bien que si, mais je l'aurais fait sous un tout autre angle, ce qui m'aurait conduite ailleurs. Je ne voulais pas être ailleurs, je ne voulais pas être avec un autre. Je voulais être ici et maintenant avec en mon âme tout le bagage que j'avais pu cumuler ces derniers temps. J'avais enfin cette certitude d'être à ma place, au bon moment. Jan m'a serrée dans ses bras, il m'a enveloppée de cette force, quasi palpable, qu'il possède. Une force qui lui est propre, que je n'ai jamais sentie émaner d'un autre homme, pas même de Félix, qui, lui, n'a que la prestance et l'apparence de la force. Au fond de lui, il est déchiré, tout émietté, autant que moi, peut-être bien plus que moi. Un instant, j'ai cru pouvoir tout recommencer avec Jan, malgré le baiser de Mathieu, malgré le courriel de Félix, j'aurais pu tout recommencer du début. Puis non, ma thérapie de corps était terminée, je n'avais plus vraiment envie de faire l'amour avec Jan.

# 23

Le lendemain, après ma rencontre avec Damien, j'ai refusé que Jan me ramène à l'hôtel ; il faisait si beau, j'ai préféré marcher. Ce rendez-vous avec l'ex-mari de ma tante avait été bref et professionnel, Michèle allait être satisfaite, son divorce sera prononcé prochainement.

C'était le premier jour de vrai soleil depuis que j'étais arrivée au Luxembourg. Les rues étaient si bondées que j'en avais le vertige. Un peu plus tôt, j'ai eu l'idée d'appeler Isabelle pour lui demander si elle acceptait de me laisser sa maison d'Argelès-sur-Mer pour quelques jours, le temps que je me retrouve. Elle m'avait assuré être très heureuse de me rendre ce service, elle me proposait même de rester avec moi un jour ou deux. Sa joie de vivre explosive allait certainement me revigorer, alors que la beauté de la mer Méditerranée m'enveloppera de tranquillité. C'était un contraste appréciable qui allait achever de me remettre d'aplomb.

Je me suis éloignée un peu du centre-ville, j'ai laissé mes pas me guider plus loin, là où tout était plus calme, là où régnait une grande quiétude. Sous les rayons chatoyants du soleil, le jardin public qui surplombait la vallée de la Pétrusse était encore plus splendide. J'y ai fait quelques pas avant de remarquer, assis sur un des bancs, Mathieu qui contemplait l'imposante architecture du pont Adolphe. J'ai fait le tour d'un massif de fleurs et je me suis assise tout près de lui. Il m'a enlacée et j'ai posé ma tête sur son épaule. Nous sommes restés ainsi, sans parler, à regarder les cimes des grands arbres qui valsaient doucement au gré du vent. Ce n'est qu'après un long moment que Mathieu a brisé le silence.

— Je pensais que tu étais partie avec Jan.

— Non, je crois qu'il est parti avec Melody, moi j'irai peut-être en France, chez une amie, j'ai besoin de dépaysement.

D'un bond, Mathieu s'est mis sur pied, j'en ai été légèrement secouée. Encore une fois, son sourire et son regard étaient remplis d'espièglerie.

— Alors, tu as mangé ce midi ?

— Non, pas encore.

— Allez, je t'invite au McDo.

— Au McDo !

— Oui ! Ça te dépaysera certainement. Mais ne t'inquiète surtout pas, il y a du café, au McDo.

Il m'a tendu une main que j'ai promptement saisie et nous sommes partis vers la place d'Armes comme deux amoureux. Nous nous sommes installés à une table au beau milieu de la place d'Armes et nous avons mangé notre repas. Mathieu me caressait finement la main, comme je l'avais vu faire avec Édith quelques jours auparavant. J'avais envie de lui proposer de venir en France avec moi ou bien de rentrer immédiatement à Montréal. Mathieu ne m'en a pas laissé le temps.

— Je ne retourne pas à l'université en septembre, je vais rester ici encore un bout de temps.

— Ici ! À Luxembourg !

— Non, pas à Luxembourg, mais à Amsterdam. Je termine mon contrat dans une semaine. Alors je ne sais pas, mais peut-être que Jan acceptera de me prendre au cabaret.

J'ai pris une gorgée de café et j'ai souri en me remémorant Amsterdam.

— Qu'est-ce qui te fait sourire comme ça ? Tu crois que ton cher Jan ne voudra pas de moi dans son cabaret ?

— Ce n'est pas du tout à ça que je pense. Je me suis seulement rappelé Cassidy et Jolanda.

— Elles te manquent tant que ça, mes deux copines ? m'a demandé Mathieu d'un ton moqueur.

— Oh oui ! Beaucoup ! lui ai-je répondu sur le même ton. J'essaie d'imaginer un trio avec Adelle. Tu imagines : Adelle à Amsterdam.

— Pitié ! Ce serait la troisième guerre…

— Mais non, ce serait seulement amusant. D'un côté, Cassidy, l'Américaine au bustier prêt à éclater, et, de l'autre, Adelle, la Belge au décolleté invitant. Puis, au centre, l'insipide Jolanda, désespérée par son *look* ennuyeux, qui exprime sa rancune dans son journal à potins sous le titre *Mathieu et les feux d'Amsterdam*.

— Oh ! Que de jalousie j'entends ici !

— Tu aimerais trop ça.

— Bien sûr que ça me plaît, Tara Vallières, jalouse !

On a bien ri, tous les deux. Mathieu a avalé sa dernière bouchée et moi j'ai bu ma dernière gorgée de café. Notre histoire, à peine entamée par un baiser, n'aura jamais de suite. Elle se termine ici avec un Big Mac sur la place d'Armes du Luxembourg, un jour de gros soleil. Je l'ai laissé retourner à sa musique, à son monde baba cool, à toutes ses femmes si belles et si jeunes. Tel est Mathieu, un gars volage qui dit m'aimer. Mais ça, Félix me l'a dit

souvent. On peut aimer sous bien des angles. Je crois que, maintenant, je veux qu'on m'aime selon mes propres conditions. Je veux
surtout apprendre à m'aimer pour ainsi savoir comment je veux
être aimée.

# 24

La maison de vacances était une magnifique demeure ancestrale, vaste et chaleureuse. Isabelle en avait hérité trois ou quatre ans plus tôt d'un vieux médecin veuf, un ancien amant probablement. Si j'avais cru pouvoir enfin me retrouver en me réfugiant ici, à Argelès-sur-Mer, je m'étais totalement trompée. Au lieu de la quiétude à laquelle j'aspirais, je m'étais plutôt trouvée face à une bruyante cohorte de gigolos assoiffés d'amour. D'amour charnel, bien évidemment, car pour tous ces Adonis, Don Juan et Casanova, l'amour n'est rien de plus que deux corps qui s'enflamment au contact l'un de l'autre.

À peine avais-je mis le pied dans la maison que déjà je ressentais toute cette énergie sexuelle prête à exploser et à se répandre. Des hommes jeunes et moins jeunes, mais tous plus beaux et plus musclés les uns que les autres, m'ont saluée à tour de rôle dans trois ou quatre langues différentes.

— Euh ! Excusez-moi, j'ai dû me tromper d'adresse…

— Tara, chérie ! Qu'est-ce que tu racontes ? Tu ne reconnais plus ma maison ?

— Isabelle ! Non… euh… oui, mais à voir tous ces gens, j'ai cru que j'étais au mauvais endroit. Je suis désolée, je ne savais pas que tu organisais une fête. Tu aurais dû me le dire, je ne t'aurais pas dérangée.

— Mais, Tara, c'est une fête en ton honneur.

— En mon honneur !

— Lorsque tu m'as appelée hier, tu semblais si triste que j'ai donné quelques coups de téléphone ici et là. J'ai invité plein d'amis. Que des hommes capables de te remettre en un rien de temps de ta peine d'amour.

J'ai soupiré d'exaspération. Isabelle était complètement bouchée. Elle n'avait rien compris de tout ce que je lui avais raconté la veille.

— Mais je ne suis pas triste, au contraire, je me…

— Eh ! m'a coupée mon hôte, ne viens pas me faire croire que tu étais gaie et joyeuse.

— Non, ai-je répliqué avec agacement, j'allais dire que je me sentais sereine. SEREINE, c'est pour ça que je voulais venir ici, pour me connecter davantage à cette sérénité. Puis je ne suis pas en peine d'amour, il n'y a jamais eu d'amour entre Jan et moi.

— Tara, a repris Isabelle d'une voix compatissante, je parle de Félix. Tu es en peine d'amour depuis des années. En fait, depuis le premier jour où tu l'as laissé s'étendre dans ton lit.

Elle aurait eu sans doute raison quelques semaines plus tôt, alors que commençait ma grande aventure européenne ; mais à ce jour, je ne ressentais pas la douleur que l'absence de Félix créait d'ordinaire dans mon cœur et dans mon âme. J'étais en train de guérir. Je les sentais se cicatriser, toutes ces blessures que Félix avait pu m'infliger au fil des ans.

— J'avais seulement besoin d'un lieu paisible et d'une amie, ai-je laissé tomber en soupirant. Certainement pas de toute une bande de séducteurs impudents. Et comment as-tu fait pour faire venir tous ces hommes en si peu de temps ?

— Quand j'ai besoin d'un homme, je claque des doigts et il arrive en courant. Je ne sais pas, c'est comme de la magie.

Isabelle s'est mise à claquer des doigts pour démontrer l'efficacité de sa méthode toute simple. En moins de deux, un grand brun s'est jeté à ses pieds pour lui faire un baisemain, un jeune bronzé s'est pointé derrière elle et a déposé un baiser dans son cou, tout en lui enlaçant la taille, puis un frisé, à l'air intello, lui a tendu un verre de vin.

— J'en ai assez vu, je crois que je vais aller me cacher dans une chambre. J'espère que tu en as au moins une qui ferme à clé.

— Non, je n'en ai pas qui ferme à clé, mais attends, a ajouté Isabelle en imitant exagérément quelqu'un en grande réflexion ; je crois, oui, je crois que j'ai au moins une chambre avec une porte.

— Isabelle ! ai-je lancé d'une voix exaspérée.

— Oh ! Je blague ! Viens, je te conduis à ta chambre, une belle chambre avec une porte solide et un gros verrou. Eh ! Valentino, a-t-elle crié en imitant l'accent italien, tu prends les bagages de ma copine.

Le bel Italien a ramassé mes valises et mon sac de voyage comme s'ils ne pesaient qu'une plume. Pourtant, je savais qu'ils étaient très lourds, bien plus lourds qu'à mon arrivée en Europe, près de deux mois auparavant.

— Tara ! Tu arrêtes de faire la gueule. Quand tu te seras installée, on va manger, on va boire, mais surtout on va rire et s'amuser. Puis, après avoir bien rigolé, tu pourras t'enfermer à double tour dans ta chambre et je t'assure qu'aucun de mes dieux grecs ou romains n'ira t'importuner. Alors tu me fais un sourire, maintenant.

J'ai souri à Isabelle. Je sais bien qu'elle ne cherche qu'à être gentille. C'est seulement qu'elle a sa vision de l'amour et du plaisir qui ne correspond en rien à ma propre perception du sujet. Je l'aime bien, tout de même, elle est tel un courant d'agrément qui passe occasionnellement au milieu de mes préoccupations routinières.

— Mais si tu changes d'idée, a ajouté mon amie sur le ton de la confidence, je te laisse Valentino. Tout ce que j'ai pu expérimenter avec lui, c'était sublime, plus haut que le septième ciel. Ah ! Il faut que je te raconte la fois où il a…

— Isabelle, ai-je coupé en grimaçant, je n'ai pas besoin de savoir ça.

— Tara, tu veux connaître ça au moins une fois dans ta vie.

— Non ! Je n'en veux pas de ton Valentino, tu peux le garder pour toi.

— Je te dis que je te le laisse, moi, j'y ai déjà goûté plusieurs fois. Pour cette nuit, je me réserve le jeune Brésilien, j'oublie toujours son nom, mais peu importe, il est nouveau dans mon entourage et je n'ai qu'une envie, c'est de le coincer sous la couette et de lui…

— Isabeeeeelle ! S'il te plaît !

J'ai rapidement monté le reste de l'escalier pour ne plus l'entendre. Une fois au deuxième étage, j'ai laissé Valentino déposer mes bagages et je les ai presque poussés dans le couloir, lui et Isabelle, avant de m'empresser de fermer la porte et de mettre le verrou. Je les entendais rire de l'autre côté.

Je me suis fait couler un bain, la route avait été longue et éreintante, j'avais besoin de me détendre avant d'aller affronter cette bande de machos affamés. Si j'acceptais de me joindre à eux tous pour le souper, c'est que j'avais très faim, mais moi, contrairement aux autres convives, je n'avais faim que de nourriture. Puisque Isabelle et moi étions les deux seules femmes et que je n'avais rien de la déesse Aphrodite, il était évident que la majorité des cinq ou six hommes en rut que notre hôte entretenait allaient devoir rentrer bredouilles.

En plongeant dans mon bain, j'ai entendu un air latino monter du rez-de-chaussée. J'imaginais tous ces gaillards se trémousser langoureusement sur la musique et j'ai éclaté de rire. J'avais vraiment envie d'aller y faire un tour, après tout.

En bas, c'était la fête, la table était mise, quelques convives s'attaquaient déjà à la nourriture, d'autres dansaient, Isabelle était leur reine. Tel qu'elle me l'avait dit plus tôt, j'ai mangé, j'ai ri et je me suis bien amusée. Par contre, je n'ai pas bu, l'alcool m'avait fait faire bien des bêtises ces derniers temps. Entourée de tant d'hommes aux mœurs légères, je préférais rester sobre et alerte. Peu après minuit, lorsqu'ils se sont mis à poil pour aller batifoler dans la mer Méditerranée à deux minutes de la maison, je me suis discrètement dirigée vers ma chambre, tout en jetant des coups d'œil ravis vers ces corps virils et puissants. Même si je refuse de les savourer, je peux bien les contempler. Détailler du regard les amants nus d'Isabelle est assurément une activité fort agréable qui, de plus, a peuplé mes rêves d'amour et de caresses.

Lorsque j'ai ouvert l'œil, le lendemain, j'ai été étonnée du silence qui régnait autour de moi. Les autres occupants devaient dormir. En regardant vers la fenêtre, j'ai remarqué que le soleil brillait très fort. J'ai pris soin de m'habiller avec ce que je possédais de plus austère avant de descendre, je ne voulais surtout pas attirer les regards de convoitise en ne portant qu'un simple maillot de bain ou un vêtement quelque peu affriolant.

À la salle à manger, je n'ai trouvé qu'Isabelle et son Brésilien, les yeux dans les yeux, attablés devant un petit-déjeuner auquel ils n'avaient pas encore touché.

— Bonjour !

— Eh ! Tara ! Alors, tu as bien dormi ? Personne n'a défoncé ta porte ? Viens par ici que je m'assure que tu n'as aucune morsure au cou.

Chose certaine, ses ébats amoureux de la nuit dernière ne lui ont pas fait oublier son humour moqueur.

— Où sont passés tous tes Dracula ? ai-je enchaîné sur la même note. Garderais-tu quelques cercueils tout au fond de la cave ?

— Pas du tout. Ici, il n'y a que de la vie. Et si tu étais venue à la plage avec nous hier soir au lieu de disparaître silencieusement, tu aurais fait la connaissance d'un bel essaim de nymphettes venues s'adonner aux joies du bain de minuit. Alors je n'ai pas à ajouter que mes dieux grecs et romains ont tous terminé la nuit en agréable compagnie.

— Eh bien, c'est tant mieux pour eux, ai-je lancé joyeusement en me dirigeant vers la cuisine.

— Et c'est ton jour de chance, a crié Isabelle de la salle à manger. Je te laisse la maison. Je pars à Venise avec mon nouvel amant. En plus, avec le mois de septembre qui arrive, la plupart des vacanciers vont quitter la ville. Tu seras seule et tranquille. Tu pourras enfin te connecter à ta sérénité.

# 25

En cette fraîche journée de la mi-septembre, les sept kilomètres sablonneux de la vaste plage d'Argelès-sur-Mer étaient presque déserts. Comme tous les matins, depuis qu'Isabelle avait quitté la maison avec sa joyeuse bande de mecs, j'allais écouter le son des vagues et goûter l'air salin de la Méditerranée.

Rapidement, j'ai déployé ma chaise pliante et j'ai serré les pans de ma veste sur mon corps. J'ai sorti un livre et une tasse thermos de mon sac de plage. Avant de reprendre ma lecture là où je l'avais laissée la veille, j'ai admiré l'horizon. Encore aujourd'hui, sa ligne fixe et profonde était droite tel un chemin sans obstacle, sans limites. Un continuum. La mer caressant le ciel qui la surplombe avant de s'étendre sur elle, tous deux dansant une valse infinie, celle du temps et de l'espace, celle de la beauté et de l'amour.

Depuis trois semaines, je suis seule, mais je me sens bien entourée. Je n'ai jamais été aussi active sur les réseaux sociaux et j'échange beaucoup de courriels avec mes amis, autant les vieux que les nouveaux. Ève m'écrit tous les jours, elle s'informe de ma correspondance électronique avec Charles Hanks, le patron du patron de mon ancienne patronne. Puisqu'elle est persuadée qu'il est l'homme idéal et parfait pour moi, elle s'est arrangée pour poser ma candidature à un poste d'adjointe directement liée à son service. Évidemment, pour arriver à obtenir cet emploi, je dois réussir à faire rayer mon nom de la liste noire de l'entreprise. Qui pourrait être meilleur que M. Hanks, le vice-président du service des finances, pour me réinsérer au sein du service des ressources humaines ? Selon Ève, il est le mieux placé, alors je lui écris souvent.

Je crois que ma copine n'avait pas tort lorsqu'elle disait qu'il s'inquiétait pour moi à la suite de mon accident de voiture. Depuis que j'ai commencé à lui écrire, il prend souvent de mes nouvelles, il m'a déjà demandé plusieurs fois si je compte rentrer bientôt à Montréal. Il m'a affirmé que si je ne peux pas réintégrer mon poste, il s'assurera que j'en obtienne un meilleur.

C'est vrai que rentrer à Montréal devient de plus en plus tentant. Il est temps de faire face à mes responsabilités, à ma vie, à Félix. Puis mon compte en banque est vide, je ne peux pas vivre aux crochets d'Isabelle indéfiniment, même si je sais bien qu'elle n'y verrait pas d'objection. Elle est très charitable, en fait, elle m'appelle fréquemment, elle s'assure que je vais bien et que je ne manque de rien. Elle envoie régulièrement un de ses amis me faire une visite de courtoisie. Elle souhaite vraiment que je goûte à son Valentino, c'est lui qui vient me voir le plus souvent. Il arrive toujours chargé de fleurs et de friandises. Même s'il est très beau et très sympathique, il n'a aucun effet sur mes sens. Mais il n'est pas en reste, je sais qu'il courtise une fille au village, je les vois souvent tous les deux à la plage. Ils ont vraiment l'air amoureux. Je crois bien qu'Isabelle perdra bientôt un autre de ses soupirants. La pauvre ! Elle a déjà perdu son Brésilien, qui l'a plaquée après seulement trois jours. Je crois qu'elle est en manque d'amants ; dans ses messages, elle ne cesse de me questionner sur Jan et sur sa performance au lit. De plus, elle veut que je la tienne au courant des allées et venues de Melody North à Amsterdam. Isabelle veut être certaine d'avoir le champ libre lorsqu'elle ira faire son tour au cabaret.

Amsterdam ! J'aurais presque envie de partir avec elle. Je pourrais y voir Mathieu qui y est retourné, Jan l'a embauché au cabaret. Il joue de la trompette aux côtés d'Émilien, de Danti, de Cassidy, des Satin Dolls et de tous les autres. Avec toute l'intensité et la fébrilité d'Amsterdam, il vit pleinement sa musique et sa jeunesse. Lorsque je pense à lui, un large sourire se dessine sur mon visage et un souvenir remonte à mon esprit : un baiser échangé un jour de pluie et de grand vent, sous une arche du pont Adolphe. Dans ses courriels, même s'il ne mentionne jamais notre baiser, je le devine derrière tous les mots qu'il m'écrit. Je crois que pour lui, comme pour moi, c'est le souvenir d'une expérience à la fois douce et brutale. Ce baiser, je le garde précieusement tout au fond de mon âme. Chaque jour, je sens qu'il prend une place un peu plus importante.

— Je savais bien que je te trouverais ici !

En entendant la voix tout près de moi, j'ai sursauté ; et le livre, que je tenais à la main, mais que je ne lisais pas, est tombé à mes pieds.

— Isabelle !

— Oh ! Tu ne sembles pas très heureuse de me revoir.

— Non, ce n'est pas ça, c'est seulement que tu m'as fait peur, je ne t'avais pas entendue venir. Puis je ne m'attendais pas à te voir ici. Tu me disais l'autre jour être débordée de travail.

— Oui, je suis débordée, mais… je suis venue parce que… parce que j'ai quelque chose à t'annoncer.

Isabelle parlait d'une voix hésitante, comme si elle répugnait à me dire quelque chose. Ce qui ne lui ressemblait pas du tout. Elle dont la parole n'a aucune censure, aucun interdit. Avant de poursuivre, elle a jeté un coup d'œil derrière elle, comme si elle avait peur que quelqu'un nous entende.

— C'est juste que Félix…

— Il va bien ? ai-je demandé brusquement.

Isabelle commençait sérieusement à m'alarmer avec cette attitude inquiète qui ne lui était absolument pas coutumière.

253

— Oui… euh… non, il ne va pas bien.

— Oh ! Mon Dieu ! Il a eu un accident, ai-je laissé tomber dans un seul souffle.

— Non, non, non, ce n'est pas ça du tout, m'a dit Isabelle en riant. Oh là là ! Tu sembles t'en faire encore beaucoup pour mon frère. Ça me rassure.

— Tu te trompes, ai-je répliqué mi-gênée, mi-agacée, je ne m'en fais pas du tout pour ton frère, c'est seulement que tu parles comme si quelqu'un était mort. Même si Félix m'a brisé le cœur, je ne souhaite pas sa mort.

— Ce n'est pas facile pour lui, ces temps-ci. Tu sais, Élena n'a pas du tout aimé se faire larguer pour une gamine. Elle a été très rapide pour reprendre la Boxster, vider le compte en banque et faire annuler les cartes de crédit. La p'tite Marie-Ange, qui n'est pas si angélique, s'est vite tannée de se déplacer en transports en commun et de cuisiner elle-même ses repas dans son petit appartement meublé de ton ancien mobilier.

— Ah ! C'est ironique tout ça. Pendant que moi, je me promène en voitures de luxe, que je mange dans les meilleurs restaurants d'Europe et que je dors dans des hôtels cinq étoiles, l'autre sèche à Montréal ! Tu n'as pas idée, Isabelle, à quel point c'est jouissif ce que tu me racontes là.

— Pour Félix, c'est moins amusant, a répliqué Isabelle d'une voix légèrement moqueuse, sa Marie-Démone en a eu marre, elle a foutu le camp chez sa mère.

— Maintenant, je comprends pourquoi Félix m'écrit tous les jours depuis quelques semaines. Il est triste et seul, ai-je dit en faisant une moue exagérée.

Je n'avais lu aucun de ses courriels, je les effaçais avant même de les ouvrir. Lorsque je voyais un message de Félix dans ma boîte de réception, j'avais le même sentiment d'agacement que lorsque mon téléphone sonne à l'heure du souper et que je sais par l'afficheur qu'il s'agit d'une firme de télémarketing.

J'ai fermé ma chaise de plage, j'ai ramassé mon livre et ma tasse thermos qui traînaient dans le sable. J'ai commencé à marcher lentement vers la maison.

— Attends, Tara, je n'ai pas terminé. Ce que je viens de te dire, là, c'est juste une sorte d'introduction.

— Seigneur ! c'est sérieux, ce que tu as à m'annoncer.

Isabelle a pris une longue inspiration. Elle semblait chercher ses mots. Elle qui, pourtant, en avait toujours trop qui se bousculaient dans sa bouche.

— Tu sais, Tara, quand je t'ai croisée à Monaco, je t'ai trouvée si belle et si heureuse. Avec Jan, tu rayonnais. Puis quand tu es arrivée ici, il y a quelques semaines, tu rayonnais encore plus, même si Jan n'était plus là, même s'il était parti avec une autre. Tu n'as pas besoin de qui que ce soit pour être bien et sereine. Tu y arrives par toi-même. Tu as trouvé ton essence et je ne voudrais pas que tu la perdes. Je ne veux surtout pas que Félix vienne te l'enlever.

— Isabelle, je suis totalement libérée de toute emprise que Félix ait pu avoir sur moi dans le passé. S'il y a une chose que j'ai apprise au cours des dernières semaines, c'est que je mérite plus que ce qu'il peut m'offrir. Ça m'aura pris bien des années à comprendre, mais je sais maintenant que ma vie est meilleure sans lui.

Isabelle a plongé son regard dans le mien comme si elle cherchait, tout au fond de moi, à confirmer la véracité de ce que j'affirmais. Elle a inspiré profondément avant de poursuivre.

— Je sais, Tara, j'avais promis de ne rien dire, mais il m'a piégée. Il m'a téléphoné au moins quinze fois ces dernières semaines. On a beaucoup parlé et j'ai fini par m'échapper. Je lui ai dit que je t'avais rencontrée à Monaco et j'ai fini par lui avouer que tu es ici. Il a sauté dans le premier avion. Je suis allée le prendre à l'aéroport et nous sommes venus ici directement. Il t'attend à la maison.

— À la maison ? Ici ?

— Écoute, si tu ne veux pas le voir, je le ramène de force à l'aéroport.

— Mais non, voyons, autant en finir tout de suite, ai-je rétorqué d'un ton décidé.

Isabelle m'a laissée partir devant en me disant qu'elle me rejoindrait dans une dizaine de minutes. Je lui ai répondu que je n'aurais pas besoin de plus de cinq minutes. Malgré la confiance qui m'habite, je remonte beaucoup trop lentement la promenade fleurie qui conduit jusqu'à la maison. Je m'attarde même à admirer quelques fleurs avant de poursuivre mon chemin et enfin m'arrêter devant la grille restée ouverte. J'essaie d'imaginer le scénario de nos retrouvailles, mais tout ce qui vient à mon esprit est le souvenir de Marie-Ange vidant mon appartement des meubles que Félix m'avait offerts au cours des années que j'avais passées avec lui.

Respirant à fond, j'ai remonté l'allée devant la maison et j'ai poussé la porte. C'est l'après-rasage de Félix que j'ai senti en premier, mais ça ne m'a pas arrêtée. En avançant vers la salle à manger, une odeur de café est venue me chatouiller les narines et tous les parfums ambiants se sont amalgamés pour ne laisser que l'odeur spécifique de la vieille maison. Félix était assis devant la baie vitrée, il lisait le journal français que Jan m'avait envoyé quelques semaines plus tôt, celui où on relatait l'arrestation de Fabrice Dubois et de son gang de voleurs de bijoux.

Fidèle à lui-même, Félix avait l'air calme et confiant. Sur la grande table de la salle à manger, il avait posé deux grosses tasses à café et des volutes de fumée s'en échappaient. Il m'attend sagement, sans paraître inquiet de l'issue de cette rencontre. Toujours, il n'avait eu qu'à m'offrir son magnifique sourire pour que je m'écroule à ses pieds. Il ne peut être que persuadé de sa victoire. Pourtant, j'ai beau chercher tout au fond de moi, jusque dans mes entrailles, je n'arrive pas à retrouver l'attirance que j'avais pour lui. Il n'y a rien dans mon corps, rien dans mon cœur, il n'y a que du vide.

Félix a levé les yeux de son journal et m'a vue dans l'embrasure de la porte. Il s'est précipitamment levé en fermant son journal.

— Tara ! Je ne t'ai pas entendue venir.

Un sentiment d'agacement m'a envahie. Ce n'est pas Félix en lui-même qui m'irrite ainsi, il est ce qu'il est et ne changera jamais. Tout ça, en vérité, je l'ai toujours su. C'est plutôt tout ce que j'ai été avec lui qui me chagrine de la sorte. Je crois sincèrement que je ne comprendrai jamais comment j'ai pu aimer cet homme d'un amour si profond. Il s'est approché et a pris mes mains dans les siennes.

— Tara ! Je voudrais tant revenir en arrière et effacer cette horrible scène de rupture.

Je me suis retenue pour ne pas éclater de rire. Ce dernier adieu, Félix doit le prendre très sérieusement. J'ai retiré mes mains des siennes et j'ai détourné la tête pour qu'il ne remarque pas le sourire qui se dessine sur mes lèvres. Après m'être bien ressaisie, je l'ai regardé franchement dans les yeux.

— Et l'horrible scène de rupture avec Élena, est-ce que tu veux l'effacer aussi ?

Félix a soupiré. Il a baissé les yeux pour les relever aussitôt et me balancer son regard de braise. C'est de l'amour et de la passion que j'y aurais vus quelques mois plus tôt. Aujourd'hui, je n'y vois que de la contrariété.

— … euh… non, non, Tara, c'est terminé avec Élena, c'est toi que j'aime. Pourquoi me demandes-tu ça ?

— Et Marie-Ange ? ai-je enchaîné sans aucune hésitation.

— Oh ! Tara ! Marie-Ange n'était qu'une terrible erreur. Il n'y a que toi qui comptes pour moi.

— Non, Félix, elle n'était pas une erreur, elle était une bénédiction.

Il m'a regardée en faisant non de la tête. Il s'est approché encore plus près de moi et du bout des doigts il a repoussé mes cheveux de mon front pour y déposer un léger baiser. Un geste presque désespéré qui n'a même pas réussi à faire naître un seul frisson en moi.

— Tara, je t'en prie ! Ne pouvons-nous pas tourner la page et réécrire à deux la suite de notre histoire ?

— Non, je ne peux pas, ai-je dit d'une voix sèche. Il faudrait que je t'aime pour que notre histoire ait une suite.

Félix m'a jeté un regard implorant, presque effaré.

— Mais… mais on s'aime. Tara, dis-moi que tu m'aimes.

— Impossible, ce serait mentir.

— Alors dis-moi que tu ne m'aimes plus, si tu en es capable.

— Je ne t'aime plus, ai-je répondu d'une voix assurée.

Je n'avais même pas hésité. Cette petite phrase très significative était sortie de façon naturelle, sans difficulté. Et même si, tout au fond de moi, je le savais déjà, c'est à cet instant que j'ai saisi consciemment que mon cœur était réellement vide d'amour pour Félix.

Je me suis avancée vers la table qui trônait au centre de la pièce et j'ai machinalement ramassé les deux tasses encore pleines. En me dirigeant vers la cuisine, j'ai croisé Isabelle qui rentrait de la plage. Contrairement à son habitude, elle n'a rien dit, elle m'a seulement fait un clin d'œil de connivence avant de faire signe à Félix de la suivre à l'extérieur. Il a obéi sans résister. Par la fenêtre, je les ai vus remonter l'allée jusqu'au chemin où devait être garée la voiture d'Isabelle. Lentement, Félix sortait de ma vie. Je n'étais pas triste, j'en étais même heureuse. J'ai vidé le contenu des deux tasses dans l'évier de la cuisine.

Maintenant, je me sens libre. Je peux rester ici, rentrer à Montréal, passer par Amsterdam ou aller jusqu'en Californie faire une visite à mon père que je n'ai pas vu depuis longtemps. Je peux tenter de récupérer mon emploi ou en chercher un nouveau. Je peux rejoindre Mathieu et passer du temps en tête-à-tête avec lui ou simplement tenter ma chance du côté de Charles Hanks. Ève serait si heureuse ! Il y a tant de portes qui s'ouvrent. En fait, je sais qu'elles ont toujours été là, grandes ouvertes, c'est ma dépendance à Félix qui m'empêchait de les voir. Guérie de mon aveuglement, je peux non seulement voir toutes les possibilités qui s'offrent à moi, je peux même en créer de nouvelles. J'ai découvert l'être véritable que je suis. Je suis la femme de ma vie, je façonne mes amours et mon destin. Je crois en moi, car c'est à moi seule que revient l'agréable tâche de créer et d'entretenir mon bonheur.

## Remerciements

Tout d'abord, je tiens à remercier ma mère, Mireille, pour tous les livres qu'elle a lus quand j'étais enfant. Merci à mon père, Yvon, que je soupçonne de me voir encore petite, mais qui est toujours disponible pour moi, même si j'ai grandi.

Merci à mes premières lectrices, plus particulièrement à Nancy Lane, Martine Guertin et Claire Gagnon.

Merci à Malina d'être si présente auprès des enfants, car sans cette présence je manquerais certainement de temps.

Et un merci tout spécial à Claudio pour Amsterdam et Luxembourg, pour le *gado gado* et le *satay ayam*, mais, surtout, pour tout le reste.